MERCI SUÁREZ SE HACE LA LISTA

MERCI SUÁREZ SE HACE LA LISTA

MEG MEDINA
TRADUCCIÓN DE ALEXIS ROMAY

CANDLEWICK PRESS

This is a work of fiction. Names, characters, places, and incidents are either products of the author's imagination or, if real, are used fictitiously.

Copyright © 2022 by Meg Medina Books, Inc.
Translation by Alexis Romay, copyright © 2025 by Candlewick Press

All rights reserved. No part of this book may be reproduced, transmitted, or stored in an information retrieval system in any form or by any means, graphic, electronic, or mechanical, including photocopying, taping, and recording, without prior written permission from the publisher.

First edition in Spanish 2025

Library of Congress Control Number 2024949678
ISBN 978-1-5362-1946-3 (English hardcover)
ISBN 978-1-5362-3300-1 (English paperback)
ISBN 978-1-5362-3377-3 (Spanish hardcover)
ISBN 978-1-5362-3607-1 (Spanish paperback)

24 25 26 27 28 29 SHD 10 9 8 7 6 5 4 3 2 1

Printed in Chelsea, MI, USA

This book was typeset in Berkeley Oldstyle.

Candlewick Press
99 Dover Street
Somerville, Massachusetts 02144

www.candlewick.com

EU Authorized Representative: HackettFlynn Ltd.,
36 Cloch Choirneal, Balrothery, Co. Dublin,
K32 C942, Ireland.
EU@walkerpublishinggroup.com

UNA SELECCIÓN DEL JUNIOR LIBRARY GUILD

A LOS LECTORES QUE HAN ACOMPAÑADO
A MERCI DESDE EL PRINCIPIO

CAPÍTULO 1

—¡CIERRA ESA PUERTA MOSQUITERA, MERCI! ¡Están entrando los mosquitos!

La voz aguda de mami me hace dar un brinco, mientras Tuerto pasa entre mis piernas a la velocidad de la luz. Ni siquiera se detiene para que lo rasque en medio de su carrera para escaparse del calor.

Es temprano, pero mami ya tiene puesta su ropa quirúrgica, aunque todavía chancletea por el cuarto con ese moño chapucero. Todavía tampoco se ha pintado las cejas.

—Perdón. Solo lo dejé entrar antes de que empezara a hacer más ruido. —Y espanto de un manotazo media docena de chupasangres que ahora se lanzan en picado por la cocina.

El sol apenas había despuntado cuando escuché los maullidos. El eco se escurría por nuestros patios y sonaba como uno de esos espíritus de los que abuela nos advierte —un tátara algo enterrado allá en Cuba— que se pone malhumorado si piensa que ha sido olvidado por sus descendientes.

En fin, que cuando encendí la luz, me encontré a Tuerto clavándome los ojos desde afuera de la casa, mientras sus garras delanteras se enganchaban alto y ancho contra la red mosquitera, como si él fuese la víctima de un atraco.

—¿Ese gato volvió a romper la tela metálica? —pregunta mami, exasperada—. Tu papá recién la arregló la semana pasada.

—No —digo, y cubro con mi cuerpo la nueva rajadura pegada al borde. Mami es muy capaz de hacerme pagar por la reparación. Pero ¿qué culpa tengo yo de que nuestro gato sea un genio? Ha aprendido a soltar unos alaridos y a sacudir la puerta para anunciarnos que quiere entrar. Lo he filmado cuando hace ese truco, porque, en primer lugar, a mi amigo Wilson y a mí nos gusta intercambiar videos cómicos de gatos cuando estamos aburridos, y, en segundo lugar, aunque parezcan muy malos modales para llamar a la puerta, hemos visto mascotas en la tele en *Esos animales maravillosos* que han ganado premios de cinco mil dólares por menos. A lo mejor nos ponemos de suerte.

—Y, además, no le puedes echar la culpa a Tuerto por querer entrar para evitar el calor, ¿no? Como bien sabes, él tiene puesto un abrigo de piel, y su naturaleza es sobrevivir. —Señalo al termómetro que tenemos colgado en el patio. La aguja apunta a los números rojos—. ¡Ya está en noventa grados!

Es la mejor defensa que se me ocurre, aunque espero que ella no traiga a colación otras partes menos atractivas de la naturaleza de Tuerto: por ejemplo, que es un asesino despiadado. Lo mata todo: pájaros, ratones, insectos, lagartijas —y hasta cachorros de zarigüeya— y los deja tirados por ahí como regalos horribles. Recuerdo la primera vez que Tuerto nos dejó un gorrión muerto en el jardín de Lolo. Me puse tan brava con Tuerto por matar a ese pajarito lindo.

—¡Nosotros le damos de comer a Tuerto! —grité—. Él no tiene que andar por ahí matando. —Pero Lolo tan solo acurrucó el cuerpecito en la palma de la mano y me ayudó a enterrarlo, para que su espíritu pudiera vivir entre las flores.

—Al final, no hay modo de parar a la Madre Naturaleza, preciosa —me dijo, aunque después de eso le amarramos un cascabel plateado al collar de Tuerto para que sirviera de advertencia.

Mami suspira y le da un tirón a la cadena del ventilador de techo, para hacer que circule el aire acondicionado que nunca puede competir con la Florida en julio.

—Supongo que tienes razón con respecto al calor —murmura. Entonces, metiendo la mano debajo del salero astillado, toma y me entrega la Lista de la Maldición del día de hoy.

Trato de no lucir amargada al revisar mi lista de quehaceres. Esta mañana iba a acompañar a papi y Simón, mucho más allá de los campos de caña en los Glades. Si terminan ese trabajo a tiempo, tienen planes de ir a pescar un rato al lago Okeechobee.

Mami, por su parte, tenía otras ideas de qué hacer con mi tiempo y me echó a perder la diversión. Dice que los quehaceres forjan el carácter.

Lo que es tremenda porquería.

—Hoy tienes que limpiar tu cuarto —me dice, como si yo no pudiera leer la lista por mí misma—. Es un reguero total. Tuerto se ha hecho un cubil encima de ropa interior sudorosa.

—Casi toda es de Roli —le digo—. Ve a ver por ti misma…, si te atreves.

Hay que ser tan ágil como un ninja tan solo para cruzar el umbral con las cajas de Roli de la universidad desperdigadas por todas partes. No ha desempacado desde que regresó a casa en mayo.

Como era de esperar, ella ignora todo esto.

—Déjalo que duerma —dice.

Anoche a Roli le tocó el turno nocturno en Walgreens, así que duerme a pata tendida y como si nada al otro lado de la cortina que divide nuestro cuarto.

Mami llena la cafetera con El Pico y enciende la llama.

—También tienes tu lectura de verano. Que no se te olvide. Tan solo quedan un par de semanas antes de que comience la escuela.

Con el rabillo del ojo, veo el inculpatorio montón de libros de la biblioteca que descansan cerca de la puerta de atrás, exactamente donde los dejé hace casi tres semanas. Leí el libro de negocios (que era la opción que escogí yo) en dos días, pero ni siquiera he empezado los otros dos, más que nada por una cuestión de principios. ¿Por qué tengo que hacer tarea para un maestro que todavía no he conocido? Pero el lema no-tan-secreto del profesorado en la Academia de Seaward Pines es: «Hazlos trabajar hasta que les sangren los ojos».

—Como que es un poco difícil leer si también tienes todos estos quehaceres —digo—. Además, ¿acaso es legal eso de asignar lecturas de verano durante un periodo oficial de vacaciones?

—¿Legal?

Agarro mi teléfono, que había puesto a cargar, y escribo la palabra *vacación* en el diccionario.

—Mira, lo dice aquí mismo: «Vacación: un periodo extendido de ocio y recreación». —La miro con cara de ocasión—. Jamás nos saldríamos con la nuestra si hiciéramos este tipo de violación del tiempo personal de un empleado en el mundo de los negocios. —Bien lo sabré yo, ya que soy quien por estas fechas escribe para papi el manual de los empleados de Sol Painting, Inc.—: De hecho, estoy convencida de que mis derechos están siendo violados. A lo mejor y hasta tengo un buen argumento legal.

—Solo si te refieres a un argumento respecto a una mala planificación —dice mami—. Ya esto lo hemos hablado, Merci. Leer *es* recreativo.

Le suelto una de esas miradas:

—No con *esos* libros.

—¿Y cómo lo vas a saber si ni siquiera los has empezado? —Se asoma por la ventana de la cocina y echa un vistazo a casa de abuela, donde las luces están encendidas. Hay un pequeño destello de preocupación en su rostro.

—¿Qué? —digo, y me le acerco. El verano ha sido duro para mis abuelos, sobre todo para Lolo. El calor parece haberle derretido la mente como la mantequilla en la sartén... y *eso* hace que todos aquí estemos muy tensos. Sus nuevas medicinas se suponía que lo iban a ayudar con eso, pero, si acaso, parece que ha empeorado.

—Nada —me dice, aunque no estoy segura de si le creo—. Parece que ya se levantaron. Vete a ver cómo está abuela antes de comenzar. A lo mejor le hace falta que vigiles a Lolo mientras ella se ducha esta mañana.

Trato de no ponerle mala cara. Detesto cuando dice «vigilar a Lolo». No es como si él fuera un bebé o, peor, como los mellizos, que son la pesadilla de cualquier niñera. A Lolo siempre le ha gustado caminar por el vecindario, aunque ahora de vez en cuando se olvida de dónde está, lo que pone a abuela muy nerviosa. *¿Y eso cómo será?*, me pregunto. ¿De repente no conocer tu propia cuadra o reconocer nuestras casas o, algunos días, ni siquiera saber tu propio nombre?

En fin, trato de no pensar mucho en eso. Y a mí tampoco me molesta salir a caminar con Lolo, aunque en estos días nos movemos más lentamente. Es callado, pero todavía le puedo decir cualquier cosa a Lolo y estar segura al cien por ciento de que no se lo va a decir a más nadie.

Mami toma una caja y echa hojuelas en un pozuelo astillado.

—¿Quieres un poco de esto?

Tiene la pinta de un montón de pedacitos de corteza de árbol.

—No, gracias —digo y levanto la mano—. Esa cosa me sabe a poliespuma.

Ella se encoge de hombros y echa leche encima de su cereal.

—Esto también hace que el proceso digestivo se mantenga en movimiento —dice—. Noté que ayer te pasaste muchísimo rato en el baño.

Le suelto una de esas miradas gélidas y me encamino al refrigerador. Ya bastante tengo con que mi tiempo de pantalla esté supervisado al dedillo, que tengo que dejar mi teléfono guardado en la cocina antes de acostarme, que tengo que hacer quehaceres durante mis vacaciones. ¿Ahora resulta que también vigilan mis hábitos estomacales? Puede que los presos en la cárcel tengan más privacidad.

El aire frío que sale del congelador me alivia cuando lo abro de un tirón. Saco los últimos dos paquetes de panqueques de arándano que yo había escondido muy al fondo. Al menos, Roli todavía no se los ha devorado. A lo mejor leyó la nota que dejé precintada en la caja, donde dibujé unas tibias cruzadas y una calavera y puse: *No metas las manos aquí, chamaco*. Estos panqueques son los favoritos de Lolo y los míos también, aunque mami y abuela digan que no son «comida de verdad».

—¿A dónde vas? —dice mami cuando le paso por al lado y sigo por el pasillo con mi desayuno.

—A ocuparme de mi proceso digestivo —digo, aunque intento no sonar muy insolente—. Y después voy a ver cómo está abuela.

CAPÍTULO 2

HAN PASADO SEMANAS desde la vez anterior en que vi a alguien de Seaward Pines. Una vez que comenzó el verano, todos nos fuimos por nuestros propios rumbos. Wilson se pasa todo julio con su papá y sus primos en Nueva Orleans. Hannah está en un campamento-presidio de verano en Georgia, en donde no permiten teléfonos, excepto para hacer llamadas una vez a la semana. Lena y su papá se lanzaron a una travesía en una casa móvil por Badlands, en Dakota del Sur, para fotografiar bisontes. Así que me he sentido un poco sola. Me alegraría tener noticias hasta de Edna Santos, aunque a veces me saque de quicio, pero ella también ha estado de viaje, dándose baños de sol en una isla cerca de Boston que se llama Nantucket.

¿Y yo dónde he estado? Aquí mismo en Las Casitas, por supuesto, igual que cada verano desde que estoy viva. Ni siquiera he tenido oportunidad de pasar mucho tiempo con Roli, ya que él se la pasa trabajando. Si no está en la farmacia, está de asistente de papi.

Abro la puerta mosquitera de abuela y entro a su cocina, que es tan calurosa y vaporosa como la nuestra. Me la encuentro frente al fogón, haciendo revoltillo y friendo unos filetes de jamón, y el olor es celestial. La casa ya está ruidosa también, con los dibujos animados a todo volumen que vienen de la tele y el estruendo de las fichas de dominó que llega del cuarto contiguo, en donde Axel y Tomás, todavía en pijamas, acompañan a Lolo. Tienen que esperar a que tía se despierte y les haga el desayuno, así que a veces se escapan de su casa y vienen a la de al lado con abuela y Lolo.

—¡Viniste temprano! —dice abuela, y le echa un vistazo al reloj de pared. Son las 7:45 a.m.—. Lolo y los muchachos todavía no han comido.

—Lo sé, pero ya estaba despierta y se me ocurrió que Lolo y yo podríamos dar un paseo antes de que se ponga más caluroso allá afuera.

Con un tenedor largo, abuela da vueltas a la carne en lascas en la sartén y me mira con severidad al verme poner en la tostadora los panqueques congelados que traje conmigo.

—Le vas a echar a perder el apetito —dice.

Bajo la palanca y veo que las bobinas se vuelven de un naranja brillante.

—Pero a él le va a hacer falta más energía para salir de paseo conmigo, abuela —digo—. Esto es una golosina antes del desayuno.

Abuela me hace un chasquido con la boca y desliza los huevos y el jamón en unos platos que luego lleva a la mesa.

—Entonces ve y búscalos mientras enjuago estos sartenes.

Espero a que los panqueques salten y me los llevo a la sala. Su olor a frutillas del bosque es irresistible.

—Ya está el desayuno —digo, y me encamino hacia el butacón de Lolo. Los mellizos han puesto largas y sinuosas hileras de fichas de dominó que comienzan desde sus pies y llegan hasta la mesita de la sala. Abuela ha hecho que esto sea una zona libre de tecnología, excepto por la tele, así que cuando ellos vienen aquí tienen que hacer cosas a la antigua y ponerse creativos. Lolo y yo solíamos también jugar del mismo modo cuando yo era pequeñita. Lo llamábamos «el caracol» por la forma caracolada que lográbamos cuando hacíamos que se derrumbaran las fichas.

Pero nadie me responde. Los mellizos están demasiado ocupados, por supuesto. Y Lolo, ahora veo, está dormido en su butacón, a pesar de que la tele está a todo volumen. Este verano se ha estado quedando dormido muchísimo. En la hamaca del porche. En su butacón. Apago la tele y me le acerco para despertarlo con un aroma de arándanos.

—¿Lolo? —digo, un poco más alto—. Te traje algo.

Le pongo el panqueque debajo de la nariz, pero ni se inmuta. Las manos se le han quedado flojas alrededor de la bandeja en su regazo, y la barbilla le cae en el pecho. Lo sacudo suavemente.

—Lolo, despiértate.

Ahí es cuando se tumba a un lado.

Un escalofrío me sube por la espalda, y dejo caer los panqueques. El aire de la habitación de repente parece haber cambiado a nuestro alrededor. Los mellizos levantan la vista de su zona de construcción y miran con fijeza. Tomás se mete los dos dedos del medio en la boca, un hábito que tía ha intentado romper, pues ya casi tienen siete años. Axel se abraza las rodillas y observa.

Yo doy un pasito atrás y derrumbo sus fichas. El *clic-clic-clac* de la reacción en cadena me resuena alto en los oídos mientras espero a que Lolo se despierte. *Por favor*, pienso. *Por favor, despiértate.*

Pero algo anda muy mal.

—¡Abuela! —Me las agencio para soltar el grito—. ¡Ven, rápido!

Los segundos pasan como si se arrastraran por el lodo mientras escucho el chancleteo de abuela al acercárseme. Llega hasta el umbral secándose las manos en un trapo de cocina y frunce el ceño del mismo modo que lo hace cuando tiene que romper alguna disputa entre los mellizos y yo.

—¿Qué hay? ¡Se está enfriando el desayuno! —Les echa un vistazo a las fichas de dominó—. ¿Y este reguero quién lo va a recoger?

Yo estoy parada al lado de Lolo y la lengua me pesa en la boca. Aunque un millón de palabras me atraviesa la mente, ninguna me sale. Lo único que hago es señalar a Lolo en su butacón.

En un abrir y cerrar de ojos, el rostro de abuela cambia. Se nos acerca moviéndose mucho más rápido de lo que la he visto andar en largo rato.

—¡Viejo! —dice al llegar a su butacón—. ¿Qué te pasa? —Le da con el trapo de cocina, intenta sacudirlo para que se despierte, como si Lolo estuviese en medio de una pesadilla. Lolo pestañea y abre los ojos, pero tal parece que no la ve. Por otro lado, un largo hilo de saliva le gotea de la comisura de los labios—. ¡Leopoldo! —dice abuela más alto, con más firmeza, como si a él le hiciera falta que lo disciplinaran.

Aun así, Lolo no responde. Su piel luce gris, como papel reciclado.

—¡Rápido, Merci! —La respiración de abuela es áspera y pesada, con el mismo resoplido que hace luego de bañarlo, vestirlo y abrocharle los zapatos—. Busca a tu mamá —me dice—, o a Inés... ¡o a cualquiera!

Los ojos de Tomás y Axel están abiertos a más no poder y lucen asustados. No los puedo dejar aquí para que vean esto, así que los arrastro a la cocina.

—¿Qué le pasa a Lolo? —pregunta Tomás.

—¿Y por qué no se despierta? —dice Axel.

—No sé, pero voy a buscar ayuda —les digo—. Siéntense y no se muevan.

Entonces salgo por la puerta trasera y corro rumbo a casa de mi tía.

Me asomo por la puerta lateral y grito:

—¡Tía! ¡Ven pronto! ¡Te necesitamos! —grito, incluso más alto—. ¡Tía!

La ducha está abierta. No la espero. Doy media vuelta y arranco hacia mi casa al otro lado del sendero, justo cuando el carro de mami se mueve pesadamente por la entrada del garaje. Corro hacia ella y agito las manos.

—¡PARA! —grito a todo pulmón cuando llego al carro. Doy un puñetazo fuerte con ambas manos en el maletero y el sonido la hace dar un frenazo.

Mami me fulmina con la mirada a través del espejo retrovisor y baja su ventanilla.

—¿Qué...?

—Es una emergencia —digo, y trago en seco mientras hago lo posible por recuperar el aliento—. Lolo.

Mami apaga el carro y lo deja ahí mismo, y agarra su bolsa de primeros auxilios del asiento trasero. Entonces regresamos juntas a la carrera por el sendero. Ahora, ya tía también está en el patio y se amarra una bata de casa a la cintura, y el pelo le gotea mientras viene lo más rápido posible hacia nosotras.

—Oí unos gritos —dice y se agarra las solapas para cubrirse.

—Tu padre —le dice mami sin detenerse.

Los mellizos aún están en la mesa de la cocina cuando entramos. Nada más verla, van hacia tía en fila como los patitos, y se intentan abrazar a su cintura.

—Lolo no habla —le dice Axel.

—Sus ojos lucen raros —añade Tomás.

—¡Sio! —les dice ella, y se detiene en el umbral conmigo mientras mami entra a todo tren.

Mami acuesta a Lolo en el suelo. Entonces saca el estetoscopio de su bolsa y le escucha el corazón. Le toma el pulso, luego le toma la presión arterial.

—¿Cuánto tiempo ha estado así? —pregunta mientras espera los resultados de la presión sanguínea.

Abuela me mira.

¿Cuánto tiempo? Niego con la cabeza.

—Llama al 911, por si acaso —le dice mami a tía en voz baja. Pone un cojín del sofá debajo de las piernas de Lolo y se vuelve hacia mí—. Me hace falta una compresa fría.

Tomo del piso el trapo de abuela y corro a la cocina para empaparlo en el chorro de agua, mientras maldigo que nunca se enfría lo suficiente. Cuando regreso, se lo pongo en la frente a Lolo, exactamente del modo que mami me muestra. Todavía luce absorto y pálido, pero ahora pestañea, está vivo. Le tomo la mano y se la aprieto suavemente tres veces, que es la señal que él me daba cada vez que me sentía tímida al hacer algo nuevo. *Está bien. Tú puedes hacer esto, preciosa.*

Mientras tanto, tía al teléfono le da la información al 911. Parece que ha pasado mucho tiempo, pero al rato por fin el ruido de las sirenas aumenta desde algún sitio en la distancia.

Y entonces todo ocurre de manera muy agitada y apresurada. El sonido de los neumáticos en la gravilla de nuestra casa cuando la ambulancia maniobra alrededor del carro abandonado de mami. Los socorristas con ropas que los hacen lucir demasiado grandes para la habitación, como las muñecas de un tamaño que no encajan en una casa de muñecas. Le suelto la mano a Lolo cuando tía me hala hacia la cocina.

Roli entra como un cañón por la puerta trasera, descalzo, sin camisa y todo despeinado.

—¿Qué pasa aquí? —dice—. ¿Por qué vinieron los paramédicos?

Dos de ellos se agachan y aseguran a Lolo con correas en una camilla. Unos segundos después, levantan las patas de acero que se abren como la escalera-elevador que papi usa a veces cuando tiene que pintar algo muy alto. Y entonces se llevan a Lolo en camilla.

La ambulancia sale de la entrada con las sirenas a todo volumen, mientras yo la contemplo fijamente desde la puerta abierta. Al otro lado de la calle, algunos de los residentes del condominio han salido a los balcones y también miran hacia nuestro patio.

—Roli, vístete en lo que busco el carro —dice mami. Se vuelve hacia abuela—. Compila los registros médicos de su último chequeo anual con el doctor, y trae también la lista actualizada de sus medicamentos. Todo eso estaba en un sobre amarillo, acuérdate —habla por encima de mi cabeza al llegar a la puerta—. Inés, cuando te vistas, reúnete conmigo en el JFK. Y llama a Enrique, por favor. Cuéntale lo que ha pasado.

—*Yo* voy a llamar a papi —la interrumpo.

Mami me echa un vistazo y le da otro a tía, que todavía se cierra la bata con las manos, mientras los mellizos se abrazan a su cintura. Dice que sí con la cabeza.

—Dile que estamos en el hospital JFK. ¿Te vas a acordar de eso?

—Sí —digo.

—JFK —repite, como si yo fuese una bebé—. Que nos vea ahí.

—Te oí, mami —le digo de mala gana.

—Vamos, muchachos —dice tía—. Hace falta que se vistan. Apúrense.

Todos nos dispersamos.

Miro las huellas de polvo de las botas de los rescatistas en las losas del suelo de abuela, que por lo general están resplandecientes. Los panqueques de arándano se han desbaratado en añicos por todas partes.

Afuera, mami arranca el carro y toca el claxon para decirle a mi hermano que se dé prisa. Oigo a abuela en su cuarto abrir la pegajosa gaveta en la que guarda los documentos importantes.

Mi cerebro parece que se ha inundado, como si me moviera por debajo del agua al caminar a la cocina y sentarme a la mesa. Las yemas del desayuno que Lolo no se comió ahora están anaranjadas y tiesas. El olor a huevo frío me da un poco de mareo.

Me las arreglo para teclear el número de papi con mis dedos temblorosos.

Me contesta al quinto timbrazo.

—¿Y esto? ¿Una llamada en vez de un mensaje de texto? —dice papi—. ¡Apuesto a que marcaste sin querer con el fondillo!

Miro fijamente el reguero de fichas de dominó en el suelo de la sala. La garganta se me ha hecho un nudo.

—¿Me oyes? ¿Se cayó la llamada? —La voz se le pone seria—. ¿Merci? ¿Pasó algo?

—Tienes que venir a casa —le suelto de un tirón.

Y eso es todo cuanto puedo decir antes de por fin echarme a llorar.

CAPÍTULO 3

UN DATO RARO: en verdad, nunca he estado sola en Las Casitas. Por aquí siempre hay un adulto, incluso cuando no los veo. La máquina de coser de abuela hace ese sonido de metralleta que te anuncia que está zurciendo algo en su cuarto del fondo. Tía hala la chillona tendedera mientras cuelga y estira nuestra ropa con ese ritmo rápido suyo. La voz de mami suena muy alta cuando habla al teléfono con sus pacientes, sobre todo con quienes no oyen muy bien. La camioneta de papi chilla cuando se mueve pesadamente por la entrada del garaje al final del día.

Yo también solía escuchar a Lolo, más que nada su tarareo mientras desyerbaba el jardín o su risa cuando le hacía algún cuento cómico de la escuela. También escuchaba esas discusiones tontas que él tenía con abuela acerca de si cogía demasiado sol. Pero últimamente, es el repiquetear de su andadora lo que me dice que está cerca de mí; incluso con esas pelotas de tenis en las puntas de las patas, para ayudarlo a desplazarse, aun así se oye el crujido mientras se mueve lentamente de uno a otro lado. Este sonido nuevo no me gusta tanto. Me dice que es el nuevo Lolo, el que no tiene equilibrio, el que no se acuerda de nada, el Lolo que tiene Alzheimer, no el Lolo a quien echo de menos.

Pero ahora, cuánto me gustaría escuchar cualquiera de esos sonidos, sobre todo el de la andadora. Este silencio no me gusta nada. Han pasado cinco horas y veintiséis minutos desde que todos se fueron y me dejaron aquí con Axel y Tomás, y con cada hora que pasa, Las Casitas parece más solitaria, como si no hubiera suficientes de nosotros como para llenar el espacio ahora mismo. Solo se escucha el sonido de los motores de los mellizos, que juegan un videojuego viejo de carreras de carros en la tableta de Roli, aunque se supone que ellos no tienen permiso para tocar sus cosas. Pero yo se lo di. ¿De qué otro modo iba a evitar que me hicieran su millón de preguntas? ¿Por qué tenía esa pinta? ¿Por qué no habla? ¿Por qué está en el hospital? ¿Cuándo va a regresar? Y la peor de todas: *¿Lolo se va a morir?* Lo que me hizo decir:

—Por Dios, Axel, cállate ya.

Yo sé que todo lo que vive un día muere. No soy estúpida. Pero no me hago a la idea de que eso también sea aplicable a Lolo. Tan solo de pensar en eso me da mucho miedo, sin mencionar lo brava que me hace ponerme con Dios, si acaso es él quien hace estos planes. ¿Y por qué alguien bueno como Lolo ha de morir cuando hay un montón de gente horrible en el mundo que podría irse del mapa en su lugar? Gente que hace la guerra o que quema aldeas o pone bombas.

Esto es completamente injusto.

Comienzo a adentrarme en el libro que he estado intentando leer cuando mi teléfono vibra por fin. El sonido me hace pegar tal brinco que lo dejo caer. He llamado a mami cinco veces hoy, y cada vez ha ido al buzón de voz, así que he colgado. ¿Quién deja mensajes a estas alturas? Roli y tía también se han negado a contestar y han ignorado mis textos. ¿Acaso es porque Lolo se murió? He tecleado la pregunta y la he borrado media docena de veces.

Pero no es nadie de mi familia. En su lugar, es Wilson Bellevue, de mi escuela, que todavía anda por Nueva Orleans.

> No te pierdas esto. ¡Albalacerdo anda suelto!

Me ha enviado una foto suya con dos niños más jóvenes —sus primos, supongo—, de pie junto a un enorme caimán blanco. Wilson hace una mueca para la cámara y finge una cara de terror.

No puedo evitar la sonrisa. Albalacerdo es un nuevo personaje que va a ser presentado al universo de la Nación Iguanador este otoño, según *La flota*, el boletín que ambos recibimos como miembros del club de fanáticos de la Nación Iguanador. Albalacerdo mide doce pies de altura y es un híbrido de un humano y un reptil albino, que come cerdos y ganado para subsistir. (Esto no le gana amigos). Por ahora, nadie sabe con certeza si va a ser un aliado del capitán Jake Rodrigo —a pesar de sus alocadas necesidades digestivas— o si será otro villano más que ensuciará las galaxias. A Wilson y a mí nos gusta intercambiar teorías y hacer apuestas. A mí me da a que va ser el malo de la película.

Miro fijamente la expresión bobalicona de Wilson y siento ese raro cosquilleo en el estómago. Le echo de menos, aunque por supuesto, jamás lo admitiría. O sea, ¿quién más admitiría que está en el club de fanáticos, excepto él? Los dos sabemos que eso es cursi, pero aun así nos gusta. Además, es divertido pasar tiempo con él, incluso cuando lo hacemos de este modo, a larga distancia. Dos veces este verano, nos lanzamos de cabeza a nuestras películas favoritas de la serie y nos enviamos comentarios por mensaje de texto mientras las veíamos a la vez. Nadie es capaz de detectar pistas de lo que podría ser un derivado de la trama como Wilson.

Respiro profundamente, y mis dedos se detienen sobre el teclado. ¿Le cuento de Lolo? Quiero hacerlo, pero a lo mejor eso es incómodo y deprimente, sobre todo ya que parece que se lo está pasando tan bien. ¿Qué clase de socio viene y te tira un cubo de agua fría cuando te lo pasas pipa? Quizá se lo diga más adelante.

> Chévere. Me alegra que no te hayan comido, sobre todo cuando te pones a payasear de ese modo.

> Ja ja. Vivito y coleando. Y de vuelta a la Florida la próxima semana. ¿Qué hay de nuevo por allá?

El estómago me vuelve a dar otro corrientazo, y no tan solo porque va a ser agradable tenerlo por acá de vuelta. ¿Qué le digo? *Se llevaron a Lolo a la sala de emergencias esta mañana.* Y después, lo que no le quiero decir. *Tengo miedo.*

Pero entonces, escucho que un carro se mete en la entrada del garaje. Me apuro y le pongo a su mensaje el ícono del pulgar hacia arriba.

> Me piro, vampiro. Después te cuento.

Me meto el teléfono en el bolsillo y voy a la carrera a la ventana del cuarto. Roli está tras el volante del carro de mami. No hay nadie más con él.

—Rápido, apaguen ese juego y váyanse a la cocina —les digo a los mellizos, que apenas reaccionan—. ¡AHORA MISMO!

Se levantan de la cama y tiran la tableta de Roli dentro de una de sus cajas. Entonces salimos a toda velocidad por la casa.

Por suerte, todavía le toma a Roli un rato parquear el carro correctamente, incluso si solo se trata de conducir recto por la entrada. Espero pacientemente mientras él intenta no volver a darle con los lados del carro a la columna de la cochera abierta, como hizo la última vez que manejó el carro de mami. Todavía se ve la pintura del carro en las columnas. Cuando por fin apaga el motor, le grito:

—¿Qué pasó? ¿Lolo está bien?

Roli se baja del carro y tiene la misma pinta desarreglada que cuando salió con mami hace ya ese montón de horas.

—¿Y bien? —le vuelvo a preguntar mientras lo sigo a la cocina. Los mellizos levantan la vista inocentemente desde la mesa y fingen que leen el periódico de papi. Madre mía. Eso para nada es sospechoso.

Roli achica los ojos por un segundo, pero luego se vuelve hacia el lavamanos.

—Según la evidencia, los médicos han concluido que tuvo un síncope.

—¿Que tuvo un sin-qué? —pregunta Tomás, escandalizado.

—Dije síncope —dice Roli.

Niego con la cabeza. Un año de universidad le ha metido incluso palabras más grandes en ese cerebro suyo. Esto es exasperante.

—¿Me haces el favor de hablar claro? —digo.

Roli abre el grifo y se lava las manos hasta los codos, incluso se restriega las uñas con el cepillo de lavar los vegetales, como un cirujano. Los mellizos lo miran, embelesados, mientras el vello en los brazos se le pone espumoso.

—Hablando en plata —dice—, Lolo se desmayó.

En mi mente, aun veo a Lolo débil en su silla, con la saliva que le cae en grandes gotas de la boca. Me estremezco para sacarme esa imagen de la cabeza. Ni siquiera abuela ha mencionado jamás sentarse en un sillón como un peligro de desmayo..., y ella se preocupa con cada posible combinación de riesgos a la salud, lo que incluye muerte por susto repentino y electrocución con cepillo de dientes.

—Eso no puede ser correcto —digo—. Él solo estaba sentado en su butacón.

—Estar sentado no tiene nada que ver con eso. El síncope es muy común en adultos mayores, sobre todo en casos de polifarmacia. —Se seca las manos y se dirige por el pasillo a nuestro cuarto.

—¿Poli-qué? —pregunto.

Se quita la camisa sudorosa y la tira cerca de nuestra mesa de noche, junto al resto de su ropa maloliente.

—¿Acaso ya no enseñan prefijos? «Poli» quiere decir muchos, como en polímero, poliandria, polietileno…

—¡ROLI!

Suelta un suspiro.

—La mezcla de muchas medicinas que él toma —dice—. A veces, los medicamentos interactúan de manera diferente en gente mayor, y causan problemas en vez de ayudar.

—¿Y entonces para qué tomarlos? —Pienso en la cajita de pastillas de Lolo que tía llena con sus medicinas cada semana, con cada compartimento marcado para el día de la semana y la hora del día en que debe tomarlo. Hay una pastilla azul y amarilla en la mañana. Una rosada con una M en la tarde. Dos blancas a la hora de dormir. Y, por supuesto, todas sus vitaminas. Ya sabía yo que todas esas pastillas eran espeluznantes. Si no tienen sabor a fruta y las puedes masticar, eso a mí me resulta sospechoso.

Roli agarra la cortina que divide nuestro cuarto.

—Riesgos contra beneficios. Siempre hay un equilibrio en los tratamientos médicos. Ahora, si me lo permites… Tengo que llegar al trabajo a las cuatro.

—¿De nuevo? —digo. Roli ha trabajado sin parar este verano en la farmacia Walgreens que está abierta veinticuatro horas, donde es cajero y anuncia los cupones por los altoparlantes en español *and English*. El trabajo que en verdad él quería era como asistente de investigación en su universidad este verano, pero no se lo dieron. Aunque no lo crean, el profesor optó por decirle que no a su talento. La plaza fue a un estudiante de posgrado con un cerebro incluso más grande que el de Roli, lo que es difícil de imaginar. En serio, creo que Roli está en estado de choque. Él no está preparado para fracasos del modo en que lo estoy yo; son más o menos un componente de mi vida diaria. Aun así, lo siento por él. Le hace falta el dinero para la escuela... *muchísimo*. Se enteró de que su beca universitaria iba a ser mucho más pequeña este año, y mami y papi no tienen mucho efectivo de sobra como para ayudar. Ahora tendrá que dejar la escuela por un semestre y tomar clases en un colegio de formación profesional para no retrasarse. Mucha gente obtiene sus diplomas de ese modo, pero Roli tenía otras ideas para sí mismo.

Todos intentamos darle ánimo.

Abuela dijo:

—¡Qué bueno, vas a volver a comer comida de verdad y ya no vas a lucir tan flacucho!

Papi dijo:

—Tu ayuda me vendría de maravilla en unos trabajos en el verano y el otoño.

Mami le recordó que un semestre pasa volando y que trabajar en una farmacia le va a dar experiencia en la vida real con gente y medicinas.

Roli ni chistó, pero se veía que estaba, y está, bastante desilusionado. Él aspiraba a mucho más que decirle a la gente en qué pasillo encontrar la aspirina.

No me responde desde detrás de la cortina, así que decido retirarme hacia mi lado del cuarto. Casi llego a mi cama cuando sin querer piso un cargador que dejó por ahí tirado. Los dientes de metal se me atascan entre los dedos del pie y cortan la piel.

El dolor es inmediato y también el grito que pego:

—¡Ay-ay-ay-ay-ay!

—¿Qué pasó? —Roli se asoma por la cortina para ver qué es lo que anda mal.

El meñique del pie ya se empieza a inflamar, mientras la sangre se acumula alrededor de la cutícula. Ahora soy yo quien se va a desmayar. Detesto la sangre, ya sea la mía o la de cualquiera.

—¡Me han amputado!

Doy brincos en una sola pierna hasta mi cama para evaluar el daño total.

—¿Se me desprendió el dedo? ¿Ves el hueso?

—Lávate ese rasguño y ponte hielo en el dedo —dice luego de un vistazo—. Y préstale atención a mis cosas, por favor. Son delicadas. —Entonces desaparece detrás de la cortina para terminar de cambiarse.

—¿*Ese* es tu consejo médico? ¿Qué clase de doctor vas a ser?

—Probablemente uno muy viejo para el momento en que termine mis estudios —murmura.

Me acuesto en mi cama e intento doblar el dedo aplastado. Volver a compartir cuarto con Roli es un desafío. En primer lugar, le hace caso omiso a la cinta de color azul que puse en el medio de la habitación para delimitar nuestras mitades. Aun así, tengo que admitir que me alegra que esté en casa, aunque eso no es lo que él quiera.

En fin, que no voy a volver a cruzar la zona minada para buscar hielo. En su lugar, alcanzo el vaso enorme de la Nación Iguanador que tengo en la mesita de noche para cuando me entre la sed en la madrugada. Todavía tiene bastante agua, así que lo pongo en el suelo. Luego flexiono los dedos como una bailarina y meto el pie cuidadosamente. Cierro los ojos al notar que el agua comienza a ponerse rosada.

Cuando el ardor comienza a desaparecer, le grito:

—¿Tienes el turno de la noche entera? —Cuando tiene que trabajar por la madrugada, eso quiere decir que no hay roncadera que me moleste, pero tampoco hay Roli que me acompañe. Me gusta cuando tengo a alguien con quien conversar si no me quedo dormida. Le puedo preguntar acerca de Lolo, y me dice la verdad.

—Eso es mañana —suspira.

No hago más preguntas. Anda malhumorado por estos días ya que todos sus amigos se preparan para regresar al campus universitario. Supongo que tienen padres que pueden pagarles el dormitorio y la comida y todo lo que les haga falta.

Roli abre la cortina de un tirón y se ajusta la etiqueta con su nombre en su camisa del trabajo.

—¿Ya los mellizos comieron? —pregunta. Axel y Tomás todavía siguen en la cocina, pero desde aquí los oímos abrir y cerrar la despensa.

—Comieron papitas fritas y eso —murmuro y le echo un vistazo al dedo del pie. Supongo que se me olvidó la parte del sustento. No menciono que tampoco desayunaron.

—Así que estás debilitando a esos dos mediante el hambre, ¿no es así? —dice—. Dales algo de comer, Merci.

—Pero estoy lesionada. —Para demostrarlo, saco mi pie mojado del vaso.

—Anjá. —Le echa un vistazo a la caja más cercana a su cama y frunce el ceño—. Y no dejes que jueguen con mis cosas si yo no estoy aquí. Creía que estábamos de acuerdo en eso. —Toma su tableta y la pone en una caja diferente.

Entonces camina hacia la puerta.

—¿Y cuándo va a venir todo el mundo a casa? —pregunto.

—Cuando el doctor firme los papeles de darle el alta para sacarlo de ahí.

—Entonces, ¿va a estar bien?

Roli se vuelve a mí antes de marcharse. De algún modo, la camisa le queda demasiado cuadrada. Además, la etiqueta con su nombre está torcida.

—Tú sabes que él no está bien, Merci —dice en voz baja.

Pienso en nuestras conversaciones recientes respecto a los sistemas del cuerpo, acerca de cómo el corazón, el cerebro y los pulmones están todos conectados. Acerca de cómo las cosas empiezan a funcionar mal hasta que…

—¿Por ahora? —insisto—. No todo anda mal ahora, ¿no es así?

Suspira y me suelta una de esas miradas perdidas.

—¿Roli?

—Anjá. —Con la barbilla, me indica a la cocina—. Ahora, dales algo de comer a esos dos, antes de que decidan ponerse a cocinar y le prendan fuego a la casa.

Por desgracia, mi única experiencia culinaria es algo llamado «el perro aplastado» que Hannah y yo inventamos accidentalmente el año pasado en la cafetería, cuando ella descubrió que Justin Aldrich le había aplastado —o, mejor dicho, pulverizado— la bolsa de papitas fritas cuando ella no prestaba atención. En fin, que es un perro caliente abierto a la mitad y rellenado con media bolsa de papitas fritas aplastadas y un paquetito entero de kétchup. Es una delicia. Tan rico que, de hecho, Wilson y yo hasta intentamos vender algunos el año pasado en la tienda de la escuela. Y seguro que habríamos hecho un dineral, pero el chef —que tiene el monopolio de la cafetería— dio el chivatazo y nos reportó a la señorita McDaniels. Ella cerró «el perro aplastado» exprés en un pestañazo, pero no sin antes comerse uno.

Habiendo dicho eso, no he compartido esta delicia en casa. Mami solo compra unos falsos cilindros de soya que NO son perros calientes y, seamos sinceros, la magia del perro aplastado se perdería si usáramos esas cosas. Así que allí estaba, parada en un pie frente a la cocina, buscando el modo de hacer un último sándwich de queso sin que se me queme el pan, cuando el resto de la familia llega a casa. Los mellizos son los primeros en oír el carro y salen disparados por la puerta, dejando sus sándwiches quemados en la mesa.

Papi llega en la camioneta, con Lolo en el asiento del pasajero, del mismo modo que lo hacían cuando Lolo todavía iba a los trabajos de la empresa. Tía, abuela y mami vienen detrás en el carro de tía.

Los mellizos atraviesan el patio a toda carrera.

—¡Lolo! —gritan al verlo despierto y sonriendo.

—Tranquilícense, muchachos —les dice papi cuando se acercan ruidosamente al asiento del pasajero—. Denle espacio para que salga. —Pone la andadora de Lolo frente a la puerta del carro, y se la abre—. Vamos, viejo —dice en voz baja—. Ya llegamos.

Aún así, los mellizos forman un alboroto a su alrededor e ignoran casi todo lo que dijo papi. A lo mejor es el alivio que ahora les ha caído de sopetón, tal como me ha pasado a mí.

—Roli dijo que te dio un sin-qué —le dice Axel a Lolo.

Tomás asiente y le toma la mano a Lolo.

—Vamos a terminar el caracol.

—Sí, claro —les dice Lolo en voz baja.

Supongo que este no es el momento de explicar que guardé las fichas de dominó esta mañana, incluso las que habían quedado regadas debajo del sofá y detrás de las macetas.

—Déjenlo para mañana, muchachos —dice papi—. Hoy Lolo tiene que descansar. Son órdenes del doctor. Ha habido demasiada agitación.

Para este entonces, ya abuela y tía también han salido del carro. Cualquiera diría que fue abuela la que se desmayó, dado lo pálida y exhausta que luce. Tiene en la mano otro sobre grande y lo usa de abanico. Este tiene en el centro un logo grande del hospital JFK.

—Vamos, muchachos. Su tío tiene razón —dice tía y se les acerca—. Ha sido un día largo. Jugamos mañana. —Me mira por encima del hombro—. Gracias por cuidarlos, Merci.

Entonces le da la mano a Lolo y lo ayuda a ponerse de pie.

A lo mejor es mi dedo adolorido. A lo mejor es la andadora que dificulta que camine cerca de él. Pero me pongo nerviosa cuando doy un paso adelante y deslizo los brazos alrededor de su suave barriga. Respiro profundamente contra su pecho y lo abrazo. En su camisa hay un olor distante a alcohol antiséptico que no debería estar ahí. Es el aroma de la clínica del doctor, de inyecciones y jeringuillas que meten miedo. Escucho el latido de su corazón y su respiración.

—¿Ahora estás bien, Lolo? —susurro. *Me asustaste. Pensé en lo peor.*

Me toma la cara con las manos y me sonríe. Conozco esa mirada. Me dice que soy la única niña, la nieta, la especial, la preciosa.

—Sí, claro —repite y entonces se ríe un poquito, aunque no sé de qué.

Lo vuelvo a abrazar y luego lo veo andar con paso lento por el sendero entre las casas de tía y abuela, con los mellizos corriendo delante. Papi me echa el brazo por encima del hombro cuando nos damos la vuelta para irnos, pero de cierto modo esto no me conforta. Quiero quitarme el brazo de encima, así como este sentimiento de incomodidad que no se me calma, incluso ahora que Lolo está en casa, aquí mismo, frente a mis ojos. *Está bien, tal como dijo Roli*, me digo a mí misma. Tan solo se desmayó, eso es todo. Un síncope.

—¿Estás bien? —pregunta papi en voz baja.

—Anjá —miento. Sin embargo, nada del día de hoy hace que me sienta bien.

Me separo de papi y entro.

CAPÍTULO 4

NO TENEMOS UNA PISCINA, como algunos niños de la escuela. Eso no quiere decir que yo jamás nade. Eso es gracias a que Gustavo, el amigo de papi, que es el gerente de los condominios al otro lado de la calle, nos deja que vayamos a la suya siempre que queramos. Es un canje por la cantidad de veces que papi ha pintado apartamentos vacantes por muy poco dinero. Es solo una piscina con forma de frijol y no está permitido lanzarse de cabeza, ya que solo tiene dos metros de profundidad en la parte honda, pero eso es mejor que asarse, especialmente en un día como hoy.

Hannah, Lena y Edna vienen a la hora del almuerzo, así que me apuro con mis quehaceres. Ya por fin regresaron a casa, así que hoy nos vamos a pasar el día entero juntas, para ponernos al tanto.

Mami hoy se pasó con la lista de quehaceres, pero por esta vez intento hacerlo todo para que este sitio luzca lo mejor posible. Hannah y Lena han estado aquí muchísimo, así que no me preocupo por ellas. Pero esta es la primera vez que Edna viene a pasar la tarde, y eso me pone nerviosa. Edna es el tipo de niña que nota todo lo que no quieres que note, y por aquí hay mucho de eso. Juguetes en el patio. Escaleras portátiles con peldaños rotos, viejos cubos de pintura. El jardín de Lolo y abuela en ruinas polvorientas. Jamás he estado en casa de Edna, pero me la puedo imaginar al dedillo. Apuesto a que tiene su propio cuarto con todo a juego, por no mencionar a Diamante, su terrier miniatura al que le pintan las uñas.

En fin, que hasta ahora, he limpiado con blanqueador el mostrador de la cocina, he recogido el correo de abuela y Lolo, he botado la basura y he sacado el tacho del reciclaje para cuando lo pasen a recoger. Pero todavía tengo un montón de cosas por hacer, como limpiar con manguera estas sillas, y leer unos cuantos capítulos más de esa lista infernal de lectura antes de que la escuela empiece la semana entrante. Lo juro, esto es como si fuese la Cenicienta, excepto que no tengo un hada madrina que me haga favores.

Sin embargo, supongo que en verdad no me puedo quejar. Roli tiene un trabajo bastante peor que el mío... por primera vez. Mami le pidió que ayudara a abuela a bañar a Lolo antes de irse a trabajar. Me lo dijo anoche luego de llegar a casa. Hablábamos en la oscuridad, tal como hacemos a veces.

—El verano se sigue poniendo bueno —se quejó.

—Por Dios —dije y miré al techo—. Eso quiere decir que vas a tener que verle las partes privadas. Todas arrugadas y eso.

—Gracias, Merci —dijo—. Eso era justamente con lo que quería soñar.

Estoy en una pelea con la manguera para atravesar el patio con ella cuando Roli por fin se aparece en la mesa del patio con el *short* de ir al gimnasio y el pulóver con el que durmió. Mami se fue hace rato a ver a su nuevo paciente de rehabilitación, papi salió a hacer un trabajo y tía y los mellizos están en el estudio de baile, así que solo estamos nosotros dos. Roli coge una silla y se encorva para comerse su pan con huevo frito mientras se pone a navegar en su teléfono. Le toma unos segundos darse cuenta de que le apunto con la manguera como si fuese una pistola.

Deja de masticar.

—Que ni se te ocurra —dice.

Sigo apuntándole con firmeza, con ambas manos.

—Entonces, muévete —digo, sin molestarme en usar buenos modales—. Tengo que quitarles las telarañas a las sillas antes de que lleguen mis amigas, lo cual va a pasar en cualquier minuto.

Roli recoge su plato y se para en el umbral de la puerta para verme trabajar.

Pero cuando aprieto la empuñadura, en vez de quitar las telarañas, el chorro me da en la cara. Escupo y suelto la manguera, mientras mis espejuelos gotean agua.

Roli se ríe por la nariz.

El pelo se me ha erizado en proporciones enormes con esta humedad, y ahora estoy empapada. Mi temperamento se vuela como una cafetera.

—¡A mí no me hace ninguna gracia!

—Oh, pero si es que es comiquísimo —dice, todavía entre risotadas. Pone el sándwich en el plato y viene hacia mí para inspeccionar la boca de la manguera—. Dame acá eso. Sospecho que aquí hubo sabotaje.

—¿Qué quieres decir? —Todavía chorreo agua.

—¿Acaso no les dijiste a los mellizos que no podían quedarse en casa hoy para nadar? ¿Qué esperabas?

Pienso en la mañana y me siento culpable. Es cierto. Me preguntaron y les dije que no porque, si los mellizos estuvieran aquí, iban a estar encima de mis amigas, entrometiéndose y escuchando nuestras conversaciones.

¿Acaso no debería poder compartir con mis amigas yo sola?

Roli aprieta la boca de la manguera en la rosca metálica y prueba el chorro para asegurarse de que está bien.

—Aquí tienes.

Justo entonces un SUV brillante se mete lentamente en la entrada de carros. La canción más reciente del grupo BTS suena en su interior. Son la obsesión más reciente de Hannah.

—Oh, no. Ya llegaron. —Parezco una criatura de un pantano. Todavía hay que limpiar el patio con la manguera. Hay telarañas sucias que cuelgan de la puerta mosquitera y de las sillas. Y no he acabado con la tonta lista de mami.

Roli suelta un suspiro.

—Vete —dice—. Yo me ocupo de esto.

—¿Vas a hacer los quehaceres en mi lugar? —pregunto, sospechosa—. Aquí hay gato encerrado.

—Te esperan —dice.

—Te debo una. —Me doy la vuelta para irme y entonces titubeo—. Supongo que no querrás leer dos novelas y escribir un reporte de cada libro, ¿no es así?

Me salpica los pies con la manguera.

—Sal de aquí antes de que cambie de opinión —dice.

No me lo tiene que decir dos veces. Corro por la entrada de carros hacia donde Hannah, Lena y Edna se bajan del asiento trasero. Hannah arrastra una gigantesca nevera portátil con las cosas del almuerzo que se había ofrecido a traer. Lena tiene su mochila y la de Hannah, cada una colgada de un hombro. Edna sale y mira alrededor, más o menos como si hubiese alunizado. Sin embargo, cuando Lena y Hannah me ven, lo sueltan todo y las tres corremos a abrazarnos con gritos de alegría. Edna mira un segundo antes de caminar hacia nosotras con una sonrisa.

Entonces hay un momento incómodo en el que únicamente nos miramos las unas a las otras. ¿Cómo es posible que luzcamos tan distintas en tan solo unas pocas semanas? Edna se ha bronceado de un marrón más oscuro y tiene el pelo recogido en una elegante cola de caballo. Lena lleva unas felinas gafas de sol rojas y luce un nuevo color en las puntas del pelo que le hacen juego. También tiene unos aretes azul turquesa. Hannah ya está más alta que nosotras... y por un buen tramo.

—¡Suávana! —digo—. ¿Y a ti te estiraron en una tendedera en el campamento?

Hannah sonríe y espera pacientemente mientras Lena, Edna y yo nos pasamos la mano por la parte superior de la cabeza para medir cuán altas somos en comparación con ella. Ahora ninguna le llega más allá de la mitad de la frente.

—Tienes buena estatura para el modelaje —dice Edna.

La señora Kim apaga la música y sale del carro. Tiene una blusa de lino y unos pantalones cortos perfectamente planchados.

—Hola, Merci —dice—. ¿Qué tal fue tu verano?

Me bajo con un poco de incomodidad los *shorts* mojados que ahora se me han subido demasiado y se me han asentado en estas nuevas caderas que me han salido.

—Bien, gracias —digo, aunque sé que la señora Kim no me presta atención. Está demasiado ocupada echándole un vistazo al lugar y espiando de manera educada.

—¿Tus padres están bien?

—Mami y papi ya están en el trabajo —le digo y ofrezco la información que sé que busca.

—Oh. —Mira velozmente a Hannah, quien supongo que no mencionó que mis padres no iban a estar hoy en casa.

—Pero mis abuelos están aquí —digo.

—¡Lolo! —dice Lena. Él le cae muy bien—. ¿Se siente mejor?

Muevo mis pies, inquieta.

—Sí, está bien.

La señora Kim le echa un vistazo a la casa de mis abuelos.

—Es cierto. Hannah mencionó que ha estado un poco enfermo —dice—. Un hombre tan encantador.

Lo cierto es que todo el mundo le tiene cariño a Lolo. A eso papi le dice «el carisma de los Suárez», que es a lo mismo que mami llama «el gen de los chistes cursilones». Aunque no sé cuánto más le quede. Lolo ha estado más tranquilo desde que regresó del hospital. Y aunque ha pasado una semana desde que se desmayó, todavía luce un poco pálido. No quiero que la señora Kim vea eso. Podría decidir que aquí no hay adultos competentes que nos cuiden. Así que, para hacer que se vaya más rápido, señalo al patio en medio de la desesperación.

—Y mi hermano mayor está en casa hasta que se vaya a trabajar luego. ¿Se acuerda de Roli? ¿El genio?

Es un poco exagerado, pero que Roli esté por aquí por lo general es el boleto dorado para los padres. Pero la señora Kim es dura de pelar. Se vuelve hacia el patio y saluda a Roli con la mano, mientras él, como todo un profesional, limpia la mesa y las sillas con la manguera. Veo en su ceño fruncido que no está del todo feliz. La mamá de Hannah es superprecavida, sobre todo con lo que ella llama «adolescentes varones», a quienes pone en la misma categoría de los hombres-lobo y otras especies peligrosas. Supongo que eso incluye a Roli, ya que todavía no ha cumplido los veinte. Pero ¿y *él* qué iba a hacer? ¿Matarnos de aburrimiento con sus anotaciones científicas? Además, él va a estar ocupado con el baño de Lolo…, pero eso no se lo voy a decir a ella.

—Está bien, mami —dice Hannah—. Todas sabemos nadar. Y yo tengo mi teléfono.

—Yo tengo una certificación de RCP —añade Edna, que mira alrededor con pinta de estar aburrida—. Desde que tenía como diez años.

La señora Kim parece indecisa.

—Bueno, ¿qué tal si al menos las llevo en carro hasta la piscina y las ayudo a instalarse? —dice.

—Mamá —se queja Hannah—. Te dije que está ahí mismo al cruzar la calle. Podemos ir a pie.

—Es cierto —digo.

—Pero hace tanto calor hoy —dice con voz amable—. Si las llevo en carro, no tendrán que cargar todas estas neveras y bolsas pesadas en esta temperatura.

Todas sabemos que a la señora Kim le importa un pepino que carguemos cosas pesadas. ¿Cuántas veces nos ha hecho cargar cajas para sus eventos de la asociación de padres? Si casi somos sus mulas de carga. No, quiere llevarnos para echarle un vistazo al sitio en el que vamos a pasar la tarde. Ella no bromea cuando de vigilar a Hannah se trata. Nunca estoy segura de a qué le tiene miedo, ya que Hannah *nunca* se mete en problemas adrede. Aun así, la señora Kim siempre tiene que saber los detalles exactos de a dónde vamos, cuánto tiempo vamos a estar ahí, qué vamos a hacer y todo ese rollo. Hasta mis padres piensan que la señora Kim es sobreprotectora… y eso dice mucho porque son gente que considera que quedarse a dormir en casa de una amiga es una actividad riesgosa.

Hannah nos mira avergonzada, pero entonces Edna abre el pico.

—Yo voy en el carro. O sea, hace *tremendo* calor. —Se pone las gafas de sol en la cabeza para revelar lo que espero que sea maquillaje a prueba de agua.

Lena se encoge de hombros.

—Además, así podremos comparar los horarios más rápido. —Mete la mano en una de las mochilas y saca su sobre de la escuela para tentarnos. Miro a Hannah y soltamos una sonrisa. Nuestros horarios llegaron esta semana, pero todas nos prometimos que no los abriríamos hasta que estuviéramos juntas, para ver qué clases tenemos en común. Octavo grado: ¡allá vamos!

—Entonces ya está decidido —dice la señora Kim al volverse hacia mí—. Las espero en el carro. —Contempla mi camisa empapada y mi pelo encrespado—. Ven a buscarme cuando te pongas algo limpio.

Hannah luce como si quisiera que la tierra se la tragara cuando su mamá se va rumbo al carro.

—¿Alguna vez en la vida respiraré en libertad? —se queja entre dientes. Deja caer los hombros.

—Lo más probable es que no —dice Edna. Luego me mira—. Ponte las pilas, Merci. Mira que me derrito.

—Espérenme aquí —les digo, y entro a la carrera a buscar mis cosas.

Un rato más tarde, estamos en la piscina del condominio Villa de las Palmas. Meto el código, abro el paso más allá del portón de la piscina y miro alrededor en caso de que haya otros residentes ahí. Gustavo siempre nos dice que digamos que hemos venido a visitar a un pariente si alguien nos pregunta.

Por suerte, la costa está despejada hoy.

Escojo la mejor mesa bajo una de las palmeras e intento no pensar en qué piensa Edna mientras echa un vistazo alrededor. La familia de Edna vive en Júpiter, y sé que ella tiene su propia piscina, su propio cuarto, su propio de todo. Hannah ha estado ahí. Dice que cuando vas a casa de Edna, tienes que parar en una garita en la que un tipo que se llama Edmund escribe tu matrícula del carro y llama a la residencia para ver si esperan tu visita..., lo que a la mamá de Hannah le encanta nada más que por el ambiente de seguridad. También he oído que si te aburres en la piscina de Edna, puedes ir a otra piscina, la de la comunidad. Esa tiene un gimnasio, un *jacuzzi*, una sala de baile (para las fiestas) y hasta un bar tiki en el que puedes pedir fruta, agua, refrescos… *gratis*.

Todavía sigo esperando mi invitación, pero en fin, qué le vamos a hacer.

Aquí las cosas son diferentes, por supuesto. Nadie enseña a bailar zumba a las madres. En vez de eso, el gran juego es el tejo, aunque las canchas están desniveladas y descoloridas. Los muebles de fibra de vidrio están astillados y son inestables, razón por la que, en días de mucho viento, las sombrillas son la causa de las advertencias extremas de abuela. Está convencida de que una saldrá volando por los aires como los discos gigantes para decapitar a alguien.

Edna camina hasta la casa club y ahueca las manos contra la puerta de cristal corrediza para echar un vistazo al interior. No hay mucho que ver, le quiero decir. Tan solo las bicicletas estáticas que son más viejas que nosotras y unas cuantas mesas plegables recostadas contra la pared. Aguanto la respiración hasta que regresa a donde estamos. Me tengo que preguntar por qué accedió a venir hoy cuando las opciones en su piscina son mucho más agradables.

—Quédate a la sombra —le dice la señora Kim a Hannah cuando aprieta el remoto para encender su carro. Entonces abre la chirriante reja y sale—. Vuelve a ponerte la protección solar en una hora y déjate la gorra puesta también en el agua, Hannah Kim —le grita—. Ya te cocinaste bastante la piel en el campamento, y tampoco te hace falta un golpe de calor.

Hannah no levanta la vista desde debajo de la visera de su gorra de béisbol. Su protector solar de FPS 90 es ya tan espeso como el calafateo. Lo huelo desde aquí.

—Chao, mamá —dice.

Todas vemos a la señora Kim a través de los arbustos hasta que por fin se sube en su carro y se va.

Hannah suelta un suspiro profundo.

—¿Y qué es lo próximo que te toca? —dice Edna cuando el carro desaparece a la vuelta de la esquina—. ¿Te van a instalar un chip de localización debajo de la piel?

—No me sorprendería —dice Hannah.

Edna mete la mano en su bolsa y saca un paquete de chicle y nos lo extiende a cada una.

—¿Aquí hay reglas acerca del chicle cerca del borde de la piscina? —Mira los pegotes de caca de pájaro y todo lo demás en el pavimento—. Supongo que no.

—Olvídense de todas esas cosas de las madres —dice Lena y se mete un chicle doblado en dos en la boca—. Tenemos cosas más importantes que hacer. ¡Como descifrar nuestros horarios! —Nos lleva hacia donde ha acomodado cuatro divanes, lado a lado. Edna frunce el ceño al ver el inestable con las manchas de moho en las correas. Ellas son mis invitadas, así que ese lo tomo yo.

Entonces todas metemos las manos en nuestras bolsas para sacar nuestros sobres idénticos de la Academia de Seaward Pines.

—Al conteo de tres —dice Edna y, entonces, a la par, los abrimos de un tirón.

Es una página de computadora impresa. Muevo mi dedo por las cuadrículas.

—Mi aula principal es la 810 —anuncio.

Hannah niega con la cabeza.

—Qué porquería. Yo estoy en la 812 con el señor Kowal. ¿Y tú qué, Lena?

—Yo también estoy en la 812 —dice Lena alegremente.

—Igual que yo —dice Edna.

—¿Qué? —chillo—. ¿Estoy sola?

—No te preocupes, Merci —dice Lena—. Es la puerta de al lado, y además es solo para el aula principal. ¿Qué tienes en primer periodo?

—Tengo Inglés con Tibbetts —dice Hannah.

Lena choca el puño con ella.

—¡Sí! —dice—. La señorita Tibbetts te deja escoger los libros que lees.

Pero veo que mi primer periodo tampoco concuerda con el de ellas.

—Tengo a la señora Watson para la clase de Ciencia a primera hora.

—¿Y qué pasa con Cívica, entonces, con la señorita Donner, en segundo periodo? —dice Edna.

Así repasamos todo nuestro horario completo, clase por clase, dos veces, pero al final estoy horrorizada. Ellas están juntas en varias clases, pero yo no estoy absolutamente en ninguna.

Me siento aturdida.

—Detesto mi horario —digo, mientras intento que no se note el pánico en mi voz—. Lo único que tenemos juntas son el almuerzo y la clase de Educación Física. ¿Y cómo se supone que viva yo con eso?

—¿Y a qué viene tanto rollo? —dice Edna—. Haz que tu mamá le escriba una nota a la señorita McDaniels para que te cambie a una de nuestras clases. Mi mamá lo hace todo el tiempo.

—La mía no. —Me acuesto en el diván y miro con dureza al cielo brillante, para intentar ocultar el hecho de que se me han aguado los ojos. Mami no es como la señora Santos, que dona dinero y hace trabajo voluntario para todo y luego cobra los favores que le hace a nuestra escuela. Mami tan solo dirá algo tonto como que la secundaria es el momento para expandir mis horizontes y hacer nuevos amigos y todo el resto de esas mentiras. Es como si ella no entendiera las cuestiones básicas de la vida: nunca es bueno cuando te separan de tu manada en la vida salvaje.

Así que me quedo tranquila y dejo que el sol me arrugue la piel en las mejillas, mientras Lena, Edna y Hannah comparan notas respecto a las clases que tienen juntas y lo que saben de tal o más cual maestro. Su felicidad es un globo aerostático que se eleva mientras yo aquí me marchito al sol. Intento no ponerme brava con ellas por eso, pero no es justo que van a estar juntas sin mí. ¿No podrían al menos sentirse un poquito enfadadas?

Por fin, Edna me echa un vistazo.

—¿Te vas a quedar ahí enfurruñada? O sea, se supone que esto sea divertido, Merci.

—Edna —dice Lena.

Edna suelta un suspiro y saca su teléfono. Al momento, sus pulgares vuelan por encima de la pantalla.

—¿Qué haces? —pregunta Hannah.

—¿Perdón? Reconocimiento básico. —Navega y arrastra el dedo por la pantalla como una profesional para revelar las redes sociales de diferentes personas. Luego de un par de minutos, me mira—: Avery Sanders y Mackenzie Lewis están en tu aula principal, según Instagram. ¿Tú no jugabas fútbol con ellas?

—Sí.

—Bueno, pues ahí lo tienes.

Me acerco para mirar por encima de su hombro una foto de Avery y Mackenzie juntas en un campamento de fútbol este verano. La gente está dejando trillones de comentarios respecto a lo lindas que lucen y todo eso. Uno de ellos tiene pequeños emoticonos de aplauso y menciona mi misma aula principal.

Avery fue nuestra centro delantera el año pasado y Mackenzie y yo entrábamos de sustitutas como atacantes a sus flancos. Jugábamos bien juntas. Sin embargo, lo que pasa es que ellas no me dicen ni pío, excepto cuando estamos en la cancha de fútbol.

—No es lo mismo que con ustedes —digo.

—Por supuesto —dice Edna—. Pero es algo. E incluso si ellas te ignoran, al menos sabes que no estás en un aula de perdedores a la que lanzaron a los parias. —Me mira con cara de carnero degollado y entonces murmura—: No digo que tú seas una paria.

Ni siquiera me enfurezco.

Es decir, yo jamás he sido especialmente popular, pero Edna es quien sabe bien lo que es que te lancen a la cuneta. No fue hace mucho que sus viejas amigas la excluyeron de la lista de las superpopulares. Avery y Mackenzie no son muchachas malas, pero aun así son todo lo contrario de parias. Son esas niñas que son buenas en todo y además son agradables. Hacen que parezca gran cosa si te dicen hola en los pasillos.

Edna tira su teléfono dentro de su bolsa.

—Por lo tanto, ahora que ya resolvimos eso, vamos a nadar —dice—. Hace tremendo calor.

Miro al agua medio desanimada y me encojo de hombros. Hannah me da un empujoncito con el dedo del pie.

—Edna tiene razón, Merci. Levanta el ánimo. Incluso si tu mamá no te arregla el horario, vamos a almorzar juntas todos los días.

—Y no se olviden que este año tenemos el viaje en el que pasamos varias noches fuera de casa —dice Lena—. Definitivamente vamos a ser compañeras de cuarto ahí. —Levanta las cejas juguetonamente y suelta una enorme sonrisa, hasta que yo hago lo mismo.

El viaje es una tradición de la secundaria de Seaward Pines, y siempre es divertido. Tres días en San Agustín en octubre, sin ninguno de nuestros padres para sacarnos de quicio.

Lena guarda su horario y se quita el pulóver y los espejuelos.

—Así que lo que tenemos que hacer ahora es… ¡una competencia de tirarnos de bomba a la piscina! —Corre a la parte honda de la piscina y salta alto, punteando los dedos de los pies como una gimnasta, mientras mete las rodillas. Al salpicar el agua hace un arco perfecto que empapa el borde de la piscina y casi llega hasta donde estamos sentadas.

—¡Espérame! —dice Hannah. Tira el sombrero al suelo y sale a la carrera tras Lena, y la brillantina en su traje de baño la hace lucir como una hermosa sirena. Ahí va otra salpicada perfecta, y luego flotan a la superficie y se ríen juntas en la piscina.

—¡Vamos, chicas! ¡Métanse! —grita Hannah.

Edna es la próxima, pero no corre. Más o menos se escabulle hasta el borde de la piscina y mira una última vez a la superficie, probablemente para comprobar que está lo suficientemente limpia antes de saltar.

Yo me echo hacia atrás, para coger impulso en mi carrera hacia el agua, ignorando el dolor en el dedo del pie que todavía no se ha curado del todo. Aprieto las muelas y dejo que el pavimento me chamusque las plantas de los pies mientras corro hacia lo hondo. Salto tan alto como puedo, intentando hacer mi propia salpicada gloriosa. Pero me inclino hacia atrás un pelín más de lo que debía y entonces —*¡bumbatá!*—, solo me doy un espaldazo.

El mundo se queda en silencio mientras me dejo bajar hasta el fondo como un saco de arena. Encima de mí, las veo a las tres mantenerse a flote. Van a estar juntas muchísimo este año, y yo por lo general voy a estar sola. Taciturna, espero tanto como puedo debajo del agua y las miro a través de las ondas, hasta que por fin no me queda otra opción que subir a la superficie a respirar.

CAPÍTULO 5

ROLI Y YO TENEMOS PUESTOS nuestros pulóveres y gorras de Sol Painting a la mañana siguiente y esperamos a que papi termine de ducharse para irnos al trabajo. Cualquier otro día, yo estaría loca de contenta. O sea, Roli y yo no hemos hecho un trabajo de pintura juntos en muchísimo tiempo, y el de hoy está bueno. Vamos rumbo a Loxahatchee. Zenaida, la esposa de Gustavo, trabaja de empleada doméstica ahí y nos consiguió este proyecto. Ella dice que incluso hay caballos allí.

Aun así, yo estoy medio dormida mientras les doy mordiditas a mis panqueques. No sé qué fue lo que me dificultó más el dormir: las quemaduras de sol en los hombros o la preocupación de no saber con quién voy a hablar en cualquiera de mis clases. Me pasé la noche entera poniéndome crema de sábila en la piel y echándole un vistazo a las historias de la gente en las redes sociales a ver si alguien más mencionaba sus horarios. Esta espiadera agota mucho. Me gustaría que una tan solo pudiera preguntar a secas sin que eso la haga parecer que está desesperada. Pero no, no se puede, y después de todo ese trabajo, hasta ahora, lo único que sé con certeza es que tengo un par de clases con Avery y Mackenzie.

Intento decidir si nos vamos a hacer más amigas. Eso de estar en el mismo equipo con ellas quiere decir que tengo un permiso temporal para entrar en su club social, lo que es bien chévere, ya que Avery siempre encuentra cosas divertidas que hacer, como, por ejemplo, poner *clips* en bucle de sus momentos favoritos de partidos de la Liga Nacional de Fútbol Femenino en su *feed* o nos organiza para que decoremos nuestras taquillas antes de los partidos. Pero una vez que colgamos los tacos, las cosas cambian. Avery y Mackenzie tienen un grupo cerrado de amigas al que el resto podemos mirar, pero al que no nos podemos unir. La gente presta atención al modo en que ese grupo se viste y dónde pasa el tiempo y de qué programas de televisión habla durante el almuerzo. Tienen novios y novias. Van a fiestas y a veces se invitan entre sí a vacaciones en familia.

En fin, que no es que Avery o Mackenzie hayan sido esnobistas, como algunas de las niñas de otros biodomos de por aquí. Me tratan bien, sobre todo en la temporada de fútbol, cuando he escuchado a Avery decir cosas al estilo de «Merci, la del pie certero» delante de sus otras amigas en el taquillero, cuando describe una de mis jugadas. Lo que pasa es que cuando acaba la temporada, también acaba nuestra cercanía. *Coach* Cameron siempre le daba el sermón a nuestro equipo de que pensáramos en nosotras como un equipo de fútbol de «familia», pero eso nunca cuajó. A lo mejor Avery no piensa en la familia del modo en que yo pienso en la familia. Sea cual sea el motivo, al final de la temporada, todas regresamos a nuestros propios grupos.

Roli inspecciona el refrigerador y planea su redada para el desayuno.

—Déjame el queso en tubitos —le advierto. Este se zampa todo lo que esté a la vista si no me pongo las pilas.

—Oh —dice. Cuando se endereza, veo que de los labios le cuelga como un tabaco mi último palito de *mozzarella*—. Lo siento.

Vuelve a la mesa también con un pozuelo de arroz con leche que abuela nos envió anoche. Es el postre favorito de Roli, y apuesto que ella se lo hizo para darle las gracias por tener que haber visto a Lolo desnudo. Sea cual sea el motivo, hay suficiente arroz con leche para un ejército. Aun así, él agarra la cuchara y empieza a escarbar él solito a través de la capa de canela que cubre el postre.

—Déjame un poco. A mí también me gusta, por si no lo sabías —digo—. Y abuela dijo que lo compartiéramos.

Roli me ignora.

—¿Y tú todavía no has acabado con eso? —me pregunta, y señala los libros que estoy forzando dentro de mi mochila para el trayecto.

Yo le engurruño la nariz, y hago una muequita de dolor por la insolación. Se me han formado unas ampollitas en la punta de la nariz, pero no me arden tanto como su comentario. Él sabe que leo más lento que él. Y que soy más lenta en matemáticas y más lenta en ciencias… y en lo que se te ocurra.

—Yo sigo diciendo que el trabajo escolar durante el verano no debería estar permitido —murmuro.

Él se mete una cucharada rebosante en la boca y ni responde. Veo que se propone terminar el pozuelo, a no ser que yo se lo impida, así que pongo mis cosas en el piso y saco una cuchara de la gaveta. Estoy de espaldas tan solo durante unos segundos, pero cuando me vuelvo, me lo encuentro echándole un vistazo a mi teléfono sin mi permiso.

—¡Oye! —digo. Su especialidad en trampas este verano ha sido tomarse fotos tontas de sí mismo (como, por ejemplo, un *close up* de sus pupilas) y ponerlas de pantalla en mi móvil cuando no lo miro—. No me hace falta tu carota en mi pantalla de nuevo.

Gira en su silla y se escurre fuera de mi alcance.

—Aguanta un momento, hazme el favor. Esto solo tomará unos segundos.

Escucho el sonido de mis mensajes de texto mientras él sigue en lo suyo.

—Roli, lo digo en serio. Devuélvemelo o me pongo a gritar.

Tengo las mejillas al rojo vivo... y no es por el sol. ¿Y si esto es algo privado, como, por ejemplo, un mensaje de Wilson? No quiero que Roli sepa.

—¿Y a ti qué te pasa? —pregunta y se pone de pie—. Espera un momento.

Al pararse, ahora me resulta demasiado alto, por supuesto.

Cuando me da la espalda, es fácil para él impedir que le arrebate mi teléfono mientras él le hace algo a mi pantalla. Por fin, me lo devuelve.

—Aquí tienes.

—¿Qué hiciste? —le pregunto.

—Dar una respuesta a tu sufrimiento —dice.

Miro a ver de qué habla. Las portadas de los libros en mi lista de lectura llenan mi pantalla. Cuando navego hacia abajo en la pantalla, noto que ha bajado los archivos de audiolibro de la colección de la biblioteca.

Una burbujita de esperanza aletea dentro de mí. ¿Y esto por qué no se me ocurrió antes? Aguanto la respiración, miro fijamente mi teléfono y contengo la necesidad de darle un beso en esa cara con barba de tres días.

—Te va a tomar exactamente veintiún horas, más o menos, con los recesos para ir al baño. Puedes empezar a escucharlo hoy mientras pintas.

—¿Y esto se permite? —susurro en caso de que papi todavía esté al acecho. Él sería uno de los que piensa que escuchar audiolibros es hacer trampa, ya que hay menos sufrimiento. ¿Y quién sabe si mi maestra también va a pensar lo mismo?

—Es demasiado tarde para preocuparse por eso. Empiezas la escuela el lunes. ¿Quieres que te metan un cero por la cabeza en tu primer día?

Raspa los lados del pozuelo y saborea el último bocado sin mí. Entonces se dirige a la puerta justo en el momento en que Simón se mete en la entrada del garaje.

—Voy a ayudar a Simón a empacar la camioneta —dice desde el pasillo. Entonces suelta una sonrisa y añade con voz cantarina—. Por cierto, *Wilson* dice que está en casa.

Simón, que va en el asiento del pasajero al lado de papi, se baja las gafas de sol y suelta un silbido cuando llegamos al nuevo trabajo. Es el mejor hombre de papi… y ahora también lo es de tía, si pescan la indirecta. La verdad es que a mí no me gusta pensar en la vida amorosa de los adultos, pero en lo concerniente a ideas asquerosas, esos dos no están mal. Y a los mellizos de veras que Simón les cae bien. Juega con ellos. Se ríe con sus chistes tontos.

—¡Mira el tamaño de este sitio! —dice—. Esta gente debe tener una familia enorme para llenar todos los cuartos.

Papi mira fijamente a través del parabrisas.

—Creo que solo viven aquí la señora y su esposo.

Me escurro entre sus asientos para ver por mí misma. La casa es enorme.

—Papi, si la pintáramos completa, ¡haríamos una montaña de dinero!

—¡Ponle el cuño! —dice Simón.

—Ya quisiera yo —dice papi y se encoge de hombros—. La señora solo quiere que pintemos dos cuartos.

—Algo es mejor que nada, hermano —añade Simón y se encoge de hombros.

Nos metemos con la camioneta hasta la parte trasera de la casa en una larga entrada de garaje que se abre a un patio lo suficientemente grande como para ser un parque. Le han quitado todos los árboles, excepto alguno que otro pino aquí y allá. Más allá de los árboles, dos caballos pastan en un prado con una cerca blanca. Parece una pintura, sobre todo a esta hora temprana en la que la hierba está cubierta de rocío y el sol todavía es suave.

Zenaida está en la puerta trasera y nos indica con la mano que entremos.

—¡Buen día! —nos grita.

Es raro ver a la esposa de Gustavo aquí, en vez de en su casa en el condominio. Es como si fuera una persona diferente. Tiene puestos unos pantalones azul marino y una camisa de cuello, como si fuera a una cita con el médico o algo por el estilo. En casa, siempre anda en chancleta y con coloridos vestidos veraniegos, y se pasea por los corredores del condominio para ver qué hay con los residentes, que es su pasatiempo favorito. Abuela dice que si no fuera por Zenaida, los ancianos allí no tendrían con quién hablar en todo el día.

—Los pobrecitos. Si no te tuvieran a ti, las lenguas se les secarían en las bocas —le dijo el otro día abuela cuando Zenaida le trajo un roscón de la pastelería, del tipo que ella sabe que le gustan.

En fin, que apuesto a que este trabajo de Zenaida de empleada doméstica la mantiene bastante ocupada... y no solo dando cháchara o comiendo pastelitos de guayaba. ¿Cómo será la lista de quehaceres en un sitio como este? Debe de tomar horas y horas limpiarlo.

—Por aquí —les dice a papi y Simón al abrirnos la puerta. Entonces nos ve a Roli y a mí—. ¡Ya veo que también trajeron a sus mejores asistentes! —Sonríe de oreja a oreja y nos besa en las mejillas mientras les echa un vistazo a nuestros zapatos para cerciorarse de que estén limpios. Sin embargo, ya nos conocemos la rutina, así que nos ponemos nuestras botas de papel y entramos detrás de ella.

Casi al entrar a la cocina, me siento como Alicia en el País de las Maravillas, después de que se encoge. La habitación es diáfana, con mucho acero inoxidable y muebles de madera oscura. De forma inexplicable, no hay ni una sola cosa encima de ninguno de los mostradores. En nuestra casa todo está a la vista pública. Bolsas de galletas de soda. Una cesta de frutas. El viejo bote de café que mami deja cerca del fogón para drenar el aceite después de cocinar.

—¿Quieren agua? —pregunta Zenaida. La puerta del refrigerador tiene un pequeño compartimento transparente en el cual hay botellas llenas de agua—. Hoy va a ser otro día caluroso.

Papi dice que no, ya que nosotros traemos nuestras propias bebidas en una nevera portátil. Entonces Zenaida pregunta cómo se siente Lolo, y chacharean un poco en español. Es como si todo nuestro vecindario supiera que ya Lolo no es él mismo por estos días. Esto me cae supermal. Las miradas preocupadas, los suspiros, las veces que la gente dice cosas como: «qué lástima».

Roli y Simón van a la camioneta a buscar las pinturas que recogimos en la tienda esta mañana. Desenvuelvo la lona y cubro con nailon la mesa de la cocina y las sillas tapizadas, poniendo atención especial en cubrirlo todo. Si derramamos algo por error, nunca podremos pagarlo.

Cuando termino de pegar las puntas del nailon, escucho unos tenis que chirrían en el piso, y entonces aparece una señora alta. Tiene más o menos la edad de mami, con el pelo corto y unas largas piernas bronceadas, como los corredores del equipo de atletismo de la escuela. Tiene una blusa de golf bien planchada y unos aretes a juego. Incluso desde aquí, huelo algo de perfume.

—Me pareció escuchar voces —dice—. Buenos días.

Roli y Simón la saludan asintiendo con la cabeza. Zenaida deja de hablar con papi en mitad de la oración y cambia de repente al inglés.

—Buenos días, señora Ransome. Acabo de dejar entrar a los pintores. —Le sonríe a su jefa y nos asiente bruscamente antes de salir de la habitación. Así como así, como si ya no nos conociera, como si nunca se hubiese parado a la ventana de abuela, a dar cháchara a la sombra.

La señora Ransome se vuelve hacia nosotros y nos sonríe alegremente.

—Ha llegado puntualmente, señor Sol. Eso me gusta —le dice a papi.

—Es Suárez —dice papi—. Enrique Suárez. Sol es el nombre de la compañía.

—Como el sol —digo yo y muestro el logo en nuestras camisas.

Me mira.

—Estos son mis hijos, Rolando y Mercedes —dice papi y usa nuestros nombres completos, como si todas esas letras extra que tienen nos hicieran sonar más importantes—. Y mi asistente, Simón. Todos son trabajadores excelentes.

No voy a mentir: me gusta que papi diga que yo trabajo bien, pero veo que la señora Ransome no parece muy convencida, así que intento pararme lo más recto posible para ser más alta.

Adelante, pienso. Pregúnteme la diferencia entre un acabado de satén y uno plano. Vea a ver si puedo estimar cuánta pintura hace falta para cubrir los metros cúbicos de la pared de esta habitación.

Apuesto a que ella no sabe que yo dejo a Roli en el polvo con el rodillo, eso sin decir nada de mis habilidades a pulso para delimitar los bordes.

—Bueno, déjenme mostrarles el espacio. Es esta habitación, por supuesto —dice y se mueve por la cocina—, pero también la «madriguera». Síganme, por favor.

—¿Una madriguera? —le susurro a Roli—. ¿Como los osos?

—Sio —me dice.

La seguimos por un pasillo soleado a otra habitación que se abre con puertas dobles. Es incluso más inmensa que la cocina, con un puntal alto y unos arquitrabes de madera que hacen que el sitio parezca a la vez una iglesia y una granja. Una pared está hecha por completo de vitrales con vista al potrero. Noto que los caballos aún pastan.

—Me hace falta que pongan un cuidado especial alrededor de esas vigas —dice y señala al techo—. Son de cedro.

Simón se mete las manos en los bolsillos y levanta la vista a la altura de la habitación. Entonces da un paso hacia el librero y aguza la mirada para admirar un diploma que está al lado.

—Mira, Roli —susurra y lo toca con el codo—. ¿Ahí no es donde tú quieres estudiar?

Papi se da la vuelta para ver. Entonces sonríe con orgullo.

—Mi hijo estudia medicina —le dice a la señora Ransome. Se da unos golpecitos en la cabeza para mostrar que quiere decir que Roli tiene un cerebro prodigioso—. Inteligente, como su madre.

Las orejas de Roli se le ponen como un tomate mientras finge que estudia la superficie de la pared y le pasa la mano a las latas de pintura. Me compadezco con él inmediatamente. La adulación pública de los padres. Ayayay.

La señora Ransome, sorprendida, se vuelve a mi hermano.

—¿De veras? ¿Vas a ser médico?

Ay. *Sí, de veras.* Lo único que tiene que hacer cualquiera para enterarse es hablar con Roli durante cinco minutos. ¿Quién más usaría palabras como *placa amiloide* y *núcleo subtalámico* en una conversación informal? Si le preguntas a cualquiera de sus antiguos maestros, te dirán que Roli estaba casi listo para la universidad desde el día que salió del círculo infantil. Recuerdo su discurso de graduación del año pasado cuando acabó con las mejores calificaciones de su curso. Cuando llegó al podio, toda la joyería de pacotilla que tenía al cuello de las sociedades de honor lo hacían parecer más como un rapero *nerd* frente al micrófono. Habló acerca de que tenía un objetivo y de ayudar a los demás y un montón de otras cosas que hicieron que mami y papi soltaran unos lagrimones en sus asientos.

Después de eso, el director de nuestra escuela, el doctor Newman, levantó la mano de Roli como si mi hermano ya hubiera curado el cáncer.

—Sé que harás grandes cosas en este mundo, Rolando —dijo.

A lo mejor la señora Ransome no se puede imaginar a Roli de médico, ya que ahora mismo tiene puesto el uniforme de trabajo. Una bata de médico y una para cubrirse de pintura son ambas uniformes blancos, pero en verdad no son para nada lo mismo. La gente te mira diferente, incluso si eres la misma persona que se pone las dos. Sin embargo, me pregunto, ¿cómo lucen los médicos del futuro, si no como Roli?

Roli se vuelve hacia ella.

—Ahora mismo estoy en el programa de biología —dice en voz baja—. Me gustaría especializarme en neurología un día. —No menciona a Lolo ni por qué quiere aprender a arreglar los cerebros de la gente.

La señora Ransome enarca incluso más las cejas.

—¡Santo cielo, eso es muy impresionante! ¿Cuándo te gradúas?

Le echo un vistazo furtivo a Roli, que se mete las manos en los bolsillos, al igual que Simón. Es una pregunta simple, pero tiene una respuesta desagradable que depende de tantas cosas..., pero más que nada, como de costumbre, del dinero.

—No estoy seguro. —Entonces se vuelve hacia papi—. ¿Por dónde quieres que empecemos? —pregunta.

Papi asiente y le da un apretón al hombro de Roli.

—Anjá —dice—. Vamos a preparar la cocina, mijo.

Afuera en el pasillo, Zenaida lo ha escuchado todo. Me cruza la mirada y sonríe cuando le pasamos por al lado, pero sigue sacudiendo el polvo sin decir palabra. Aquí se supone que seamos «los pintores», y no amigos ni vecinos. Ya entiendo.

Así que me pongo mis auriculares, dejo la cara en blanco y doy *play* al primer audiolibro cuando empezamos a pintar.

CAPÍTULO 6

EN EL TRAYECTO DE VUELTA, le envío una foto de los caballos de la señora Ransome a Wilson y añado: «Bienvenido de vuelta» en letras multicolores. Tomé las fotos durante el almuerzo, cuando comimos en una mesa de pícnic cerca del potrero. Los fotografié con una luz veteada, que los hacía lucir como criaturas mágicas con el filtro que usé. Zenaida trajo una merienda para que yo pudiera darles golosinas a los caballos, pero al principio ninguno se me acercó.

—Los caballos pueden ser ariscos —me dijo Simón—. Dales tiempo. —Él lo sabe porque su abuelo tenía una finca en El Salvador cuando él era niño, así que creció rodeado de caballos.

Así que esperé a que Jack, el marrón, por fin se acercara a la cerca a ver lo que yo tenía en la mano. Bajó su hocico sedoso, olfateó un poco, y se llevó la zanahoria de la palma de mi mano con sus grandes dientes amarillos. También me dejó pasarle la mano por el cuello. Luego fue al trote a donde estaba su amigo en el prado. Supongo que los caballos se parecen mucho a la gente y se ponen un poco nerviosos e inseguros si no te conocen. Es raro, ya que son tan grandes. Es como si no tuvieran idea de su propia fuerza.

Tan pronto le mando la foto, Wilson le pone el emoticono del pulgar hacia arriba.

Nos vemos el lunes.

La escuela empieza la semana que viene.

Hago una pausa sobre el teclado. ¿Le pregunto de su horario? No lo he visto publicar nada al respecto, pero sería genial si Wilson estuviera en al menos una de mis clases. Así, al menos tendría a alguien con quién hablar. Pero, por otra parte, eso podría traer problemas. Podría ser raro que nos sentáramos una al lado del otro. La gente podría empezar a chismear, que es peor todavía. Y entonces, ¿qué haríamos?

Así que tan solo le respondo con un texto con confeti y un sombrero de cumpleaños.

Nos vemos el lunes. ¡Octavo grado!

Miro fijamente por la ventana, pienso en la escuela e intento buscarle el lado positivo. He estado haciendo una lista mental de las cosas que he esperado con muchas ganas, ahora que somos el grado mayor en la escuela intermedia. Los estudiantes de octavo grado son por lo general quienes están en la plantilla inicial en el equipo de fútbol de la secundaria, así que no tendré que sustituir a más nadie. Tengo buenas probabilidades de ser asistente de un maestro en mi trabajo de servicio comunitario, que es más cómodo que el resto de las cosas que he tenido que hacer. ¿Cuán difícil ha de ser entregar notas y hacer fotocopias para alguien? Lo mejor de todo, el viaje anual de octavo grado es en unas semanas. Lena, Hannah, Edna y yo con toda certeza seremos compañeras de cuarto ahí, tal y como dijimos.

—¿Quién fue ese? —pregunta papi.

Vuelvo la cabeza desde la ventana.

—¿Qué cosa?

—¿Quién te pasó un texto?

Roli se vuelve a mí desde donde está sentado encima de una cubeta de pintura en el fondo de la camioneta. Enarca las cejas, pero no dice ni pío, menos mal.

Papi no parece notarlo.

—Si es mami, dile que estaremos en casa en treinta minutos. —Estira el cuello y hace una mueca de dolor cuando le suenan los huesos. Esos techos de catedral le dieron más trabajo de lo que él esperaba. Después mami va a tener que apretarle aquí y allá para arreglarle el nervio que tiene pinchado con la vértebra.

—OK —digo.

Le paso un texto a mami para que sepa que vamos a casa. Mi teléfono suena unos segundos más tarde con su respuesta. Las palabras hacen que la nuca se me erice, así que le leo el mensaje a papi.

«Me alegro de que vengan en camino. Ha sido un día ajetreado por aquí».

—¿Y eso qué quiere decir? —pregunto. Pienso en Lolo y un escalofrío me recorre por dentro—. ¿Piensas que se volvió a desmayar?

—Cálmate —dice papi, y me mira por el espejo—. Mami habría llamado de inmediato si hubiera habido algún problema.

Simón se vuelve hacia mí y me mira de manera reconfortante.

—Eso es cierto. Las malas noticias no esperan.

—Entonces, ¿qué quiere decir eso? —pregunto. Siento que me comienza una sensación que me comprime el pecho.

—Por favor, Merci. —Papi vuelve a torcer el cuello—. No te pongas a sacar conclusiones. Ya nos enteraremos bien pronto.

Cuando llegamos a casa, papi me hace bajarme al principio de la entrada del garaje, para que recoja el correo de todo el mundo. En su mayoría, es correo basura y facturas, pero mientras apuro el paso y lo separo todo en montones del modo que se supone que lo haga, una carta me llama la atención. Va dirigida a Axel y Tomás. Me detengo y la examino. ¿Y ellos tienen amigos por correspondencia? Noto que la dirección del remitente está escrita con caligrafía de adulto, pero viene sin nombre. Sé que más me vale no abrirla o mirarla a trasluz. En primer lugar, interferir con el correo postal de Estados Unidos es un delito. Además, eso es a lo que mami llamaría fisgonear, cosa que se supone que yo no haga. Ella sería peor que los agentes federales si me viera echando un vistazo a lo que viene dentro del sobre.

Simón ya se bajó de la camioneta y está en el pórtico de abuela, en donde Lolo y tía están juntos al lado de la hamaca. Ver a Lolo me hace sentir mejor. Está bien, al menos.

Simón ya está en el pórtico saludando a la gente. Debería ayudarnos a desempacar los suministros que hay que limpiar, pero de nada sirve mencionárselo cuando tía anda cerca de él.

—Señor —le dice educadamente a Lolo a manera de saludo. Entonces besa a tía Inés en la mejilla y dice—: Yo pensaba que ibas hoy al estudio, Inés.

—Y fui —dice ella—, pero tuve que venir a casa temprano. —Se limpia el sudor del cuello y deja que sus ojos busquen a Lolo—. Tuvimos un pequeño percance, así que tuve que cancelar las clases de la tarde. Aurelia todavía está por allá por si alguien va.

Papi deja de descargar la parte trasera de la camioneta y viene hacia nosotros tan pronto oye eso. Enfurruña los labios y mueve la barbilla para preguntar qué es lo que hay.

—Nada —dice tía—. Alguien se perdió durante un ratito.

—¿Otra vez? —pregunta papi.

—Otra vez. —Tía le da una palmadita en la mano a Lolo.

Papi deja caer los hombros. Niega con la cabeza y estudia un guijarro que hunde en el suelo con la bota.

Lolo se ha estado escapando cuando abuela no lo vigila… y él es mucho más rápido de lo que parece con esa andadora suya. Es como si hubiese tomado lecciones de Tuerto, que puede desaparecer en un instante. «Las desapariciones», que es lo que papi las llama, meten miedo porque tenemos canales a los que Lolo podría ir a parar y calles muy ajetreadas que conducen al condominio que a

Lolo le gusta visitar. Cada vez que lo hace, papi se enfada con Lolo, aunque no es culpa de nadie..., ni siquiera de Lolo, en realidad. Cuando tienes Alzheimer, se te olvidan las cosas, como, por ejemplo, las reglas. ¿Cómo vas a respetar una regla si no la recuerdas?

—¿Dónde está abuela? —pregunto mientras echo un vistazo alrededor.

Mami se aparece por la puerta delantera de la casa de abuela y Lolo en el preciso instante en que pregunto.

—Se acostó un rato —dice en voz baja—. El día de hoy la dejó muy exhausta. —Va hasta papi a darle un beso en la mejilla y luego le suelta una mirada cómplice.

—¿Cuán lejos esta vez? —pregunta él.

—Lo buscamos durante cuarenta y cinco minutos hasta que Gustavo llamó —dice mami en voz baja—. Vio a Lolo cerca de la parada de la guagua.

Todos nos quedamos paralizados. La parada de guaguas está a varias cuadras de distancia, y en esa intersección hay mucho tráfico.

Papi, frustrado, tira sus trapos al piso. La venita en su sien parece un gusano grueso.

—Viejo, no puedes seguir saliendo del patio. ¿Lo recuerdas? Es demasiado peligroso. Hay demasiados carros. ¡Y la gente no puede dejar el trabajo para venir a buscarte!

—Enrique, por favor —dice mami.

—¿Qué cosa, Ana? —le espeta—. ¡Esto nos está volviendo más locos que una manada de cabras!

Miro a Lolo cuidadosamente mientras papi lo regaña. Lo siento por él. A nadie le hace gracia cuando todo el mundo está bravo con uno, incluso si es porque te quieren. Sin embargo, lo raro de todo esto es que a él no parece importarle que nos haya vuelto a preocupar. En vez de eso, mira al patio.

—No se hizo daño, hermano. Eso es lo más importante.

Simón se encoge de hombros mientras se aleja para ocuparse de la camioneta. Aquí él es como de la familia, pero se cuida mucho de no involucrarse con cosas de peso. Lolo es la cosa de más peso para nosotros ahora. Es lo que puede hacer que tía llore si está cansada. Es de lo que mami y papi susurran si piensan que no los escucho.

—Simón tiene razón. Ya pasó —dice tía—. Pero a lo mejor a uno de ustedes le irá mejor a la hora de convencerlo de que entre. Ya llevamos un par de horas acá afuera, y me estoy asando. —Mira el correo que tengo en la mano—. ¿Ahí hay algo para mí?

—Perdón. Casi se me olvidó. —Le entrego las cartas y me escurro al lado de Lolo. Siento que su camisa está húmeda al rozarlo con mi piel.

—Hace calor aquí afuera, Lolo —le susurro—. ¿Y si bebemos algo fresco? Todavía tenemos Jupiñas en el refrigerador. Y te enseño las fotos superchéveres que hice hoy. La señora tenía caballos.

Le tomo el codo a Lolo para ayudarlo a que se ponga de pie. A él le encanta el refresco de piña tanto como le gustan los batidos de mamey bien fríos de la panadería. Pero esta vez, tan solo retira la mano y se queda sentado, incluso cuando tiene la frente llena de gotas de sudor.

—La guagua se volvió a retrasar —dice, y me frunce el ceño—. Muchísimo.

Durante un momento, nadie dice nada. ¿De qué habla Lolo? Papi aprieta tanto las mandíbulas que ves cómo se mueven.

—No hay guagua, viejo —dice con firmeza—. Estás en el patio, asándote vivo.

Mami le toca el hombro a papi. Él traga en seco y mira a Lolo con esperanza, pero entonces, chasquea la lengua y se va a terminar de descargar la camioneta y tal vez a calmarse. Tía tan solo se mira las manos.

Es Roli quien da el paso al frente. Sus espejuelos están salpicados con la pintura azul pastel que usamos en la cocina de la señora Ransome. Las marcas del sudor han hecho grandes círculos oscuros en sus axilas. Tiene pinta de derrotado, pero yo sé que intenta apurarse para llegar a su turno nocturno en Walgreens en un ratito.

—Creo que se te fue la guagua —le dice a Lolo—. Vas a tener que montarte en la que viene mañana. —Mete la mano hasta el fondo en la nevera portátil de poliespuma que trajo de la camioneta y saca una botella de agua del hielo derretido—. ¿Qué tal si bebes un poco por ahora? No tiene sentido que te deshidrates mientras esperas. —Abre la botella y se la ofrece.

Lolo cambia la vista hacia Roli y aguza los ojos, como si intentara ver algo pequeñísimo y muy distante. A veces a Roli lo llama Enrique. A veces le dice otros nombres. Pero por fin acepta la botella y se da unos buches largos y sedientos que hacen que su nuez de Adán suba y baje mientras el agua le corre hasta la barbilla. Cuando se la termina, le da la botella de agua vacía a tía sin siquiera mirar a su hija.

—Mañana —dice. Y entonces, como si todo ya hubiera sido decidido, Lolo me deja ayudarlo a ponerse de pie. ¿Qué pasará mañana? Me lo pregunto al entrar, mientras escucho el pesado ruido de la andadora que golpea y se arrastra. ¿Y al día siguiente? ¿Y el día después de ese? ¿Cuándo será el día en el que Lolo ya no vuelva a estar bien?

CAPÍTULO 7

TAN SOLO HAY CINCO CUADRAS hasta la barbería Sharp Shears, pero el trayecto en carro ha sido mucho peor de lo que hubiese sido una calurosa caminata, incluso con los mellizos al retortero. Debí haberme imaginado que este viaje iba a ser un martirio. Cuando entramos al carro, el asiento me quemó la parte trasera de los muslos. E incluso ahora, con todas las ventanillas bajadas, nos sofreímos.

—Me muero, lo digo para que lo sepan. —Pongo la cara en el ventilador del aire acondicionado del carro de tía, pero una vez más lo que echa es aire caliente. ¿Y qué esperan? Es uno de segunda mano que papi encontró en una chatarrería hasta que ella consiga el dinero para comprarse uno nuevo.

—Me han cancelado —dice Axel y recuesta la cabeza contra la puerta.

—A mí también. Regreseeeemos —se queja Tomás—. Me voy a dejar una cola de caballo.

No puedo contener la risa.

—Ya casi llegamos —dice tía cuando cambia la luz del semáforo.

Cierro los ojos y siento un largo hilo de sudor que me baja por la espalda.

Es el día de cortarse el pelo para los mellizos, un trabajo malagradecido al que siempre me enganchan ya que esto al menos requiere el esfuerzo de dos personas.

En esencia, así es como funciona la cosa: tía mantiene a la primera víctima tranquila en la silla del barbero para que no pierda una oreja mientras yo me cercioro de que el otro mellizo no se robe todos los caramelos del pozuelo que está al lado de la caja. Mi «salario» por lo general es una lasca de *pizza* al terminar.

Pero hoy tía me la puso más fácil al anunciar que también vamos a comprar nuevos zapatos para la escuela. Y no en la tienda de las gangas, sino en el centro comercial. Por lo general, ese tipo de salida no es nada del otro mundo, sobre todo si tienes el requisito de ponerte mocasines escolares como me pasa a mí, pero al menos no tengo que ir con mami, que me obliga a ponerme cada par y me hace modelar por los pasillos hasta que está satisfecha de que me quedan bien.

Cruzamos a la calle Lake Worth y parqueamos en el único espacio con sombra en el aparcamiento.

—Nada de mojar a la gente con las mangueras, amorcitos —les dice.

Tomás y Axel salen del carro como bólidos sin siquiera responderle.

Sharp Shears no es una barbería elegante como la de Pierre Citrus en el centro del pueblo, en donde un montón de las niñas de la escuela se arreglan el pelo. Está aquí mismo en nuestro vecindario, y Consuelo, la amiga de tía, es la dueña. El motivo de su fama es que tiene chismes de buena tinta del barrio, así como un grupo de estilistas que cortan el cabello rápido y barato. Y en lo que a tía concierne, esa es una combinación ganadora.

Al llegar a la puerta, tal parece que hemos sobrevivido una caminata a través de una selva tropical. Tengo la cara tan húmeda que los espejuelos se me deslizaron a la punta de la nariz. Estoy convencida de que mi desodorante ya también me ha fallado. Consuelo levanta la cabeza de su agenda y con la mano nos indica que entremos.

—¡Ay, qué calor! Entren rápido.

Sale de detrás del mostrador y le da un beso a tía Inés en la mejilla. Entonces, de su pozuelo, les ofrece chupa-chupas a los mellizos. Es un soborno preventivo. Una jugada brillante.

—¡Mira lo altos que se han puesto! —dice Consuelo mientras los mellizos se alejan—. ¿Cuántos años tienen?

—Cumplen siete en un par de meses —dice tía—. ¿Te lo crees?

—¡Dos caballeros! Y mírate a ti también, Merci —añade—. Te has convertido en una mujer. ¡Que Dios te bendiga!

—Tiene el mismo número de pie que yo —dice tía.

Madre mía. Bajo la vista a mis pies y me pregunto si los perros calientes que tengo por dedos son extrañamente raros. A lo mejor. Sobre todo ahora, con un dedo meñique todo amoratado y con pinta de salchichón. Pero ni me puedo molestar con esa preocupación por mucho tiempo. Estoy empapada, así que voy directo a la fuente de agua a aplacar la sed.

Echo un vistazo alrededor mientras me trago de un tirón varios conos de papel llenos de agua. La mayoría de las estilistas están sentadas cerca de las secadoras automáticas al fondo de la tienda, con caras de aburrimiento mientras miran programas de televisión en sus teléfonos. Tan solo hay un cliente aquí: un señor mayor que vino a que le emparejaran las cejas y le cortaran el pelo de las orejas. Lo reconozco de inmediato. Es el señor Humberto, uno de los viejos amigos de Lolo de la panadería en la que tía trabajaba. El señor Humberto y Lolo solían pasar ahí la mayoría de las tardes durante el turno de tía, haciendo chistes y comiendo merienda de gratis. Ya los mellizos lo vieron y están fascinados por toda la rareza del pelo en lugares inusuales. Hago una nota mental de esconder las tijeras cuando lleguemos a casa por si les da por cortarse el pelo entre ellos.

—¿Qué me cuentas, muchachita? ¡Hace rato que no te veo!

El señor Humberto se hala hacia abajo el labio superior para que la señora le pueda cortar el pelo cerca de sus anchas fosas nasales.

—Hola, señor Humberto —digo.

—Ese tipo tiene el pelo larguísimo en la nariz —dice Axel un pelín demasiado alto. Le doy un pellizco en el hombro para que se calle.

La estilista le vuelve a acomodar la cabeza al señor Humberto y pasa a cortarle el pelo dentro de una de las orejas.

—¿Y Suárez? —pregunta—. ¿Cómo está estos días? —Todos los viejos se llaman entre sí por sus apellidos.

Miro su reflejo en el espejo. ¿Y qué debo responderle? ¿Que Lolo está bien? Hoy se despertó y desayunó, igual que siempre. Pero ¿y qué dices de un abuelo que ahora se sienta a esperar a que lleguen guaguas imaginarias? No hay respuesta que parezca correcta, así que al final me encojo de hombros.

—Bastante bien —digo.

El señor Humberto me devuelve la mirada a través de su reflejo y se queda quieto mientras la estilista termina. Cuando acaban de recortarle el pelo, inspecciona el resultado final y le entrega una propina de dos dólares. Se detiene cerca de mí al marcharse.

—Lo echamos de menos en El Caribe —dice—. Un amigo de los buenos, ese Suárez. Voy a tener que pasar pronto a verlo para hacerle algunos chistes nuevos.

—Entonces les da unas palmaditas a Axel y Tomás en la cabeza y va a pagar al mostrador.

Lo más probable es que no pase a verlo. Al principio, los amigos de Lolo venían todo el tiempo a sentarse en el pórtico y tomar café. Pero he notado que tenemos menos visitas por estos días. Tía dice que la gente se siente incómoda cuando él no la recuerda. No saben qué hacer cuando él se confunde. Les duele que los haya olvidado.

—¡Manuela! ¡Imani! —dice Consuelo un par de minutos más tarde—. Tenemos clientes jóvenes aquí, y ustedes son las próximas en la cola.

Me preparo para perseguirlos. Aquí normalmente es cuando ellos se escapan. Pero para mi total sorpresa, Axel y Tomás siguen a las peluqueras hasta el lavabo sin ningún tipo de drama.

Miro a tía Inés con recelo.

—¿Y a estos qué les pasa? —pregunto—. ¿Les dio un golpe de calor en el trayecto en carro hasta aquí?

Tsk. Tía chasquea la lengua.

—Supongo que es enamoramiento con las señoras. Ya están creciendo, como bien sabes. Esto iba a pasar tarde o temprano.

Echo un vistazo. Manuela e Imani son bonitas, aunque también son más o menos de la edad de Roli, según veo, así que están muy fuera de la liga del patio de escuela de los mellizos. Ambas tienen puestas pestañas postizas y pintalabios brillante, como si fueran a una fiesta en vez de a un forcejeo con unos mellizos de casi siete años de edad. Pero a lo mejor tía tiene razón, ya que las mejillas de los mellizos se han puesto coloradas e intercambian miradas raras. Es difícil imaginar que piensen en niñas excepto como víctimas de sus diabluras, pero ahí los tienes. Romeos en potencia.

—O a lo mejor Dios ha respondido a mis plegarias y están aprendiendo a comportarse —continúa tía—. Los milagros ocurren.

Me cruzo de brazos y me vuelvo hacia ella.

—Hazme el favor. ¿Acaso ya se te olvidó el fiasco en el supermercado?

Tía suspira. No fue ni hace una semana que los mellizos abrieron paquetes de lencería en el pasillo de cosméticos sin haberlos pagado. Se pusieron unas cuantas por encima de las cabezas para comprimirse las narices y las bocas y lucir como zombis y asustar a la gente en el pasillo de las verduras. El gerente de la tienda nos escoltó hasta la puerta.

—No le eches mal de ojo —dice tía—. Acuérdate de que todavía tenemos que ir a comprar zapatos.

—¡Ir a comprar zapatos! —Consuelo niega con la cabeza al escucharnos—. Tengo que hacer lo mismo en mi próximo día libre. ¡Más dinero tirado por la ventana! Te lo juro: a mi chama le hacen falta zapatos nuevos cada tres meses. Casi no doy abasto.

Tía asiente en señal de que se conduele con ella.

—Por lo general, yo tampoco, pero este año he tenido algo de ayuda.

—¡Qué suerte la tuya! ¿El hombre nuevo en tu vida? —dice Consuelo y enarca las cejas.

Tía se sonroja un poco y me echa un vistazo.

—Claro que no —dice con delicadeza, pero no da más explicaciones. Una cosa es oír el chisme, según tía. Otra cosa es *ser* el tema de conversación. Mami y papi son siempre quienes le prestan dinero a tía cuando le hace falta, que es por lo general antes de que empiece la escuela, para el material escolar, y en las Navidades, para los regalos. ¿Quién le iba a enviar dinero para los zapatos escolares de los mellizos? Estoy a punto de preguntárselo cuando entra una cliente en la peluquería. Tía conoce a la señora, así que todas se ponen a hablar y hablan del precio del secado dominicano. Yo me siento y me meto los auriculares para buscar el momento en que me quedé en el último de mis audiolibros.

Unos minutos más tarde, estoy volviendo a conectarme con la trama cuando siento que alguien me toca el pelo delicadamente. Abro los ojos y aprieto el botón de pausa.

—¿Y tú qué tal, Merci? —dice Consuelo mientras examina mis rizos resecos—. ¿No te vas a cortar el pelo? Te vendría bien que te corte y te empareje esas puntas, para que no se te encrespen.

Me encojo de hombros.

—Mami me las corta cada año. Lo puede hacer esta noche.

Consuelo luce como si le hubiera tirado un cubo lleno de mondongo.

—¡Ay, no, chica! ¡Deberías venir a las profesionales! Si hasta tenemos un especial de vuelta a la escuela. —Con su uña de manicura, da unos toquecitos en el anuncio que está puesto en su mostrador—. Lavado, corte y secado por treinta dólares. No vas a encontrar mejor ganga.

Trato de no dejar que se me caiga la quijada al piso. ¿Treinta cocos para el pelo? *Par favar*. Aun así, intento ser educada, tal como mami siempre me aconseja.

—Gracias, pero hoy no tengo todo ese dinero —digo—. Se supone que compre zapatos escolares.

Consuelo suelta una sonrisa.

—Bueno..., a lo mejor alguien generoso puede ayudar con eso. —Mira a tía con énfasis y pestañea dramáticamente.

Tía pone en el mostrador la muestra de perfume que se había estado esparciendo en la muñeca y me mira.

—¿Y por qué no? —Le sonríe a Consuelo con cara de conspiradora, y ambas se vuelven hacia mí como si yo fuese un plato de comida.

Mi cerebro comienza a disparar señales de advertencia de una emergencia.

El olor a coco en la tienda parece demasiado fuerte cuando sigo con la vista todos esos cepillos, tijeras y cuchillas de afeitar que están alineados en los mostradores, todos esos peines que flotan en un líquido azul como si fuesen especímenes en un laboratorio. Por un instante, considero salir a la carrera tal como hacían los mellizos. ¿Pero cuán lejos iba a llegar con este calor?

—Gracias —digo con cautela—. Pero a mí me gusta cuando mami me pela.

—Pero vas a octavo grado —dice tía—. ¿Qué mejor momento para estrenar un *look* nuevo? —Regresa a una página en la revista que ha estado hojeando y me la muestra—. ¿Qué te parece algo así?

Señala a la foto de una modelo de pelo rizo que le llega a la barbilla, cortado en capas. Sin embargo, la muchacha no tiene ni espejuelos ni granitos como yo. Además, tiene puesto pintalabios y sus pestañas se curvan hasta tocarle las cejas. Es probable que sean falsas, tal como las que tienen Manuela e Imani. Yo no soy esa muchacha.

Pero Consuelo asiente en señal de aprobación, como si eso tuviera todo el sentido del mundo.

—¡Mira qué monada! Y es superfácil cuidar ese pelo con los productos apropiados. Te lo prometo.

Tía se inclina hacia mí.

—Imagínate llegar a la escuela y lucir como una persona completamente nueva —dice—. ¡Merci 2.0!

Me quedo ahí sentada, pestañeando, mientras pienso en la idea de que me hagan una renovación.

¿Y yo debería querer ser una persona nueva? No hay duda de que casi todo el mundo luce diferente en el primer día de escuela, aunque todos tenemos nuestros uniformes. Nos quitan los aparatos de los dientes. Las voces son más graves. La gente se pone aretes en sitios inusuales. Somos más altos o más gordos o más flacos que antes. Tan solo hay que mirar a Hannah, que dio tremendo estirón, y a Lena, con esas fabulosas puntas rojas en el pelo y esos espejuelos nuevos con marcos de pasta. ¿Y qué pasaría si yo también cambiara un poco las cosas? A lo mejor no estaría mal lucir casi como una estudiante del preuniversitario, como Avery y ellas, sobre todo ahora que voy a tener que entrar en mi aula principal sin mis amigas.

Consuelo me toma la mano entre las suyas antes de que yo cambie de parecer. La sigo hasta el lavabo, más allá de los mellizos, que me hacen muecas al verme a través del espejo. A ellos les están cortando el pelo a máquina, con algunas partes afeitadas. Ya veo que los hace lucir mayores, como estudiantes de segundo grado de verdad, con esos dientes grandes y tan valientes.

Consuelo saca una bata similar a la capa de un torero y me la amarra al cuello.

—Confía en mí. Esta va a ser la nueva Merci.

Recuesto la cabeza en el lavabo y miro fijamente al techo.

Pero ¿y qué hay de la Merci de antes?, me pregunto. *¿A dónde va a ir?*

CAPÍTULO 8

POCO DESPUÉS, ESA MISMA TARDE, vamos al centro comercial de Gardens Mall. Camino y me veo en los reflejos de los mostradores. En un par de ocasiones, ni siquiera me doy cuenta de que esa soy yo.

Los mellizos balancean sus bolsas con los zapatos y saltan de una losa dorada a la próxima, evitando tocar las demás. Esto está bastante abarrotado hoy con la gente que vino a comprar las cosas para el regreso a la escuela. Muchos niños de mi escuela vienen aquí, aunque no he visto a nadie que conozca. Unas cuantas niñas hasta han hecho aquí sus fiestas de cumpleaños. Edna dice que puedes hacer un desfile de modas privado y te traen perchas con ropas de algunas de las tiendas para que las compres.

Yo nunca compro aquí, excepto si es para probar las muestras gratis en Lush, con Hannah y Lena, que por lo general me tienen que arrastrar hasta aquí. A mí simple y llanamente no me gusta ir de compras. Y, además, mami dice que la mayoría de las tiendas son muy caras, lo que es verdad. Incluso en Finish Line, en donde les compramos los zapatos a Tomás y Axel, los tenis costaban un dineral. Los ojos casi se me salieron de sus órbitas cuando vi el número de tres dígitos que se iluminó en la caja.

Pero tía ni se inmutó y sacó de un sobre dos billetes nuevecitos de cien dólares cuando pagó. Lo reconocí de inmediato como el sobre que iba dirigido a los mellizos en el correo de ayer. La parte de arriba había sido abierta muy cuidadosamente.

—¿Y quién les envió a Tomás y Axel todo ese billete? —pregunté—. A lo mejor me hará falta que nos hagamos amigos.

Pero tía no respondió. Tan solo le sonrió al dependiente que estaba en la caja.

—La próxima parada: Sears, para tus mocasines —dijo—. Y luego el almuerzo.

En fin, que fui derechita a la percha con los uniformes y en menos de lo que canta un gallo compramos dos blusas y mis mocasines plásticos, que son una tortura. Ahora, al menos, vamos a comer.

—Búsquen una mesa —dice tía—. Me voy a poner en la cola de la *pizza*.

—Una de salchichón —digo, y voy detrás de los mellizos, que ya le echaron el ojo a una mesa cerca de las macetas de naranjos que están cerca de la claraboya.

Aquí solo hay tres sillas, así que miro alrededor a ver si encuentro una más. Voy hasta la mesa más cercana y le pregunto a la señora:

—¿Les hace falta esta silla?

Ella levanta la cabeza y sonríe.

—No. Ahí la tienes.

—Gracias —digo, y empiezo a arrastrarla.

—¿Merci?

Me viro, y ahí es cuando veo a la persona que está sentada frente a la señora con la que acabo de hablar.

Es Avery Sanders.

Los sentimientos se me enredan en un nudo de sorpresa. Esta debe de ser su mamá, cosa que noto de inmediato. Los mismos ojos. La misma forma de la cara. Hasta la recuerdo de las gradas en algunos de nuestros juegos de fútbol.

Siento que la cara se me pone como un tomate y que la lengua se me entumece.

—Oh, hola, Avery.

—Por un segundo, no te reconocí con tu nuevo corte de pelo. Te queda bien. —Mira a su mamá—. Merci es de

Seaward. —No menciona que jugamos fútbol juntas. Y la señora Sanders parece que nunca antes en su vida me ha visto cuando suelta una enorme sonrisa.

—Mucho gusto en conocerte —dice.

La cabeza me estalla y eso va seguido de una inmensa incomodidad.

—Gracias. —Miro a la silla que aún está en la mesa entre ellas dos. Está llena de bolsas de Forever 21, Lulu y Anthropologie—. ¿De compras? —*Por supuesto* que anda de compras. Qué estupidez acabo de decir. De lo contrario, ¿por qué tendría todas esas bolsas?

Avery asiente con la cabeza.

—Algunas cosas para la escuela.

Me quedo ahí parada, rezando para que no vea mi bolsa de Sears.

—¿Y qué tal tu campamento de fútbol? pregunto. Al final de la temporada pasada, *coach* nos dio unos folletos para el campamento IMG Academy, en el condado de Manatee. Es un campamento de internado, supuestamente para «los jugadores más dedicados». Papi se rio al ver el costo y dijo que la gente por fin se había vuelto loca.

—Bastante bien, excepto por la comida —dijo—. Pero tengo unos trucos de fútbol para el equipo este año. Te los mostraré un día después de la escuela, si nos juntamos.

—Se encoge de hombros—. O a lo mejor cuando comiencen los entrenamientos.

El corazón se me acelera un poco. ¿Si nos juntamos?

—Anjá, eso estaría chévere.

—¡Merci! —La voz de Tomás es un alfiler en el globo de mi sueño, demasiado ruidosa en este espacio con tanto eco. Cuando me viro para ver qué quiere, veo que señala a tía. Ella me saluda con la mano y me indica que le hace falta ayuda para llevar las bebidas—. Mejor me voy a ayudar a mi tía. Estamos aquí con mis primos.

Avery asiente y mira hacia la mesa.

—Oh, son muy monos —dice Avery. Entonces los saluda con la mano y sonríe.

Y así como así, Tomás y Axel están hipnotizados. Tal vez sea el brillo de la sonrisa ortodónticamente perfecta de Avery.

—Bueno, nos vemos el lunes —le digo, sin atreverme a mencionar que he estado espiando su cuenta de Instagram.

—Hasta luego, señora Sanders.

Arrastro la silla a nuestra mesa y luego voy hasta donde está tía.

—¿Y esa quién es? —pregunta mientras pone un montón de absorbentes y servilletas en mi bandeja.

—Nadie. Solo una niña de mi escuela.

Pero sin que pueda explicarlo, no se me va la sonrisa de la cara.

CAPÍTULO 9

MAMI MANEJA A PASO DE CARACOL cuando entra en la rotonda para dejarme en la entrada de la escuela. La nueva blusa de mi uniforme la siento como una lija al cuello y los dedos de los pies ya me dan gritos desde adentro de estos mocasines que compré, tal vez de una talla más pequeña. Pero no me voy a quejar. Al menos, mi pelo luce bien, tal y como prometió Consuelo, incluso cuando siento que tengo el cuello desnudo.

Delante de nosotros se detiene un SUV resplandeciente para dejar que se bajen sus pasajeros. Una niña blanca con piernas flaquísimas sale del carro. Arrastra una mochila con un sello enorme que dice ORLANDO CITY SOCCER CLUB. ¿Podrá patear algo con esos palitroques que tiene?

—¿Yo era tan chiquita en sexto grado?

Sin respuesta. Mami escribe otro mensaje en su teléfono, tal y como se supone que no haga mientras maneja. Ha estado tan distraída esta mañana. Le tuve que decir un par de veces que el semáforo se había puesto en verde en el trayecto a la escuela.

—Mami.

—¿Qué? —Se vuelve hacia mí como si justo en este momento yo hubiera aparecido en el asiento a su lado.

—¿Dije que si yo alguna vez fui tan chiquitica?

—¿Tan chiquitica como qué?

Suspiro.

—No importa. Y de todos modos, ¿qué es lo que escribes que es tan importante?

—Estoy tratando de encontrar a una persona que esté dispuesta a trabajar con Lolo unas horas al día. Se le está yendo de las manos a abuela. Las cosas están… progresando.

Miro a través de la ventana. Por lo general, lo de progresar es algo bueno, como en un trabajo. Pero no con el Alzheimer. Lolo no me reconoció ayer en la cena del domingo, por ejemplo. Tía intentó hacerme sentir mejor y me dijo que mi nuevo corte de pelo lo había confundido.

—Soy yo —le dije una y otra vez, pero no parecía que me creyera, a pesar de que me senté en el mismo asiento de siempre, a su lado. Me miraba con sospecha, hasta que nos comimos el postre, como si no confiara en que le decía la verdad.

—¿Trabajar con Lolo en qué? —pregunto.

—Tareas de la vida diaria —dice—. Como su asistente.

He estado suficiente tiempo en su universo de la fisioterapia como para saber que habla de ducharse, comer y otras cosas supersencillas como esas. Pero abuela es quien hace todo por Lolo, y es un dolor de cabeza si no lo haces todo tal y como ella te dice. Roli dice que hasta le echó una bronca por ponerle a Lolo el desodorante equivocado. ¿Y quién en este mundo se va a acordar de qué lado a ella le gusta hacerle la raya en el pelo o de combinar medias específicas con su calzado?

Mami suelta el teléfono y avanza en la cola.

Miro a través del patio al edificio de la escuela secundaria mientras esperamos nuestro turno para llegar al sitio en el que me puedo bajar del carro. He aquí lo raro. Estoy loca de contenta de ingresar en octavo grado, pero aun así voy a echar de menos el sexto y el séptimo. Conozco cada pulgada de esos pasillos, como, por ejemplo, qué fuente de agua tiene el mejor chorro y qué puertas conducen a un atajo a la cafetería al atravesar un pasadizo entre los arbustos. Todo parecerá nuevo y desconocido una vez más en el ala de octavo grado. Voy a tener que aprenderme un terreno completamente nuevo.

Tan pronto llegamos al sitio en la rotonda en que me puedo bajar del carro, veo a Hannah, Lena y Edna que me esperan, tal como habíamos acordado. Wilson también está ahí. Tan solo verlos me calma, en cierto modo. Me echo un vistazo en el espejo y me revuelvo un poco mi nuevo corte de pelo. La nueva Merci está a punto de hacer su debut.

—Chao, mami —digo y abro la puerta, aunque el carro todavía no ha parado en seco.

—Estás muy, pero muy entusiasmada con llegar a la escuela este año —dice, con tono de sospecha. Sus ojos siguen a los míos hacia donde están mis amigas. Aguza la vista y se detiene por un momento en Wilson—. Ya veo —dice.

Me encojo de hombros, enfadada. Esta no es una conversación que voy a tener con mami, ni hoy ni tal vez nunca. Va a sentir la obligación de decírselo a papi, y entonces ahí se formará *la cosa*.

—Tan solo quiero pasar un rato con mis amigas antes de que empiece la tortura, eso es todo.

Me sonríe con picardía.

—Entonces, métete la blusa por dentro —dice.

Cruzo el césped a la velocidad del rayo. Sin embargo, nadie me ve escurrirme hasta ellos. Rodean a Wilson, que les enseña algo en su teléfono. Me acerco sigilosamente más y más, y entonces pego un brinco como si fuera un espíritu maligno.

—¡Buh!

Hannah suelta un chillido y se da la vuelta de un tirón. Tan pronto me echa un buen vistazo, los ojos se le ponen como platos.

—¿Merci? Luces… ¡tan diferente!

El estómago se me hace un nudo mientras ella me contempla. ¿Diferente para bien o diferente para mal? Pero no tengo que preguntar porque ya Edna me está evaluando.

—Nada mal, Merci —dice y se salta el *hola*—. Si te gustan los rizos.

—¿Y a quién no le gustan? —Lena se baja las gafas de sol rojas y sonríe de oreja a oreja—. Luces fantabulosa. —A ella le encanta «estirar el lenguaje». Ahora se ha puesto a leer de lingüística y del origen de palabras como *relajamiento* y *veracidad*.

—Gracias —las mejillas se me ponen como un tomate, y no es tan solo porque la mañana de agosto ya es sofocante. Es también porque Wilson ahora me mira la cabeza.

—¿Y nada de *mi* nuevo corte de pelo? —dice—. Mi gente, eso es cruel —se pasa la palma de la mano por su nuevo corte y sonríe de oreja a oreja. A mí como que me gustaba su pelo como lo tenía antes, más largo y natural, pero a lo mejor Wilson también intenta ser alguien nuevo este año. Tal vez los estudiantes de octavo grado son como Banana, la boa constrictor amarilla que vive en nuestra ala de ciencias. Cambia de piel varias veces al año porque su piel vieja no puede estirarse mientras crece. Lo raro es que se queda ciega cuando cambia de piel. Los ojos se le ponen nublados en lo que se llama su fase azul. Ahí es cuando se pone gruñona e intenta esconderse porque no puede ver. Me pregunto si nosotros también nos quedamos temporalmente ciegos y atemorizados, sin darnos cuenta.

—Échale un vistazo al caimán albino que Wilson vio durante el verano —dice Hannah.

Wilson vuelve su teléfono hacia mí para mostrarme la foto que miraban.

—Chévere —digo, y asiento con la cabeza. Es la foto que él me envió, pero ninguno de los dos lo decimos.

Más y más muchachos se reúnen frente al edificio de octavo grado a esperar por el timbre. Hablamos alto y rápido, como si todos nos hubiésemos bebido de un sorbo una lata de Red Bull de desayuno o algo por el estilo. Es un ceremillar de conversaciones a la vez.

—Martha's Vineyard...

—Nuestro bote...

—España fue...

—¿Quién tiene Educación Física en quinto periodo?

—Tiene los ojos rosados por la falta de pigmentación...

En verdad no veo forma de meterme en ninguna, así que me concentro en hacer circular un poco de sangre de vuelta a mis entumecidos dedos de los pies. Tampoco es que tenga algo interesante que añadir. Me quedé en casa este verano. Fui niñera de mis primos e intenté pasar tiempo con mi abuelo cuando él me recordaba. Hice quehaceres y fui testigo del mal humor de mi hermano y traté de no preocuparme de que Lolo se iba a morir. ¿Y quién va a querer oír eso?

Así que me quedo ahí parada y presto atención, para que no se me escape nada importante.

Después de un rato suena el primer timbre para ir a nuestra aula principal. Suspiro profundamente e intento que la idea de caminar sola al aula principal no me dé miedo. De todos modos, no hay nada que hacer al respecto, así que cuando la muchedumbre me empieza a empujar, me arrastra un mar de mochilas y uniformes que van rumbo a las puertas del edificio. Es como si fuera uno de esos barquitos portugueses a los que lleva y trae la marea. Echo un vistazo alrededor y me doy cuenta de que he perdido a Hannah y Lena en algún punto detrás de mí.

Adentro, un nuevo grupo de maestros nos espera frente a sus puertas y ayuda a dirigir el tráfico. Hace frío aquí. Hay olor a alfombra nueva y han vuelto a pintar todos los taquilleros.

El aula 810 está a la vuelta de la esquina, pero la multitud es densa y se mueve despacio. Cuando por fin llego, ya los asientos están siendo ocupados rápidamente. Los muebles son nuevos de paquete, por la pinta que tienen. Las sillas hasta me recuerdan la de Jake Rodrigo de capitán al mando del Nova Warrior. Tienen unos elegantes reposabrazos y unas ruedas que te dejan dar vueltas sobre el eje..., cosa que todos se ponen a comprobar rápidamente. Echo un vistazo alrededor en busca de un asiento vacío, mientras trato de que no luzca demasiado obvio. Avery y Mackenzie ya están en la última fila. Incluso desde aquí se ve que siguen siendo uña y carne, sobre todo después del campamento de fútbol.

Hay una silla disponible delante de ellas.

Comienzo a caminar hacia allá, por encima de las mochilas de la gente que bloquean el pasillo. Estoy a medio camino rumbo a la última fila cuando alguien saca el pie para bloquearme el paso.

—¿Cuál es la contraseña, asere?

Wilson me sonríe.

—¿Tú también estás en la 810? —Me aclaro la garganta. La voz se me hace más aguda cuando me emociono.

—Eso parece. —Hace girar su nueva silla. Ya sé en qué piensa mientras levanta las cejas al mirarme, y agradezco que se lo calle. *Centro de mando: Habla el capitán Rodrigo.*

¿Me copian? Cambio y fuera. A él no le importa ser un *nerd* de la Nación Iguanador al igual que yo, pero hacemos lo posible por mantener el fanatismo bajo control en la escuela.

Le echo un vistazo al asiento a su lado, y de repente deseo sentarme ahí. ¡Ja! Seríamos como co-capitanes de nuestra nave privada. Considero mis opciones. Alguien se podría burlar de nosotros por ser unos *nerds*. Si, por otra parte, me siento con Avery y Mackenzie, nadie se burlaría de mí. ¿Qué es mejor?

Escojo mi *nerd* interior.

Pero justo en el instante en que voy a ocupar mi asiento, un niño que no conozco se sienta ahí.

—La que fue a Sevilla, perdió la silla —dice y se vuelve a su amigo al otro lado.

Entonces las luces titilan.

—¡Buenos días, clase! —La señorita Jenkins está al frente del aula e intenta hacer que nos tranquilicemos. Es medio joven y además tiene pinta de ser un poco estricta. Eso nunca es bueno—. Ocupen sus asientos de inmediato, por favor.

Tengo que actuar rápidamente, tal y como hago en fútbol a veces. El sitio cerca de Avery y Mackenzie sigue disponible, pero no lo estará por mucho tiempo. No es mi primera opción, pero no sería mala idea que ahora mismo se me pegara algo de la «Lista A», la de los superpopulares.

—Nos vemos luego —digo, y por poco me lanzo de cabeza al fondo del aula.

—Hola —digo y casi me dejo caer en el asiento al lado de Avery.

—Hola, Merci —dice ella, pero luego continúa su conversación con las niñas que están a su derecha. Es como si jamás nos hubiéramos visto en el centro comercial. Así que meto mi mochila en el compartimento con forma de disco volador que está debajo de mi asiento y miro al frente e intento fingir que me lo imaginé todo.

Durante los diez minutos que dura la sesión en el aula principal, escucho el aburridísimo discurso de bienvenida de la señorita Jenkins, en el que en esencia hace un listado de todas las reglas que hemos oído en el primer día de la escuela cada año que hemos estado aquí. Nos asigna nuestras *laptops* y nos pide que las encendamos para asegurarnos de que funcionan bien. Durante el juramento a la bandera, vuelvo la vista a Wilson, que me ve y mira al techo, con la boca entreabierta, para decirme que se aburre como una ostra. Habría sido mucho más divertido sentarme al lado de él, sin lugar a duda. O sea, Avery y Mackenzie son lo suficientemente educadas, pero ahora que estoy aquí, tampoco es que ninguna se desvíva por hablar conmigo. Somos compañeras de equipo, punto, como de costumbre.

Cuando suena el timbre, agarro mis cosas lo más rápido posible, con la esperanza de alcanzar a Wilson a la salida. Pero el pasillo del aula se llena al instante, y ya él salió por la puerta antes de que lo pueda alcanzar. Tan solo logro ver un destello de su camisa mientras desaparece en el abarrotado pasillo de la escuela.

Hola, octavo grado.

CAPÍTULO 10

HACE UNAS CUANTAS NAVIDADES, cuando la Nación Iguanador comenzó a ganar popularidad, pedí una figurilla de acción de Jake Rodrigo. Había visto una en la tele, y sentí que tenía que tener una. Pero supongo que costaba más de lo que mami y papi podían pagar, porque lo que encontré debajo del arbolito fue un juguete de imitación de la tienda de todo por un dólar que parecía un tiranosaurio con los brazos de un hombre que le salían del estómago. No me malinterpreten. Eso fue definitivamente más divertido que la nueva ropa interior que también recibí aquel año, así que jugué con él en casa sin ningún problema. Pero jamás lo llevé a la escuela, en donde unos cuantos niños tenían el juguete de verdad, el que venía con el casco retráctil y los ojos que brillaban en la oscuridad. Esa gente sabría la diferencia y habría identificado al juguete falso. Y no hay nada peor que a una la llamen tacaña o, peor, postalita.

En fin, que hace unos meses, volví a encontrar esa figurilla de acción en una caja al fondo de mi armario. Se la di a los mellizos para que jugaran con ella, pero ni siquiera fingieron que me lo agradecían. En su lugar, convencieron a Simón para que los ayudara a derretirla con el soplete de papi, como un «experimento».

—Queríamos ver si iba a cambiar de forma —dijo Tomás cuando me mostró el resultado. Lo que quedaba de los brazos humanos se estiraban hacia mí desde un pegoste duro de plástico—. Y sí, cambia. Más o menos. Pero solo una vez.

—Porque es una copia barata —dijo Axel—. ¿Quieres que te la devolvamos?

Pienso de nuevo en aquel reguero porque resulta que es difícil cambiar de forma en las pelis y en la vida real también. Un nuevo corte de pelo chévere no es suficiente, como ya he comprobado. El universo escolar puede decidir ignorar tu cambio y dejarte en la misma tierra de nadie que ha sido el sitio en que siempre has estado en la vida social.

Como, por ejemplo, lo que pasó hoy cuando los asistentes de los maestros fueron anunciados. Por allá por sexto grado, siempre pensé que ser asistente sería algo superimportante. Tan solo diez estudiantes de todo el octavo grado serían seleccionados un día para esas plazas, así que esa gente *tenía* que ser especial. Tienes que hacer una solicitud formal y todo, como si fuera un trabajo, y luego tus maestros de antes tienen que recomendarte. Y también tendrías el privilegio de ponerte en la solapa un sello de bronce que indicaba que eras asistente, lo que evitaba que los maestros te pidieran que les enseñaras el pase si te veían en los pasillos. Y lo mejor de todo, para quienes tienen la beca financiera, como yo, las horas de asistente cuentan como parte del requisito de servicio comunitario que siempre tenemos que hacer a cambio de la ayuda que recibimos con la matrícula.

Una maravilla, ¿no es así?

Pero cuando comenzaron a aparecer los anuncios de los asistentes en nuestros buzones durante la sesión en el aula principal esta mañana, me enteré de que convertirse en una asistente no es nada del otro mundo después de todo. Esa información crucial la recibí alto y claro de Mackenzie. A ella no la escogieron para una de las plazas. Miró la lista y dijo: «Esos son unos correveidiles de los maestros». Y así como así, algo que hacía tiempo era una cosa chévere se convierte en un símbolo de perdedora. Ni siquiera un corte de pelo muy moderno o ser parte del mismo equipo de fútbol lo va a cambiar.

Lolo diría que es el monstruo de ojos verdes que se llama *envidia*. Eso lo reconozco tan pronto Mackenzie lo dice. Pero, de repente, me da vergüenza ver mi nombre en esa lista, como si yo fuera una correveidile, tal como ella dice.

Y para empeorar las cosas, me han asignado ser asistente en el puesto más aburrido de toda la escuela. A Lena le asignaron la biblioteca, un sitio en el que a ella le gustaría pasar su vida eterna cuando le llegue el momento. Edna está en la enfermería, en donde va a buscar bolsas de hielo para niños torpes y tendrá que compilar los deberes para quienes se enfermen y tengan que llevarse el trabajo escolar a casa. ¿Y yo qué? Yo estoy en la oficina de la consejera. Ese es el sitio que tiene en las paredes los carteles universitarios de la Ivy League, la prestigiosa liga de universidades para los supertalentosos, eso sin mencionar las cajas de pañuelos de papel para los llorones a quienes sus amigos les dijeron que nos les gustó su último *post* en las redes sociales. No es posible pasar por ahí sin sentir todos esos sentimientos estresados que supuran y salen al pasillo.

Cuando suena el timbre, no pierdo tiempo en ir a hacer constar mi queja.

—Merci Suárez —dice la señorita McDaniels desde detrás del mostrador cuando entro en la administración—.

Casi no te reconocí. Mira cómo te queda ese nuevo corte de pelo.

¿Cómo me queda?, le quiero espetar, porque tengo el moño virado. Pero hago de tripas corazón y en vez de eso hago mi jugada de apertura: devuelvo el cumplido. Es una tarea más difícil de lo que te imaginas, ya que la señorita McDaniels luce igual año tras año. Puntiagudos tacones altos, un traje, una blusa de botones, unos espejuelos que le cuelgan en la nariz, dos líneas que muestran el ceño fruncido entre sus agudos ojos azules. Desesperada, señalo la única cosa diferente.

—¿Un nuevo vaso para los lápices en su escritorio? Un toque muy clásico en la decoración de la oficina.

Sonríe con delicadeza y se cruza de brazos.

—Gracias.

—Estoy aquí para hablar de un asunto importante, señorita.

—¿De nuevo es acerca de la lista de lectura del verano? Creo que dejé claro en mi respuesta a tu correo que teníamos derecho de asignarla. Esto lo confirmé con la oficina de asesoramiento legal.

No la dejo que me haga perder el rumbo.

—No, señorita. Estoy aquí para hablar de mi asignación como asistente.

—Oh, qué bueno. —Se le ilumina el rostro—. Entonces nuestra conversación será breve. Las decisiones son definitivas. Que tengas un buen día.

—Pero...

—Tan solo te quedan dos minutos antes de que se acabe el primer periodo —dice, y le da un par de golpecitos con el dedo a su reloj de pulsera—. Ponte las pilas.

¿Y a esta mujer qué le pasa?

Para la hora del almuerzo, todavía sigo lamentando mi situación. Cuando llego a la cafetería, me paro a la entrada e intento ver dónde Hannah, Lena y Edna han puesto sus cosas. Cada grado se queda en su propia área, así que obviamente no estarán donde se sientan los de séptimo grado, como el año pasado. Y de ninguna manera estarán cerca de los de sexto grado, cuyo territorio es cerca de la puerta. Miro cómo los más jóvenes se percatan de esto al llegar a la cola del almuerzo, mientras miran nerviosamente alrededor en busca de un asiento. No pasará mucho tiempo antes de que algunos de ellos se den por vencidos y vayan a la biblioteca en busca de refugio. Recuerdo lo difícil que es ser una ínfima estudiante de sexto grado en este mundo frío y cruel. Por aquel entonces, nos preocupaba que los de octavo grado nos fueran a meter a la fuerza en un taquillero cuando nuestros maestros no prestaran atención, tal como decían los rumores. Sin embargo, jamás he conocido a nadie a quien de veras hayan metido en uno. Ahora que lo pienso, la idea suena un poco estúpida.

En fin, que los predios de octavo grado son cerca de las puertas que dan al patio, todos los asientos con ventanas, por supuesto. Wilson ya ha encontrado un sitio ahí con Darius Ulmer y otro par de muchachos. Avery y Mackenzie están a un par de mesas de distancia con sus amigos, hembras y varones juntos, que todos ya casi parecen estudiantes de preuniversitario. Lucen relajados, como si ya se lo estuvieran pasando de maravilla este año. Madre mía. A lo mejor hay quien tiene una vida más divertida que la mía. Avery me ve que la miro y me saluda con la mano, pero no me invita a su mesa... vaya, qué sorpresa. Pero no hay problema con eso, porque ya Lena también me vio desde la cola.

—¡Merci! ¡Por allá! —Saluda con la mano y luego señala a la mesa al lado de la de Wilson. La mochila de Hannah cuelga del respaldar de una de las sillas, así que me encamino en esa dirección.

Llámenme rara, pero detesto masticar en público, sobre todo en una mesa vacía y solita en alma. Sacaría mi teléfono para echarle un vistazo, pero se supone que los mantengamos fuera de nuestro alcance.

Así que me siento frente a Wilson en su mesa.

—¿Te importa si me siento aquí un segundo? Intento no parecer como si no tuviera amigos.

Ya él le mete el diente a uno de esos sándwiches repletos de jamón, con un montón de mayonesa y pepinillo, que le prepara su mamá, tal como a mí me gustan. El año pasado, él compartía uno conmigo cada día en la Tienda de los Carneros. Por desgracia, ya sé lo que hay dentro de mi fiambrera, sin ni siquiera tener que mirar dentro. Una pechuga de pavo reseca, un contenedor de compota de manzana sin azúcar y Veggie Stix. Lo mismo de siempre.

Wilson se limpia el mentón con la manga y sonríe.

—Date banquete, pero no voy a estar aquí mucho rato. Se supone que tengo que ir a ver a la señorita McDaniels cuando termine de comer. —Me muestra un pase de la administración—. De tan solo pensarlo ya me da indigestión.

—Es el primer día. ¿Qué puede haber sido lo que ya has hecho mal?

Se bebe un sorbo de agua.

—Ni idea —dice—. Pero no puede ser bueno.

Le quito la vista a su sándwich delicioso y respiro profundamente. Por Dios, qué bien huele esto. La chef hoy sirve una de sus especialidades: pollo en salsa de mango y piña, según el menú en la pizarra de neón, así que la habitación entera huele a fruta y dulce, como un pedacito de cielo.

Wilson da otro mordisco y habla con la boca llena.

—Tengo otro sándwich entero en mi bolsa.

Una burbuja de esperanza se eleva dentro de mí.

—¿Y…?

—Mi mamá dice que estoy creciendo. —Se encoge de hombros—. ¿Lo quieres?

—Bueno —digo, y se me ilumina el rostro—, si te sobra…

—De todos modos, no voy a tener tiempo de terminarlo. —Me tira el segundo sándwich envuelto en papel de celofán. Entonces se zampa el resto de su comida y empieza a recoger sus cosas, justo cuando Hannah, Edna y Lena regresan con sus almuerzos.

—Buena suerte —le digo, mientras apura el paso, y entonces me escurro de vuelta en nuestra área.

Hannah desliza su bandeja frente a mí y se sienta con un resoplido.

—¿Y este a dónde va?

—A una reunión con la señorita McDaniels.

—Solavaya —dice Lena.

Hannah mira su bandeja y suspira en señal de irritación.

—Qué bien. Ahora resulta que olvidé mi bebida también. Y la estúpida cola es demasiado larga para ir a buscar una ahora. Este día es un asco.

Hannah por lo general es una persona alegre, pero luce superestresada.

—¿Qué te pasa? —pregunto.

No dice nada.

—Es el miedo a perderse algo —ofrece Edna.

Lena saca su botella de agua y se la pasa a Hannah.

—Toma —dice. Luego se vuelve hacia mí—. A ella no le dieron el trabajo de asistente como al resto de nosotras.

—Lo cual es una chorrada —espeta Hannah, y se le empiezan a acalorar las mejillas—. ¿Y a mí por qué no me escogieron? Yo tenía todas mis notas con B. Y lo hice muy bien en la feria de artes y ciencias del año pasado, ¿no es así?

—Bueno, solo hay diez plazas —dice Edna—. Alguien se tiene que quedar fuera. Sin ánimo de ofender.

Lógico, pero cruel.

Hannah la mira con dureza.

—Pero no tenía que ser yo.

Tengo que admitirlo, siento como si a lo mejor ahora ella sabe lo que es no salirse con la suya. Me pregunto si va a activar a su mamá para esto, del modo que Edna siempre hace. Aun así, intento hacerla sentir mejor.

—Mira el lado positivo —digo—. En vez de eso, tienes la oportunidad de escoger una asignatura electiva. ¿Al menos escogiste una buena?

—Codificación —dice, y pone los ojos en blanco.

—¡Oh! Ahí diseñan juegos —dice Lena—. Superdivertido.

Yo desenvuelvo el sándwich de Wilson y lo pongo encima de la mesa en toda su gloria.

—Además, nadie va a decir que eres la correveidile de la maestra —digo, más que nada para mí misma.

Todas me miran fijamente.

—¿Y eso a qué viene? —pregunta Edna.

Mis ojos vuelan en dirección a la mesa de Avery.

—Ah, nada. Es que, tú sabes, por ahí hay gente que piensa que ser asistente no es chévere.

Edna ensarta con su tenedor un pedazo de piña a la parrilla y lo mira, absorta en sus pensamientos.

—¿«Por ahí hay gente» se refiere a ellos? —Señala con el tenedor al grupo de Avery y se ríe por la nariz.

—No señales —digo.

—¿Y ellos saben que estamos vivas? —pregunta Lena—. Estoy en estado de *shock*.

Hannah abre su paquete de cubiertos.

—Aun así, yo preferiría ser una correveidile de la maestra que una mensa de la computación.

—Lo de codificar no es ser mensa —dice Lena—. Eso te da mucho poder.

—Olvídate de eso —digo—. A lo que vamos es a que te va a ir bien, Hannah. De todos modos, probablemente mejor que a mí en ese desierto soporífero conocido como la oficina de la consejera.

—Merci tiene razón —dice Lena.

Se me caen las alas del corazón.

—¿Tengo razón?

—No con respecto al desierto soporífero —dice—. Me refiero a que le va a ir bien en lo de codificar. Además, todas no tenemos que hacer lo mismo todo el tiempo, ¿no es así?

Edna mastica su pedacito de piña, con los ojos todavía en el resplandeciente grupo de amigos de Avery.

—¿Dijeron que somos los correveidiles de los maestros?

—En serio —dice Lena con un suspiro—. ¿Y eso a quién le importa?

La respuesta se supone que sea que a nadie, pero al mirar a mi alrededor, yo sé la verdad. A nosotras nos importa un poco, a pesar de que sabemos que no debería importarnos. Es como si tu cabeza pensara lo correcto, pero tus sentimientos se negaran a actuar.

El resto del almuerzo va más o menos, supongo. Lena me deja comerme el pollo de su almuerzo, ya que ahora se está haciendo vegetariana luego de acercarse a los bisontes. Hannah comparte las golosinas Twinkies con confeti que siempre trae de casa de postre. Luego yo finjo que presto atención mientras Edna da su cantaleta sobre su casita de veraneo en la playa. Ni siquiera me quejo de la peste a flores muertas que tiene el «Jardín de invierno», su espray corporal comprado en Lush, que nos hace que le olamos en la muñeca.

Sin embargo, todo el tiempo vigilo la mesa de Avery con el rabillo del ojo. Esos niños son imanes, incluso cuando no quiero que lo sean. ¿Qué es, me pregunto, lo que los hace tan chéveres? Y lo más importante: ¿acaso lo *son*?

CAPÍTULO 11

DURANTE TODA LA CAMINATA rumbo a mi asignación del sexto periodo, aún estoy dilucidando si ser asistente es un sabotaje social o es algo bueno. ¿A lo mejor puedo hacer una protesta en la oficina de la señorita McDaniels? Como amarrarme a su escritorio o algo por el estilo.

Estoy parada frente a la oficina de consejería, considerando los pros y los contras de esconderme en el baño en vez de entrar, cuando la señora Wilkinson, una de las consejeras, sale de su oficina particular y me sonríe a través del cristal. Por supuesto que la recuerdo de quinto grado. ¿Quién iba a olvidar toda aquella extraña alegría y su entusiasmo? Ella es la mujer más baja que jamás haya conocido —más o menos del tamaño de las velitas de Halloween, como dice ella misma— incluso con zapatos de plataforma. No ha cambiado más que la señorita McDaniels en los tres años que han pasado desde que intentó ayudarme a «adaptarme en mi transición» a Seaward Pines.

—¡Hola, hola, hola! —canta cuando entro en el área de recepción. Lleva el pelo recogido en una caótica cebolla, y tiene los espejuelos torcidos. Se inclina con sus tacones, y es toda sonrisas.

—Yo soy su nueva asistente —digo, y le extiendo la planilla con la asignación que me dio la señorita McDaniels.

—¡Claro que lo eres! ¡Y estoy tan contenta de que seas tú, querida Merci! Cuando oí la noticia me puse feliz, con F mayúscula.

Sus ojos se deslizan hacia arriba para encontrarse con los míos, y centellean.

—¡Mira cuánto has crecido!

Desvío la mirada con incomodidad y echo un vistazo a su oficina, ya que dejó la puerta abierta. Su escritorio está lleno de papeles, casi peor que el de Roli en casa. Todavía tiene los mismos sillones puf y el mismo plato con caramelos en el estante, cosa que espero que sean nuevos, ya que esos dulces son una de las pocas ventajas de este sitio que me vengan a la mente.

—Venga por aquí, asistente —dice en tono oficioso.

La oficina de consejería es pequeña, pero aun así ella insiste en mostrármela con lujo de detalles. Dónde está la impresora y cómo funciona. («No intentes arreglarla por ti misma si se traba el papel»). El modo en que están organizadas las gavetas con permisos para salir al pasillo, cuadernos de notas para los estudiantes, libros para estudiar para los exámenes y el copón divino. («Todos en orden alfabético y etiquetados, ¿viste?»). Me muestra el botón que hay que apretar en el teléfono para poner a alguien en espera mientras llamo a la oficina de una consejera. («Preferimos la frase: Un momento mientras te busco una consejera»). Luego vamos hasta los sofás en los que se supone que esperen los niños cuando tienen cita.

—Y eso es casi todo —dice mientras echa un vistazo a su alrededor—. ¿Tienes alguna pregunta?

—No —digo—. Creo que lo entiendo.

—Entonces tenemos que hablar de una última cosa. La cosa más importante. Es de nuestra política de privacidad. —Se sienta en el sofá y me indica que me siente a su lado, dando un par de palmaditas al cojín—. ¿Sabes lo que es la privacidad?

Esto suena horripilantemente similar a una de las charlas de mami sobre higiene personal. Me preparo para el impacto.

—Sí —digo cautelosamente—. O sea, en teoría.

No tengo mucho de eso en casa. Todo el mundo siempre se mete en mis asuntos. *¿A dónde vas, Merci? ¿Con quién hablabas, Merci? ¿Te acordaste de ponerte desodorante, Merci? ¿Te lavaste la cara, Merci?*

—Bueno, para estar seguras, quiere decir que esperamos que no compartas información acerca de nuestros clientes con nadie.

¿Clientes? ¿No víctimas?

—¿Qué tipo de información, señorita?

Se quita los espejuelos y dice con delicadeza:

—Bueno, la mayoría de las cosas, a decir verdad. Trabajamos con estudiantes y sus familias en un rango de cuestiones, Merci, y algunas de esas cuestiones son muy delicadas. ¿Lo entiendes?

Asiento con la cabeza despacio, luego de por fin entender que eso quiere decir que me han puesto la ley mordaza. Cualquiera pensaría que aquí guardan secretos de Estado con todo ese rollo. Aun así, todavía recuerdo el día en que lloré aquí cuando suspendí mi primer examen en Seaward. Estaba convencida de que me iban a expulsar. No habría querido que un montón de gente supiera eso.

—No queremos que hables de quién nos visita, de los padres de quién estuvieron aquí, ese tipo de cosas. Fuiste seleccionada porque el comité cree que podrías ser discreta con cualquier información que puedas encontrar sin querer. ¿Crees que estás lista para la tarea?

Finge que se cierra los labios con un zíper y me mira a los ojos.

Me acuerdo de la tercera película de la Nación Iguanador, en la que Jake Rodrigo es torturado por sus enemigos pero nunca revela la ubicación de la llave estelar. Si Jake Rodrigo puede guardar un secreto mientras alguien intenta arrancarle sus garras perfectamente arregladas por manicura, con toda certeza yo me puedo hacer cargo de esto.

—Seguro —digo, y porque no estoy segura de haberla convencido finjo que yo también me cierro los labios con un zíper.

—¡Muy bien! —Se pone de pie…, lo que hace una diferencia mínima, todo sea dicho—. Pon tus cosas en esta gaveta, y ven para que empieces.

Va hasta un mueble de metal cerca de la puerta y abre la gaveta de abajo.

Cuando termino de poner mis cosas dentro, encuentra un sello de cobre de asistente en la gaveta de su escritorio y me lo entrega. Yo me lo pongo al lado del que tengo de fútbol, el que tiene unos botines esmaltados con alas junto a una pelota.

—Entonces es oficial —dice y le brilla la cara al mirarme—. ¡Vamos, Equipo de Consejería! —Levanta la mano para que choquemos los cinco.

Ya se imaginan.

—He aquí tu primera tarea. —Rebusca entre sus papeles y agarra una planilla de uno de los montones—. Por favor, lleva esto hasta la administración, para que lo firme el doctor Newman. Hace falta su aprobación antes de que podamos hacer copias para enviarlas con los estudiantes a casa la semana que viene.

Con un vistazo rápido, veo que es el original del documento de permiso para el viaje de octavo grado a San Agustín.

Guau, guau, guau, como le gusta decir a abuela.

Intento no reaccionar y finjo que no me importan los jugosos detalles que están aquí mismo en mis manos. Pero tengo la fecha exacta, la compañía de autobuses que se hará cargo del transporte, el hotel en que nos vamos a quedar, todo el itinerario y el costo —que luce un poco caro— justo en la punta de mis dedos. En este mismo instante, sé algo antes de que nadie lo sepa…, y no me cuadra nada mal.

A lo mejor este rollo de la consejería, después de todo, tendrá sus beneficios.

Cierro la puerta a mis espaldas y me dirijo a la oficina.

Es fácil jugar a «¿Dónde está Wally?» con la cara de Roli dentro de las vitrinas en el edificio administrativo, que no tiene aulas. La administración está aquí, junto a la *suite* del director, las oficinas de los maestros, la consejería, la enfermería y la biblioteca. Camino y juego mi juego privado. Roli está en casi todas las vitrinas, excepto en las de deportes, por supuesto, y en las de las fotos de los donantes con un billete de aquí a la Luna, que también reciben bancos, aulas y ladrillos especiales con sus nombres inscritos por estos lares. Algunas de las fotos de Roli datan de cuando estaba en noveno grado y conoció al gobernador, cuando ganó el premio estatal de la feria de ciencia. Ojos oscuros, piel aceitunada, acné terrible. (Todavía no había comenzado a tratarse con su dermatóloga). En todas las fotos, luce demasiado serio. He intentado enseñarle a relajarse a lo largo de los años, pero nada. El único modo en que luce natural, tal como lo conozco, es si lo sorprendo y lo atrapo con la guardia baja. Así es como tomé la foto en la que se ríe mientras aguanta a Axel, por los tobillos, patas arriba. Está en el libro de memorias de Lolo, que contiene fotos de todos nosotros, para ayudarlo cuando se confunde.

Hago una pausa frente a una foto de Roli de hace un par de años, cuando estaba en duodécimo grado y era el líder del club de ciencia experimental. Esto es un cliché, pero era un *nerd* tan *nerd*, que de algún modo acabó teniendo tremendo *swing*. Tan solo mira fijamente a la cámara, sin sonreír. Supongo que probablemente trabajaba en algún algoritmo mientras le tomaban la foto, pero si no lo conocieras, pensarías que Roli estaba triste. Y quiero decir incluso más triste de lo que está ahora que se ha quedado en casa este semestre.

Pero si de veras quieres jugar un juego un poco más difícil de «¿Dónde está Wally?», en su lugar, deberías intentar encontrarme a mí. Yo solo estoy aquí dos veces. Una es en la foto del equipo de fútbol del año pasado, en la que aparezco en primera fila, al lado de Avery, quien, incluso el año pasado, lucía mucho mayor que yo. No ganamos ningún título en la temporada pasada —ni siquiera nos acercamos—, así que es solo una foto a secas de un equipo en la esquina de la vitrina del departamento de deportes.

El segundo sitio en que me puedes ver es más difícil de encontrar porque estoy más o menos disfrazada. Está en la vitrina en la administración y fue tomada en la celebración de Un Mundo el año pasado, cuando los estudiantes del nuevo estudio de tía fueron invitados a actuar. Gente, aquello daba miedo, aunque no se note en nuestras expresiones en la foto. Los trajes resplandecientes de abuela te atrapan la atención, así que casi no notas que esa soy yo en la falda de encajes con el pañuelo en la cabeza. Además, bailaba con Wilson. A veces, si cierro los ojos, escucho la canción en mi cabeza que fue el merengue que bailamos. Era una vieja canción llamada «Oriza Eh». Creo. A veces también recuerdo lo que sentí al sujetarle la mano frente a toda la escuela. Emocionante. Un poco atrevido. Un poco vergonzoso.

—Asere, ¿qué bolá?

Casi doy un brinco que me hace salir de mi propia piel.

Como si saliera de mis pensamientos, Wilson camina hacia mí. ¿Acaso me vio cómo miraba boquiabierta nuestra foto? La cara me arde.

—Estás vivo —susurro. El timbre sonó hace un rato y no hay nadie más en los pasillos—. ¿Qué era lo que quería la maestra contigo?

—Un cambio de horario —dice, con una sonrisa—. ¿Y tú a dónde vas?

—A un encargo a la administración. —Le echo un vistazo a la planilla y le doy la vuelta para que él no vea lo que tiene escrito—. Pero es un secreto absoluto. Para la señora W. Soy su nueva asistente. —Hay tanto que le quiero decir, como, por ejemplo: *Adivina. Puedes tener tres compañeros de cuarto en San Agustín, nos tomará cuatro horas llegar hasta allá y tendremos un día libre en el que podremos ir a ver las atracciones que escojamos.* Pero de eso nada. El poder del sello me hace mantener la discreción. Él adopta mi paso.

—¿Así que en la consejería, eh?

—Podría tener sus ventajas —digo con ambigüedad.

Doblamos la esquina y pasamos la biblioteca, en donde Lena trabaja durante esta hora, en lo que es probablemente su versión del paraíso. Lo que más le fascina en el mundo es la lectura. Ahora mismo, saca libros de un carrito y los coloca en los anaqueles. Por desgracia, nuestro bibliotecario, el señor Engle, está en el mostrador procesando libros nuevos, así que no podemos detenernos para hablar con ella o ni siquiera hacerle muecas desde el pasillo.

Es un poco raro esto de caminar con Wilson, nosotros dos solos. Los pasillos del edificio administrativo son tan silenciosos que nuestras pisadas hacen eco al caminar. Se escucha que el paso de Wilson tiene una pausa pequeñísima por cuenta de su pie. Noto que tiene un aparato ortopédico nuevo. No es negro como el del año pasado. Este es de color azul marino.

Wilson se detiene frente a las puertas de cristal que conducen al patio y al gimnasio, que está más allá.

—¿A dónde vas? —pregunto.

Sonríe y me muestra su sello de asistente.

—Resulta que también tengo mi trabajo de asistencia en este periodo —dice—. Ese fue el cambio en mi horario del que la señorita McDaniels me quería hablar.

—¡No te lo creo! —digo, y chocamos los puños. Esto podría ser divertido si planificamos hacer nuestras diligencias a la vez.

—¿A dónde te asignaron? Déjame adivinar. El laboratorio de matemáticas. —El año pasado, Wilson tomó álgebra con los estudiantes de noveno grado en el preuniversitario. Era el mejor de la clase.

Wilson abre la puerta y una corriente de aire nos hala desde afuera. Es como si fuese una suerte de portal mágico con un túnel de viento diseñado para levantarte la falda o, si eres el señor Tetra, de educación laboral, volarte el tupé del cráneo. En algún punto del pasillo, la ráfaga de aire cierra una puerta de un portazo.

—No es matemáticas, aunque eso habría estado mamey —dice—. Es en Educación Física.

Por un segundo, no digo nada. Se escucha el sonido de una podadora en la distancia. Un sacapuntas eléctrico afila lápices en una de las oficinas.

El gimnasio es la asignación que es la cereza en el pastel, si me lo preguntan. El año pasado, el asistente del señor Patchett solo tenía que preparar las cosas para los ejercicios y asegurarse de que el equipamiento estuviera en buenas condiciones cuando lo devolvíamos. Con un trabajito así de fácil, al menos yo me podría poner a practicar mis tiros libres o disparos al arco todo lo que quisiera cuando no estuviese ocupada. También me darían entradas gratis a todos los partidos de los equipos de *varsity*.

—¿*Tú* eres el asistente del señor Patchett este año? Pensé que iba a ser Michael. —Esto no tiene ningún sentido. Educación Física es por lo general una proeza para Wilson, sobre todo cuando los juegos se aceleran y se acaloran. A él nunca lo piden al principio para ningún equipo.

—Se *suponía* que fuera él —dice, y se encoge de hombros—, pero sacó una D en Español el año pasado, así que aquí está un servidor.

Es que sencillamente no me lo puedo creer. Yo habría sido mucho mejor asistente de Educación Física que Michael Clark o Wilson. Me vuelvo a poner brava con la señorita McDaniels.

—No la cojas conmigo —dice Wilson, al leerme la cara—. A mí me asignaron, al igual que a ti, ¿te acuerdas? Tampoco es que tuviéramos opciones.

—¿Y a ti no te interesaría cambiar, verdad? Hay caramelos en la consejería. Podríamos ir con la señorita McDaniels ahora mismo.

Se ríe por la nariz.

—Anjá, pero yo me voy a quedar con lo de arreglar el equipamiento del gimnasio, gracias.

Un maestro abre la puerta de la oficina a unos pasos y camina hacia nosotros. Me ajusto la solapa para asegurarme de que mi sello de asistente esté visible.

—Mejor me voy —dice Wilson.

El seguro de la puerta de cristal suena muy alto cuando la cierra a sus espaldas.

Sin embargo, no me muevo de inmediato. Lo veo pasar el próximo edificio rumbo al gimnasio, ajustando un poco la cadera para que su pie no tropiece con el suelo.

Debes estar feliz por él, me digo a mí misma. *Es tu amigo*. Pero por dentro, en la parte celosa que también tengo, todavía sigo brava.

CAPÍTULO 12

ESTOY AFUERA, DESCANSANDO junto a Lolo, con el estómago que me suena altísimo. Simón y yo hemos jugado a pasarnos la pelota con los mellizos mientras abuela termina el arroz con pollo para la cena. Adivino que eso es lo que vamos a comer porque todo el patio huele a azafrán y porque la cazuela que usa para cocinarlo no cuelga del gancho dentro de la caseta. Inhalo con un suspiro largo y satisfactorio. Pollo y arroz amarillo es una de mis cosas favoritas de comer, excepto por los chícharos «decorativos» que aparto uno por uno cuando nadie me mira.

Vuelvo a mirar a Lolo. He intentado entablar conversación con él acerca de la escuela, pero es difícil. Antes él era a quien yo iba en busca de consejo por estos lares. Pero hoy, Lolo mayormente escucha. Hasta tuve que recordarle que yo era Merci, lo que me hace preguntarme si este corte de pelo en verdad mereció la pena.

—Entonces, ¿crees que tienen razón acerca de lo de ser correveidile de los maestros?

El sol brilla en sus espejuelos mientras él mira más allá de mí hacia la calle. Estoy convencida de que me escucha. ¿Y por qué no me contesta?

—Por otra parte, creo que es la envidia —digo—. ¿Cómo es ese dicho que siempre nos dices acerca de ser celosos, Lolo? —continúo—. Tiene que ver con el hambre y el agobio.

Nada.

Lolo siempre tenía buenos dichos cuando quería enseñarnos algo importante, cosa que decía que era el don de hacerse viejo. Su favorito era que «más sabe el diablo por viejo que por diablo».

Lo miro esperanzada, ya que se vuelve hacia mí. Pero entonces dice:

—La guagua vuelve a venir con atraso.

Qué frustración.

Ya sé que no es su culpa, pero irrita muchísimo. Lolo habla de la guagua más y más, sin importar lo que diga nadie. Como ahora mismo. Está atascado ahí, y me enfada estar atascada ahí con él. ¿No se suponía que las medicinas lo iban a ayudar? ¿Para qué sirven todas esas pastillas si no funcionan?

Trato de tener paciencia, pero de todos modos la voz me sale cortante.

—Olvídate de la estúpida guagua, Lolo.

Un silbido rápido que viene de cerca me hace darme la vuelta. Es papi, que por lo visto nos escuchó, y no luce complacido. A lo mejor al usar la palabra *estúpida* me pasé dos pueblos. Papi llevaba las brochas y los rodillos sucios al lavabo que tenemos en el patio para limpiarlos. El residuo mineral apesta en sus ropas. Las puntas de sus dedos tienen un color pálido.

—El dicho es «La envidia es flaca porque muerde, pero nunca come» —dice papi—. ¿Por qué no ayudas a Simón con los mellizos un rato? Le están sacando el jugo. —Me mira larga y fijamente para que sepa que no es una sugerencia.

—Oká —digo, pero en cierto modo siento alivio.

Atravieso el patio a la carrera para meterme en el juego de fútbol.

Hannah dice que los mellizos idénticos, como Axel y Tomás, son telepáticos, lo que quiere decir que se leen las mentes entre ellos. Esto suena a cuento de camino, pero tal vez explique por qué mis primos son tan buenos cómplices en todo lo que hacen. Lena, que lo lee todo, dice que la telepatía es «improbable», y Roli, que se obsesiona con los datos, dice que ella tiene razón con lo de las «transmisiones indirectas». La teoría de *él* es que los cerebros de los mellizos son muy parecidos, así que reaccionan de muchos modos similares. Mami dice que nadie sabe con certeza. El cerebro es todavía un misterio. Cosa que es verdad, supongo, porque de lo contrario, ya alguien habría encontrado cómo ayudar a Lolo.

Pero lo único que sé al verlos jugar es que la conexión cerebral de los mellizos les será muy útil en el terreno de fútbol un día. Tan solo están en segundo grado, pero juntos son cien libras de pies rápidos y de un impecable sentido de la oportunidad. Es toda una maravilla verlos. El año pasado todavía eran un par de torpes estudiantes de primer grado, que corrían detrás de la pelota juntos como un pegoste y que peleaban para ver quién iba a tirar al arco. Ahora tienen piernas larguiruchas, velocidad y una estrategia asesina que parece, bueno, telepática. A lo mejor son esos nuevos tacos que tía les compró la semana pasada. Eso y el beneficio de sus excelentes prácticas con Simón y conmigo.

Axel driblea la pelota y me pasa por al lado, y parece un potro con las rodillas huesudas. Lo alcanzo sin mucho trabajo y luego intento acorralarlo. Pensarán que lo iba a llevar suave, pero no es necesario. Levanta la cabeza rápidamente y ve a su aliado.

—Bobalicona —dice entre dientes y luego da el pase en el último segundo a Tomás, quien está desesperado por tirarle a los tubos de plástico que pusimos a modo de portería.

Simón atrapa la pelota a medio camino y hace sus trucos estelares, incluso con sus botas de trabajar manchadas de pintura. Pero a Tomás eso no le hace ninguna gracia. Corre al lado de Simón por la izquierda, se desliza y le quita la pelota, con la rodilla derecha perfectamente inclinada y una patada con la zurda. Se apoya con la mano izquierda en el suelo, casi sin pensarlo. En un instante, se levanta y sale a la carrera con la pelota rumbo a la portería.

Aflojo el paso para recuperar el aliento mientras Tomás apunta al árbol de toronjas. Sé que por lo general son un dolor de muelas, pero ahora mismo como que me siento un poco orgullosa de los mellizos. No se puede negar que estos dos tienen los genes deportivos, igual que yo. Es el motivo por el que aprendieron a levantar gomas en las bicis antes de que sus amigos lo hicieran este verano. Es por lo que nunca han tenido que batear con la pelota encima de una plataforma. Es por lo que juegan al fútbol mejor que la mitad de las jugadoras del equipo de mi escuela.

—¡Gooooooool! —grita Tomás, con los brazos al aire, cuando la pelota vuela entre los postes, rebota en el tronco del árbol y regresa a nosotros.

—¡Gooooooool! —grita también Lolo. Me vuelvo a mirarlo, todavía en la hamaca, y siento que mi corazón se ilusiona un poco. Él fue quien nos enseñó a estirar el grito de gol para mostrarle al jugador que uno lo aprecia. Al menos sabe que esto es un juego de fútbol, lo que es mucho mejor que esperar por una guagua de mentiritas.

—Bueno, ya —dice Simón entre risas. Las gotas de sudor le bajan por las sienes—. Tu abuela tendrá la cena lista pronto, y todavía tengo que ayudar a tu papá a limpiar las cosas antes de irme a casa.

—¿Así que te vas, eh? —digo—. Cobarde.

—No soy estúpido —dice con una sonrisa—. Esos dos son la candela. ¡Deja que crezcan lo suficiente para jugar en nuestro equipo!

Se refiere al equipo en el que juega junto a papi y otros hombres de diferentes trabajos. También noto en la sonrisa de Simón que está orgulloso de ellos. Simón agarra el último cubo de pintura de la camioneta de papi y camina por el lado de la casa para juntarse con él. Me pregunto si su «casa» alguna vez será aquí en Las Casitas con tía, los mellizos y el resto de nosotros. Tampoco es que yo tenga ningún apuro por tener más gente por aquí. Es solo que de todos modos él viene casi todos los días, y en los fines de semana se queda en casa de tía hasta bien tarde en la noche, mucho después de que los mellizos se quedan dormidos. Parece no importarle llevarlos de aquí para allá ni jugar con ellos. Sus atormentadores modales no parecen jamás sacarlo de sus casillas.

Axel le preguntó a tía acerca de Simón hace unas semanas.

—¿Este es tu hombre? —le dijo de la nada, como algo salido de uno de esos espeluznantes programas de citas que tía mira a veces.

Tía lo miró en estado de *shock*.

—¿Mi *hombre*? Ay, mi cielo, yo estoy contenta con mis dos hombrecitos ahora mismo. Y además, Simón tiene que pensar en Vicente. Eso es suficiente.

Vicente es el hermano más joven de Simón. Vino a los Estados Unidos el año pasado, y ahora viven juntos en una casa que comparten con otros hombres. Trabaja en la cocina de una bolera, ya que papi no siempre tiene suficiente trabajo para contratarlos a los dos.

Pero me pregunto si acaso alguna vez van a vivir juntos o se van a casar.

A lo mejor a tía solo le gusta que Simón tenga su sitio y ella tenga el suyo, aquí con nosotros. Juntos, pero no revueltos, como le gusta decir a abuela.

Unas nubes anaranjadas y rosadas se han formado en el cielo del atardecer. Este es mi momento favorito del día. El aire está más fresco, por ejemplo. El sol no se pondrá hasta dentro de un par de horas, así que podemos cenar afuera en el porche, como a mí me gusta, amontonados alrededor de la mesa del patio, con unas cuantas velas flotantes para iluminar un poco el ambiente. A lo mejor, Roli para esa hora ya estará en casa.

Estoy a punto de entrar para lavarme cuando el sonido de un motor ruidoso me hace darme la vuelta. No es la guagua que esperaba Lolo, sino un resplandeciente convertible rojo que paró en la esquina y casi hace que tiemble la tierra. Ruge desde el fondo de la calle, lo suficientemente alto como para que Tomás y Axel dejen de jugar a las atrapadas y miren fijamente al ostentoso carro de dos asientos. Entonces, para mi sorpresa, el carro hace una pausa y dobla en nuestra entrada.

Intento ver bien al chofer cuando apaga el carro y sale. Es alto y musculoso, con un pulóver y unos *jeans*, pero no los *jeans* de trabajar que se pone papi. Estos son los elegantes que los hombres se ponen con zapatos de cuero. Una señora con unos *shorts* cortos y un pulóver sin mangas también se baja. Está bronceada y noto que tiene un tatuaje de una rosa en el hombro y otro de una enredadera en el tobillo.

—Hola —el hombre se mete las gafas en el bolsillo y da unos pasos hacia Tomás y Axel. Yo aguanto la respiración sin darme cuenta. Los mellizos están entre el carro y yo, pero se han quedado clavados como estacas y miran fijamente. ¿Por qué lo de los «desconocidos peligrosos» no les grita en las cabezas tal como se supone que ocurra?

—Miren lo grandes que están —dice el hombre.

—Muchachos. Vengan ahora mismo —digo. Entonces llamo a papi.

El chofer se vuelve hacia mí.

—Oh, hola, Merci —dice—. Supongo que no te acordarás de mí.

No respondo, a pesar de que sé que es de mala educación ignorar a la gente. ¿Y este quién es?

Aguzo la vista y hago mi mejor esfuerzo por ubicarlo. ¿Acaso es uno de los clientes de tía de la panadería? ¿Un jugador de los otros equipos que juegan contra el nuestro? ¿A lo mejor trabaja en la botánica? Su voz me suena familiar, ¿pero de dónde?

Mira a Lolo con incomodidad.

—Y usted, señor, ¿qué tal está? Ha pasado mucho tiempo.

Lolo lo mira con la vista perdida, pero entonces se le juntan las cejas al fruncir el ceño.

Simón y papi doblan la esquina y también vienen hacia nosotros. Papi se para en seco.

—Oh —dice. Eso es todo.

Simón mira adelante, tan confundido como yo.

Justo entonces, tía sale al patio a ver quién es. Da un frenazo, como si hubiese encontrado un par de serpientes venenosas en la entrada del garaje en lugar de a un visitante.

—Hola, Inés —dice el hombre—. Estábamos cerca. Pensé que…

Tía los contempla a los dos con una expresión glacial en los ojos.

—Hola, Marco —dice y se cruza de brazos.

El estómago me da un vuelco al oír el nombre, y me vuelvo a ver si es verdad. De un golpe, todo cobra sentido. Recuerdo sus zapatos grandes cerca de la puerta de tía, los que me gustaba ponerme como si fuesen zapatos de payaso. Recuerdo sus manos grandes que agarraban las mías cuando caminaba entre él y tía para que me pudieran columpiar bien alto.

Tía se vuelve hacia los mellizos antes de que yo pueda decir nada en absoluto.

—Niños —dice tía—, saluden a su padre.

CAPÍTULO 13

UNA BOMBA HABRÍA CAUSADO menos impacto que la llegada de Marco.

Tan solo digamos que él en verdad no es un predilecto en Las Casitas. Vale, él es el padre de los mellizos, pero eso es un hecho que casi todos por aquí han intentado olvidar desde el día en que desapareció como un fantasma para irse con una novia nueva cuando los mellizos todavía compartían una cuna.

—¿Y hasta cuándo van a estar allí? —Abuela chequea la cazuela de arroz con pollo una vez más y chasquea la lengua en señal de irritación. Hemos puesto la mesa adentro, ya que afuera oscureció. Abuela aún no nos va a dejar comer sin tía—. El arroz se ha convertido en una pasta, gracias a ese descarado.

Ya tú sabes. Ya enfiló los cañones. «Ese descarado» es como abuela siempre se ha referido a él. Me sorprende que tía no ponga su nombre así en los documentos oficiales de la escuela de los mellizos cuando piden el NOMBRE DEL PADRE en los formularios.

—No me puedo ni imaginar cómo esto está afectando a los niños —susurra abuela—. Un susto puede afectar mucho a una persona. En Cuba yo conocía a una señora que perdió el pelo de un día al otro cuando el esposo que ella pensaba que estaba muerto se le apareció en la puerta. Te lo juro.

Papi se bebe un buche de su cerveza e intercambia una mirada sombría con mami, que pone unas chicharritas frente a Lolo para que no se desmaye del hambre como el resto de nosotros. Yo me meto unas cuantas chicharritas más en la boca para acallar el estruendo de mi estómago. Marco y su «amiga» entraron en la casa de tía hace más de una hora.

¿Qué es lo que se les antoja, y por qué está tomando tanto tiempo?

Voy a la ventana una vez más y estiro el cuello para ver si puedo pillar algo de la acción en casa de tía desde aquí. El carro de Marco sigue ahí. Pero no el de Simón. Él se fue tan pronto comenzó esta visita. Tía le susurró algo, pero Simón no pareció muy complacido.

—Sal de la ventana, Merci, por favor —dice mami—. Deja el chisme.

—¿Pero, y por qué él está aquí? —pregunto.

—Estoy segura de que tu tía se está enterando —dice ella.

Me vuelvo a sentar y me pregunto de repente cómo se sienten mis primos con respecto a esta gran sorpresa. *Hola, yo soy su papi, desaparecido durante muchísimo tiempo.* Tampoco es que hayamos escondido a Marco de los mellizos, ni mucho menos. Es más como que él nunca ha sido parte de las cosas, lo que es culpa suya. Nunca ha recordado sus cumpleaños ni ninguno de los festejos familiares. No los visita ni va a los eventos de la escuela. Como que nunca está ahí. Ellos jamás han preguntado por su padre, hasta donde sé. Es a papi y a Lolo a quienes siempre les han hecho postales por el Día de los Padres. Fue Roli quien les enseñó a construir esos sólidos carros con piezas de LEGO. Y, últimamente, es Simón quien juega a la lucha libre con ellos en el suelo y les ayuda a recoger flores en el patio para tía.

Me siento y agarro otro manojo de chicharritas para que me ayuden a pensar.

—No te llenes de chucherías —me dice mami.

—Pero me muero del hambre.

—Bienvenida al club —dice papi—. Yo propongo que empecemos. Podríamos estar aquí toda...

Deja de hablar cuando suena el motor del carro con un rugido que lo devuelve a la vida. Las luces largas inundan la cocina un segundo después, cuando el carro da marcha atrás.

Abuela abre las persianas con un cucharón de madera y fulmina con la mirada al carro que se pierde a lo lejos.

—Por fin —dice. Se persigna y murmura una plegaria de emergencia—. Todo lo malo, échalo pa' allá.

Unos minutos más tarde, la puerta trasera se abre de un golpe, y los mellizos llegan corriendo del patio.

Al menos no se quedaron calvos. Supongo que la sorpresa no fue tan grande.

De hecho, lucen emocionados. Tienen puestas las linternas de cabeza que papi les compró de regalo de cumpleaños el año pasado, las mismas que usan cuando juegan a meterse en la cueva debajo de la cama.

Tomás corre derechito al pozuelo en la mesa para agarrar unas chicharritas, y me deslumbra con los focos.

—¡Por tu vida! ¡Mis retinas! —digo y me cubro los ojos.

—¡Un momento! —dice mami, y levanta las chucherías por encima de su cabeza. Les apaga las linternas a los dos—. Al baño a lavarse las manos, por favor.

Tía entra a la cocina justo cuando Axel y Tomás desaparecen por el pasillo. Todos la miramos fijamente, en silencio. ¿Alguien se atreverá a curiosear o acaso nos vamos a quedar aquí sentados sin decir nada?

Tía va hasta el lavabo, se recuesta en él y nos da la cara.

—Perdonen que lleguemos tarde. Habría preferido que hubieran empezado la cena sin nosotros.

Abuela se aguanta la lengua tan solo dos segundos:

—Y *yo* habría querido que ese hombre no se hubiese aparecido por aquí. —Con rabia, abuela saca el cucharón de la gaveta que se queda trabada—. Mucho menos con esa mujer.

—Ella es su esposa —dice tía en voz baja—. Se llama Verónica.

Abuela la mira con cara asesina. Agarra el cucharón con tanta fuerza que estoy casi segura de que lo va a partir en dos.

Papi se inclina hacia atrás en su silla.

—¿Y qué le hizo aparecerse así, de la nada?

Tía se encoge de hombros:

—Esta visita no vino de la nada.

Mami y papi se miran entre sí.

Tía suspira.

—Yo me puse en contacto con él hace unos meses y le dije que me hacía falta más ayuda con los niños.

Abuela suspira.

—¿Ayuda de ese señor? No me hagas reír. ¿Ayuda con qué?

—Con dinero, mamá. No es fácil tratar de pagar todo lo que les hace falta a los niños, eso sin mencionar lo de también mantener abierto el estudio de danza, y... —Mira a papi cuidadosamente y añade— otros gastos.

Abuela aprieta los labios. Sin decir palabra, entiendo que estamos en zona prohibida. Las medicinas de Lolo son supercaras, y mami, papi y tía tienen que contribuir todos los meses para pagarlas. También han hablado de contratar a alguien que venga a ayudar. Eso sería una persona más a quien papi tendría que pagar. ¿De dónde va a sacar todo ese dinero?

—Mira, mamá: Marco dio el paso al frente y envió un poco de dinero la semana pasada para comprar los tenis de los niños, que les hacían falta para la escuela. Y eso no es malo.

Trato de que la quijada no me llegue al piso cuando recuerdo el sobre sin la dirección del remitente. La mano también se me va tímidamente a los rizos. Mi nuevo corte de pelo fue pagado con dinero del descarado. Madre mía. Qué mancha en mi expediente.

—Yo te habría prestado el dinero —dice papi—. Tú bien lo sabes.

Tía lo mira detenidamente.

—Sí, pero tú *siempre* me prestas dinero, y tú tienes tus propias obligaciones que considerar. Tan solo piensa en este mes. Por ahí viene el viaje escolar de Merci. Y no creas que no veo a Roli romperse el lomo para pagar su matrícula. Mi sobrino debería estar en Carolina del Norte estudiando cosas importantes como el resto de sus amigotes ricos y no aquí contando los peniques con nosotros.

Las orejas de papi se ponen más rojas que el tomate.

—¿Y quién dijo que el trabajo arduo mata a nadie? —dice—. Roli está bien. Está haciendo lo que tiene que hacer. Así es como se hace un hombre, Inés.

Tía chasquea la lengua, como si esa fuese la idea más tonta.

—No tener dinero no es lo que hace a un hombre. Eso lo que hace es cansarte. Tú lo sabes tan bien como yo. —Baja la voz para cerciorarse de que los mellizos no la oigan—. Además, ¿acaso no es hora ya de que Marco haga *algo* para ayudar a sus hijos? ¿Incluso si solo es en cuestiones financieras?

—¿Y qué hay del cariño? —dice abuela con furia—. Se olvidó de ellos durante siete años, Inés. ¿A ti qué te hace pensar que ahora vas a poder depender de él? —Niega con la cabeza—. ¡Y mira el carro ridículo ese que tiene! ¿Dónde va a meter a los dos hijos que de repente recordó que existen? ¿En el maletero?

Tía mira al suelo.

—Eso lo entiendo. Pero ahora ha venido. Y los niños están emocionados.

La mente se me echa a correr mientras los escucho.

—¿Emocionados con qué? —Tan pronto suelto la pregunta, me preparo para que me caigan en pandilla.

Por estos lares, a nadie le gusta que yo interrumpa cuando hablan de las «cosas de adultos». Desde su punto de vista, esto es estrictamente un deporte en el que yo solo debo ser una espectadora.

Pero en esta ocasión, me planto en mis trece y no bajo la mirada. Echo los hombros hacia atrás. Ya calzo un número 8 y tengo este nuevo corte de pelo. Soy asistente de una maestra y me confían información privada de la gente. ¿Acaso no es hora de que mi propia familia me incluya en las conversaciones?

Tía se vuelve hacia mí.

—Con que tienen un papi para ellos solos, Merci.

Sus ojos se posan en Lolo, que se entretiene con las chicharritas.

—Tener un padre a quien querer es importante.

CAPÍTULO 14

ESTOY PARADA FRENTE AL CONGELADOR la tarde siguiente, lista para sacar helado para mí y los mellizos, que se me acercan. Por suerte, mami trajo mi sabor favorito de Presidente, cuando llevó a abuela a hacer el mercado. Me sorprende que no se haya derretido en el carro, ya que estamos a casi 100 grados.

Busco adentro —incluso detrás de los paquetes de pollo congelado, que se han endurecido como pedruscos—, pero nada. Estoy convencida de que vi a mami poner el contenedor de helado aquí.

—Oye ¿y dónde está el *Chocolate Chip Royale*?

Los mellizos se vuelven hacia mí. Esperan con sus pozuelos vacíos y sus cucharas. Las cosas se podrían poner feas.

Roli no se da la vuelta desde el fregadero, en donde lava unos platos. Se pasó la mañana bañando a Lolo y luego poniendo a punto su computadora para el comienzo de las clases en el colegio de formación profesional. Conectó unos altavoces, una pantalla extra y una vieja impresora que mami tomó prestada del centro de rehabilitación. Hasta colgó una lista de días y horas en los que no tengo permiso para entrar al cuarto porque él va a estar estudiando para sus clases.

Su silencio es revelador. Y también lo es el pozuelo que está enjuagando para borrar la evidencia.

—Roli —digo lentamente—, ¿dónde está el helado?

Roli cierra el grifo y por fin se vuelve y me da la cara.

—Lo siento —dice—. Supongo que se me abrió el apetito y me dejé llevar.

—Noooo... —se queja Axel.

Cierro la puerta de la nevera de un tirón y fulmino a Roli con la mirada. ¿No han pasado ni siquiera tres horas y ya un galón entero de helado ha desaparecido? Eso es un nuevo récord, incluso para él.

—La temperatura afuera es como un horno —me quejo—, ¡y tampoco es que podamos ir a casa de abuela a ver si tiene algo en el refrigerador! Ella sigue echando pestes de quien-tú-sabes.

Roli me suelta una mirada cómplice. Anoche conversamos largo y tendido cuando él llegó a casa y lo puse al tanto del drama con el papá ausente.

Roli mira su reloj.

—Tengo una idea. ¿Y si los llevo a la tienda de Iván? Tengo algo de tiempo antes del trabajo.

Tomás y Axel se animan de inmediato. La tienda de Iván es una nueva paletería calle abajo, en donde tienen un sabor que se llama «cola de tigre». Es de chocolate, mango y vainilla, mezclados en espiral de un modo en que se parece a la cola de un tigre de verdad.

—Déjame ponerme las chancletas —digo. Y luego, por si acaso—: Tú invitas.

Los mellizos gritan de alegría y salen a la carrera por la puerta rumbo al carro de Roli.

Papi sorprendió a Roli al inicio del verano con un nuevo carro, que se suponía que fuera todo un acontecimiento y a lo mejor un modo de quitarle veneno a lo de tener que quedarse en casa este semestre.

—Hijo —le dijo con orgullo, al mostrarle las llaves—, esto es para que puedas ir al trabajo y manejar hasta la escuela, como tus amigos.

¿Como sus amigos? Perdónenme, pero no estoy de acuerdo, sobre todo porque el carro de Roli es más viejo que Roli y sus compinches. Es un Kia del 2000, para ser exacta, el año en que un tal William Jefferson Clinton todavía era presidente. Papi se lo compró bien barato a uno de los residentes del condominio de Gustavo, que se iba a mudar a un lugar de residencia asistida. Él le llama «cremita de leche», porque tiene pocas millas rodadas y un motor que funciona. Pero una cremita de leche es algo que quieres porque es delicioso, y no hay nada deseable acerca de este cacharro. Esto es lo que sé. El Kia no va a hacer absolutamente nada en favor de la vida social de mi hermano. El motor suena igual que la máquina de coser de abuela. La pintura en el capó se ha borrado dejando unas manchas grises. Tiene ventanillas que hay que bajar manualmente y un reproductor de CDs en el salpicadero, ambos defectos fatales. Admitámoslo: he visto a señoras mayores en Villa de las Palmas con peroles con más *swing* que este cacharro.

Aun así, no me quejo. Esto es otras cuatro ruedas a último minuto, como ahora, y al menos el aire acondicionado de este tareco funciona. Además, las habilidades de conducción de Roli han mejorado. Ya por lo general alcanza el límite de velocidad, y ya casi nunca me estrangula el cinturón de seguridad cada vez que él para en un semáforo.

En fin, que en menos de lo que canta un gallo, estamos en la paletería de Iván y buscamos entre las paletas de la nevera y, a través de la neblina de nuestro aliento en los cristales, seleccionamos las que nos gustan. Las dos mesas de adentro ya están ocupadas, así que vamos a la parte de atrás a sentarnos en las mesas de pícnic que están encadenadas al suelo.

Estiro las piernas y dejo que el sol hornee un poco la picazón que me están dando. Me afeité las piernas por primera vez la noche antes de que comenzara la escuela. ¿Quién iba a saber que el pelo crecería en una semana? ¿Y que sería tan puntiagudo? Cuando me paso la mano por las rodillas, siento como si tocara la cabeza de un pequeño puercoespín.

Le meto el diente a la paleta y dejo que la frescura celestial se deslice por mi garganta.

—Gracias, Roli —digo.

Él asiente, y le pasa la lengua a su paleta antes de que las gotas le chorreen la mano.

—¡La punzada del guajiro! —grita Tomás.

A Axel y a él, para ver quién es un tipo más duro, todavía les gusta provocarse a propósito esos enceguecedores dolores de cabeza momentáneos al comer helado rápidamente. Por eso es que les pegan esos mordiscos enormes a sus paletas de fresa, bien denominadas «vampiritos». Supongo que el nombre les atrae porque les estimula su sed de sangre.

—Si siguen comiéndose trozos así, las paletas se les van a acabar muy rápido —les advierte Roli, y le pasa la lengua a otra gota de su paleta de dulce de leche—. No tengo plata para comprarles otra.

Por lo general, ellos lo continuarían haciendo, solo para ser pesados, pero para mi sorpresa, ahí mismo comienzan a comer más despacio.

Estamos en silencio un rato, hasta que un carro ruidoso pasa a toda velocidad por la calle Lake Worth. Lo miro y recuerdo el día de ayer.

—Bueno, ¿y qué hizo Marco cuando vino de visita? —les pregunto a los mellizos, como quien no quiere la cosa—. No nos han contado nada.

Roli me mira y niega con la cabeza. Pero ¿qué tiene de malo un poco de información de la fuente original?

Los mellizos siguen comiendo.

—Su papá —digo y le vuelvo a pasar la lengua al helado—. Roli y yo lo conocíamos hace muchísimo tiempo. ¿Saben? Cuando los dos éramos chiquiticos. Pero no lo recuerdo muy bien.

Al principio, pienso que me van a seguir ignorando, pero entonces Tomás dice:

—Me va a llevar a dar una vuelta en su carro.

—Y va a ir rápido —dice Axel y asiente—. A lo mejor a quinientas millas por hora.

—Eso es cuan rápido van los aviones —dice Roli—. Pero no los carros.

—¿Y tú cómo sabes eso? —pregunta Tomás.

—Porque incluso los carros de carreras solo pueden ir entre doscientas y trescientas millas por hora, como mucho.

—¿Y eso por qué? —pregunta Axel.

—Más que nada por el problema de la fricción.

—¿Y qué es la fricción?

—Bueno, durante la aceleración, el carro debe generar un promedio de dos mil seiscientas libras de fuerza horizontal contra...

Mi mirada fulminante lo interrumpe en medio de la oración. Entonces me vuelvo a los mellizos.

—Entonces, ¿va a volver pronto? —pregunto—. ¿Dijo que va a volver?

Axel niega con la cabeza.

—No. Nosotros vamos a ir a su casa.

—De visita —añade Tomás.

—¿Cuándo? —pregunto.

—Un día —dice Axel.

Miro a Roli y pongo los ojos en blanco. *Un día* suena sospechoso.

Como: «*Un día*, iré a París». Tía.

«*Un día*, entenderás por qué». Mami.

«*Un día*, los ojos se te van a quedar bizcos». Abuela.

Todo el mundo sabe que *un día* es tal vez nunca. Además, ahora me acuerdo de lo que abuela dijo del carro de Marco. De que de todos modos no tiene espacio para ellos.

Aun así, el estómago me da un vuelco. Algunos de mis amigos de la escuela tienen padres divorciados. Miren a Wilson. Tiene dos casas distintas, no solo una, lo que quiere decir que tiene el doble de todo.

Enojada, raspo con los dientes el palito de madera para aprovechar los últimos trocitos de chocolate. O sea, en cierto modo, los mellizos ya tienen tres casas en Las Casitas: la suya, la de abuela y Lolo y la nuestra. ¿Para qué les hace falta otra más? ¿Y, de todos modos, dónde viven Marco y Verónica? ¿Es lejos? ¿Y si les hacen dormitorios nuevos a los mellizos y los llenan de juguetes nuevos y cosas a las que no se podrán resistir?

No creo que me guste compartir a los mellizos. Ellos serán un dolor en el hígado, pero son *nuestro* dolor en el hígado.

—¿Y ustedes para qué van a querer ir ahí? —pregunto.

Tomás se encoge de hombros.

—Porque sí.

—«Porque sí» es un motivo muy tonto —digo.

—Tú eres la tonta —dice Tomás.

Axel suelta una risotada que casi le hace escupir el helado de vampiro.

Roli se limpia la boca y, mientras se levanta, arruga la servilleta hasta convertirla en una bolita compacta.

—Está bien que quieran ir ahí —le dice a Tomás enfáticamente. Entonces levanta la mano para impedirme que diga nada más—. Él es su papá.

> ¿A ti te gusta más la casa de tu papá o la de tu mamá?

> Una pregunta un poco salida de la nada, asere.

Pero entonces aparecen los puntos suspensivos.

Me acuesto en la cama y espero. Roli está al otro lado del cuarto, con los auriculares puestos y tomando notas. Yo tengo permiso para estar aquí si no digo ni una palabra.

Los padres de Wilson no viven juntos. Pero no sé cómo es su vida en Nueva Orleans, si acaso siente que aquella también es su casa o si es un visitante, más o menos como un campamento de verano. Lo único que sé es que Wilson va cada verano y que su papá trabaja en un sitio que fabrica piezas para los cohetes de la NASA.

> Eso depende. Las dos me gustan. Mis amigos están aquí. La mayoría de mi familia está allá. Así que a veces es raro.

Me envía un emoticono de encogerse de hombros, luego más puntos suspensivos.

> ¿Por qué?

Miro al techo y pienso en los mellizos y en cómo van a escoger ellos. En cómo será tener un tío y un abuelo y un primo, pero no tener un padre propio.

> Por nada. Pura curiosidad.

CAPÍTULO 15

AVERY ME ENCAJA EL DEDO EN LAS COSTILLAS. Es mi compañera de trabajo en la clase de Inglés porque nuestros apellidos comienzan con S: Sanders y Suárez. Es divertido sentarse aquí la mayoría de los días, ya que tantos niños pasan por aquí antes de clase a decir hola y todo eso. *Qué bolero, Avery. Creo que te vi en el centro comercial, Avery. Me gustan tus aretes, Avery. Te llamo luego, Avery.*

—Merci —me susurra—. Te está hablando a ti.

Vuelvo en mí con un sobresalto y me encuentro a la señorita Tibbetts que me mira y espera una respuesta.

—Lo siento. —El párpado me comienza a temblar un poquito—. ¿Podría repetir la pregunta?

—¿Nos podrías decir si la oración número seis es verdadera o falsa? —dice la señorita Tibbetts.

Al menos a la señorita Tibbetts no le da por hacerte pasar una pena si te pones a soñar despierta. No siempre es así. Me acuerdo de la señorita Krightman, más conocida como La Metemiedos, mi maestra de cuarto grado en mi antigua escuela. Era la mala de la escuela, así de sencillo. Te quedabas sin recreo por no prestar atención en *su* clase. También teníamos que caminar por los pasillos con los dedos en la boca, en señal de silencio. Hasta algunas veces me puso una «luz roja» en mi reporte diario a casa, incluso cuando intenté explicarle que lo único que hacía era decirle a Hermán Espinoza que no copiara más de mis notas, cosa que él hacía todos los días. Esto no la conmovió. «Yo no tengo paciencia para tonterías», dijo, como si fuera mi culpa que ella me hubiese sentado al lado de un niño para que lo rehabilitara.

Lo más cómico es que también fue la señorita Krightman quien escribió mi carta de recomendación para la Academia de Seaward Pines. Dijo que yo era «una niña con una mente curiosa y un potencial enorme», lo que me hace pensar que a lo mejor, después de todo, yo le caía bien. A veces no sabes qué es lo que piensa la gente.

Bajo la mirada hacia mi pantalla para volver a leer la pregunta. Es verdadero o falso..., así que tengo un cin-

cuenta por ciento de probabilidades de acertar. Estudiamos los libros que leímos durante el verano, pero la pregunta seis me deja boquiabierta. Es acerca de *La casa redonda*.
La vieja Tallow es buena.
Pienso en los cuentos que escuché. ¿Cuál era la vieja Tallow?

Por tu vida. ¿Acaso la señorita Tibbetts no podría haber escogido a alguien más? ¿Alguien como Elton Bonneville, que levanta la mano como si se fuera a ahogar si no responde casi todas las preguntas en clase?

Suspiro hondamente e intento ser lógica, del modo que Roli siempre recomienda. Dice que pensar rápido no es siempre lo mejor, pero eso no es lo que siento cuando la gente me mira fijamente y espera por mi respuesta.

La vieja Tallow. Creo que es la mujer que caza. Es un poco misteriosa y una solitaria durante la mayor parte de la novela. Hasta mata a su propio perro. Pero luego está el bebé que nos enteramos que rescató. Y luego la gran sorpresa de quién es el bebé en realidad.

¿Y cuáles cosas cuentan como buenas?

El corazón me late fuertemente mientras la señorita Tibbetts espera mi respuesta. *Di cualquier cosa*, me digo a mí misma. Pero la mente me da vueltas como un bote atascado en un banco de arena. Mientras más acelero el motor, más profundamente me entierro.

—¿Te leíste el libro? —pregunta la señorita Tibbetts.
Pestañeo.
—Sí, señorita.
—Entonces, intenta responder. Aquí estás a salvo.
El ojo me tira aún más fuerte. Por favor. A veces ni siquiera estás a salvo si dices qué programa de la tele te gusta o cuál es tu comida favorita sin que alguien te diga que eres una rara.

Tengo la boca seca, y por fin el párpado se me comienza a caer.

¿Y por qué no soy más como Lena, que se lo lee todo y lo retiene como si fuera una enciclopedia ambulante? Es supertranquila, pero siempre puede explicarse de un modo que en verdad yo nunca puedo hacerlo en clase.

Me siento derecha, pero la voz aún me suena bajita.
—Verdadera.
—No te noto muy convencida —dice la señorita Tibbetts.

La rodilla me empieza a dar brinquitos, pero Avery me mira y sonríe de un modo que me da suficiente empuje.
—Verdadera —digo de nuevo, más alto.

La señorita Tibbetts mira alrededor del aula.
—¿Qué piensan de la respuesta de Merci? Siento que hay algunas ideas flotando en el aire.

Hay un silencio largo. Los niños o ya están quemados o por lo contrario tienen miedo de una respuesta que no sea limpia y fácil. ¿Y si la gente no se pone de tu parte?

Con la excepción de Elton, que sacude la mano con tanta fuerza que la señorita Tibbetts no tiene más opción que decirle que participe, por quinta vez en este periodo.

—Oká, Elton —le dice—. Dispara.

—Eso creo que es debatible —dice él—. Ella mató a su perro, ¿no es así? ¿Y quién hace eso?

—Qué asco —dice alguien.

Unos cuantos niños a mi alrededor asienten con la cabeza, y ahora estoy segura de que metí la pata con mi respuesta.

Pero entonces Avery levanta la mano.

—Yo estoy con Merci. Aun así, es verdad. Ella hizo algo muy bueno por la bebé. Y no tenía otra opción con el perro.

Hay un cambio de ambiente en el aula. Es como si Avery hubiese lanzado un hechizo. Me mira de reojo y sonríe, lo que me da ganas de estallar de gratitud. ¡Avery Sanders al rescate! Me quiero pellizcar a mí misma.

Ahora un zumbido recorre el aula, y la conversación continúa a la vez que más estudiantes dicen estar de acuerdo conmigo. Elton y unos cuantos más discuten un poco, pero está claro que la mayoría ha decidido ponerse de mi parte. Me recuesto al espaldar e intento respirar más cómodamente mientras los demás se hacen cargo del desacuerdo. Al menos ya no soy el centro de atención.

—Oká, oká. Nos hemos desviado de tema. —La señorita Tibbetts tiene que levantar la mano y usar su voz de campaña para llamar nuestra atención de nuevo luego de unos minutos de esgrima verbal. Entonces se empina y le echa un vistazo al reloj de pared.

—Está a punto de sonar el timbre. Tan solo les quedan unos minutos, así que pónganse las pilas mientras trabajan independientemente en la última sección. Suban el documento con las respuestas a la carpeta del aula cuando terminen.

Estoy a punto de terminar el resto de mis preguntas cuando siento que un lápiz se me hinca de nuevo en el costado.

Avery posa los ojos en mis notas, igual que Hermán Espinoza en cuarto grado.

—Sube un poquito más arriba —susurra.

Miro nerviosamente hacia el frente del aula. La señorita Tibbetts está ocupada con algo en su computadora.

—¿Por qué? —susurro.

—No me leí el resto.

Por un segundo, me quedo de piedra.

Avery se puso de mi parte en el debate. ¿Acaso no le debo algo? Y además, ¿cuán importante es esto en verdad? Y si digo que no, ¿acaso no va a decir que soy una concientona, una correveidile, una lamebotas, tal como había advertido Mackenzie?

Así que aprieto la flecha en el teclado y le dejo copiar las respuestas que aparecen a la vista. Pero incluso al subir mi documento a la carpeta, me siento rara.

Cuando suena el timbre, empaco mis cosas, pero Avery no me espera. Ha visto a una de sus amigas en el pasillo y apura el paso para reunirse con ella. Se abrazan como si no se hubieran visto en años.

No debería haber dejado que Avery copiara mis respuestas: verdadero o falso, me pregunto.

CAPÍTULO 16

LO QUE HACE FAMOSA A SAN AGUSTÍN es que es la ciudad más antigua en nuestro país. No es Disney World ni Busch Gardens, pero en lo concerniente a viajes educacionales, supongo que nos podría ir mucho peor. Durante dos noches, vamos a estar en un hotel a cuatro horas de nuestros padres y nos podemos quedar despiertos con nuestros amigos tan tarde como queramos.

Al principio, me preocupaba que no iba a poder ir por el tonto decreto en mi casa de que no me permiten asistir a pijamadas. No hay manera de deshacerse de eso, ni siquiera con mis mejores amigas. He preguntado por qué un millón de veces, pero papi aprieta los labios, y mami dice que eso «no es algo que hacemos».

—¿Y por qué no? —digo siempre—. Todo el resto del mundo lo hace. —Pero nada. La respuesta es siempre no. El otro problema es que el viaje cuesta $450, lo cual sé que es mucho para mami y papi.

Por suerte, resulta que nuestro viaje no cuenta como una pijamada para mis padres, ya que hay chaperones de la escuela involucrados. Y el dinero no es gran problema tampoco, ya que la señorita McDaniels nos envió una carta con información acerca de un fondo especial para ayudar a estudiantes que tienen beca financiera y quieren ir. Nos dieron un precio menor y lo podemos pagar a plazos.

En fin, que todos están muy emocionados, ya que solo queda más o menos un mes para el primer fin de semana de octubre. Es el tema principal en el almuerzo de hoy. Ni siquiera la página con los «datos curiosos» de San Agustín que nos asignaron nos ha amargado. Por suerte, Lena, como asistente de bibliotecario, nos ayuda a encontrar el material. Yo busco información sobre un tipo que se llama Ponce de León. Era un conquistador español: ya sabes, uno de esos tipos con casco de metal y los *shorts* acampanados. En fin, que vino en busca de la Fuente de la Juventud, pero en vez de eso se tuvo que conformar con un manantial en San Agustín. Estoy convencida de que el agua no funciona, ya que el susodicho está muerto. Pero a quién le importa eso.

Hannah hace un informe sobre los indios timucua. Darius quiere hallar información acerca de piratas y naufragios por allá por los 1500. Lena estudia técnicas de construcción de botes del siglo dieciséis. Wilson dice que está haciendo un informe sobre los franceses, que tenían una colonia ahí antes que los españoles. Y en teoría Edna investiga a uno de sus parientes, o eso dice. Pedro Menéndez de Avilés, el fundador de San Agustín, podría ser pariente suyo, dice, ya que el nombre de soltera de su mamá también es Menéndez.

—¿Estás segura, Edna? —digo y busco en Google—. Hay ciento noventa y seis Menéndez tan solo en el directorio telefónico de West Palm Beach.

—Fácilmente podríamos ser parientes lejanos —dice, y se limpia las comisuras de los labios con una servilleta, mientras almuerza—. Él fue el primer gobernador de la Florida. Las cualidades del liderazgo se transmiten en las familias, como ustedes saben.

Wilson y Lena intercambian miradas. Wilson devora unos Doritos que Edna le había dado. Hemos juntado nuestra mesa con la de él y Darius, ya que de todos modos estaban sentados a nuestro lado.

—¿Menéndez? —dice Wilson—. ¿Y ese nombre por qué suena tan familiar?

—Porque masacró a los hugonotes por no ser católicos, ¿no te acuerdas? —dice Lena sombríamente—. Estaba en el libro que encontramos para tu investigación.

—¡Correcto! El que colgaba los cuerpos en los árboles —dice él.

Edna le arrebata los Doritos a Wilson y lo fulmina con la mirada. Hannah se estremece de un escalofrío y se cubre los oídos.

—Hablemos de algo más agradable. ¡Como, por ejemplo, de nuestra noche libre!

—¡Buena idea! —digo.

Nuestros maestros han coordinado unas cuantas paradas aburridas en nuestro viaje, como, por ejemplo, visitas guiadas por dos fortalezas y Flagler College. Pero podemos escoger dónde vamos a comer con nuestros amigos el sábado por la noche. Y el domingo por la mañana también está abierto de par en par para que escojamos las atracciones que queramos ver por nuestra cuenta.

—A mí me cuadra el barco pirata —digo.

—A mí, también —dice Darius.

—¿Y no se supone que hagamos una visita a un museo? —pregunta Lena.

—No hay problema con eso. Ya lo comprobé —digo—. Hay un museo pirata cerca… y una tienda de regalos. Saco un mapa de San Agustín que estaba en la consejería—. ¿Lo ven? Podemos ir después. ¿Quién se apunta?

Hannah levanta la mano y echa un vistazo a nuestras dos mesas.

Wilson entrecierra los ojos mientras lee el mapa.

—Por otra parte, hay un museo de tortura medieval —dice.

—Qué asco —dice Edna—. ¿Quién es el que tiene ahora sed de sangre?

—A lo mejor uno de tus parientes diseñó algunos de los aparatos —dice él.

Hannah se vuelve a cubrir los oídos y Edna le tira un Dorito a Wilson.

—Muy gracioso —dice—. En fin, Merci, lo más importante: ¿cuándo nos enteraremos de quiénes serán nuestros compañeros de cuarto? No quiero quedarme con alguien que no me caiga bien. —Se vuelve hacia Hannah.

—Las puse a ustedes tres en mi lista, tal como dijimos.

Hannah y Lena serán muy buenas compañeras de cuarto, pero dos días y medio con Edna en una habitación va a ser difícil, aunque estuve de acuerdo en hacerlo. Es que ella se pasa, aunque ya no es tan mala como antes. Pero ni discuto, porque hay cuatro personas por cuarto —y no tres— en el hotel Country Inn and Suites. Si no llenas la plaza, la señora Wilkinson se la asigna a alguien. Y, además, tampoco es como que puedas dejar fuera a alguien con quien almuerzas todos los días.

—Después del fin de semana de vacaciones —digo—, tan pronto como la gente traiga su primer pago.

—Bueno, pues más vale que la gente pague —dice ella.

Wilson me mira y luego cambia la vista. Él trajo su formulario a la consejería para el precio especial, tal como hice yo. Tampoco es que Edna —ni nadie más— tenga que saber eso.

CAPÍTULO 17

TÍA INÉS POR FIN RELLENÓ LOS HUECOS de balas en la ventana del frente de la Escuela Suárez de Baile Latino. Durante un tiempo dibujaba margaritas alrededor de las perforaciones para hacer que lucieran como flores en un mural. Nadie sabe cómo ocurrió el daño, ya que estaban ahí desde antes de que tía alquilara el local. Tía, que siente mucha repulsión por las armas, dice que es mejor que no sepamos.

—A veces es mejor dejar las cosas desagradables en el pasado —dice.

Pero supongo que con Marco no tiene opción. Salió de su pasado y ahora no hay modo de deshacerse de él, al menos no es posible sacarlo de la mente de los mellizos.

Axel y Tomás hasta encontraron su número en el teléfono de tía y se turnaron llamándolo para preguntarle cuándo podían ir de visita.

—No entiendo por qué están tan obsesionados —le dije a tía ayer, mientras la ayudaba a colgar la ropa en la tendedera—. ¿Acaso piensan que él vive en el Taj Mahal o algo por el estilo?

—No creo que eso sea lo que les importa —dice ella.

—Entonces, ¿a qué viene tanto rollo?

—A ellos tan solo les gusta saber que él existe, supongo. Que él es suyo.

¿Pero es de ellos?, me pregunté. Le di otro palillo de la cesta.

—¿Y qué hay de papi, Roli y Simón, que han sido sus papás de emergencia? Ya no cuentan, ¿así como así? Eso es cruel, tía. Yo les pararía el carro.

Tía me miró a través de las sábanas que colgaba en la tendedera.

—A ellos les gusta la idea de tener un papá a quien querer, Merci. No les puedo culpar por eso. A mí me gusta tener un papá, incluso a esta edad y con todos los cambios.

La brisa hizo temblar las sábanas como fantasmas entre nosotros. Supongo que ella también ha estado pensando en el empeoramiento de Lolo.

—Es bueno que lo conozcan más —dijo—, para que puedan tener una relación con su padre. No es culpa de ellos que lo nuestro no funcionó. Vamos a tener que ser pacientes.

En fin, así es como me enteré de que hoy es el «algún día» en que los mellizos van a ir a visitar a Marco. Me han obligado a hacer de vigilante en un sábado perfecto. Abuela me hizo prometerle que voy a inspeccionar el sitio cuando los llevemos y que tengo que reportar con lujo de detalles a la vuelta.

Roli parquea frente al estudio de baile rumbo a su trabajo. Ha estado escuchando una conferencia sobre las células del cerebro que se vuelven locas y crean el cáncer. Abuela también le encargó que hiciera labor de espionaje. Le hizo que fuera en el carro hasta la dirección que Marco dio para cerciorarse de que era real. Según los nombres en los buzones que inspeccionó para abuela temprano esta mañana, sí, es real.

Roli baja el volumen mientras yo me pongo las gafas.

—¿Quieres que espere a que entres? —pregunta. Tía mantiene cerradas las puertas de cristal de su estudio durante las clases, pero los padres ya se están agrupando afuera. Es la última clase antes de que tía cierre por el lunes feriado del Día del Trabajo.

—Nananina —niego con la cabeza—. Aurelia me va a abrir.

Me despido con la mano mientras Roli se aleja y luego voy hasta la puerta cerrada. Escucho chillidos de tacón y gritos en el interior, pero a través del cristal casi no puedo ver lo que pasa adentro. El aire acondicionado ha creado suficiente condensación como para que esto parezca una selva tropical. Pero estoy convencida de que la masa amorfa de un rosado chillón que está detrás del escritorio es Aurelia, la supuesta gerente del estudio de tía. ¡Qué desastre! Ella era la recepcionista del centro que ofrecía programas para después de la escuela en donde tía daba clases el año pasado, antes de que cerrara y a ambas les dieran el bate. Como tía es más suave que un pan recién horneado, le ofreció trabajo a Aurelia, aunque todo el mundo sabe que su habilidad principal es chacharear por teléfono.

—¡Me dio pena! —dice tía siempre en defensa propia, como si sentir pena por alguien fuera razón suficiente como para emplearlo.

Toco en el cristal y espero a que apriete el botón para dejarme entrar.

—¡Aurelia! —grito—. ¡Aquí afuera! —Muevo las manos, pero es como si yo fuese invisible. Aurelia ni siquiera mira en mi dirección.

De repente, un ruido estrepitoso en el otro lado del cristal me pega un susto. Dos narices se aplanan hasta parecer hocicos de cerdos. Me toma un segundo reconocer la carne distorsionada, pero me pongo de suerte. Son Tomás y Axel.

—Ábranme —grito.

Aurelia sigue al teléfono, sin darse cuenta de que, tan pronto los mellizos me abren la puerta y entro, ha habido una seria violación de la seguridad del local. Hay niños que corren por todas partes y se empujan y chocan los cinco y hacen pulsos con los pulgares en lugar de recoger sus cosas y reunirse con sus padres. Nada de esto parece interrumpir su conversación telefónica.

Me meto la mano en el bolsillo, saco mi teléfono y marco el número del estudio de baile. La luz del teléfono de Aurelia brilla. El timbre suena seis veces antes de que conteste.

—Oigo. Escuela Suárez de Baile Latino. —Hace varias cosas a la vez: hojea una revista mientras pone la llamada de su amiga en espera. No deja de ser impresionante. Me acerco a su escritorio.

—Hola, Aurelia, habla Merci. Vine a robarme algunos niños cuando tú no estuvieras mirando.

—¿Perdón?

Me aclaro la garganta y me guardo el teléfono en el bolsillo cuando ella levanta la vista, sorprendida.

—Los mellizos me dejaron entrar —digo.

—¿Por qué no tocaste el timbre? —pregunta—. Todos los visitantes tienen que hacerlo y yo les abro con el botón.

—Le di golpes al cristal —digo sombríamente—. Durísimo.

Me frunce el ceño.

—¡Ay, muchachita! ¡Yo acababa de limpiar las huellas digitales de la ventana esta misma tarde! Yo no voy a hacer el trabajo extra por gusto.

Tía Inés aparece desde la parte trasera del estudio antes de que yo pueda responder. Tiene el pelo recogido en una larga trenza que le cae por la espalda, y está acalorada y sudorosa por la clase que acaba de terminar. Me saluda con la mano y luego detiene a un niño que está a punto de lanzarse de cabeza al piso desde uno de los bancos de espera.

Tía aplaude fuerte y alza la voz.

—Orden, por favor. Todos los demás, recojan sus cosas y siéntense en el banco para que Aurelia les firme la salida.

De mala gana, Aurelia guarda la revista y saca una tabla sujetapapeles.

—Qué oportuna, Merci —dice tía cuando me da el beso del saludo—. Esto no va a tardar mucho. La recogida debe tomar unos veinte minutos más o menos. Entonces iremos a dejar a los niños. ¿Te importaría ayudar a Lolo a meterse en el carro mientras cerramos el estudio? Le toma un poco de tiempo.

Echo un vistazo adentro del estudio. Lolo está sentado en su silla favorita, una audiencia de una persona cerca de los espejos. A tía le gusta traerlo con ella algunos días, sobre todo si a abuela le hace falta un descanso. Dice que a Lolo le gusta la música.

Tía señala también a Tomás.

—Busquen las mochilas ustedes, anda —le dice—. Ya casi es hora de irnos.

Los mellizos nos pasan por al lado a toda velocidad para buscar sus cosas.

Una hora después, vamos calle abajo por la avenida South Congress. Yo voy en el asiento del pasajero del carro de tía, sudando a mares, como era de esperarse. Pero Lolo mira por la ventana alegremente y la brisa lo despeina y le hace rizos en el pelo. El hospital JFK es el edificio color arena a la izquierda. Ahí es a donde fue Lolo cuando se desmayó. Me viro hacia atrás para ver si lo va a reconocer, pero parece que no..., o si lo reconoce, no lo dice. Tan solo mira la alta bandera que ondea al viento cuando le pasamos cerca en el carro. Unos segundos después, tararea en inglés *My Country 'Tis of Thee*, que yo ni siquiera sabía que él conocía.

—Y recuerden decir por favor y gracias, ¿me entienden? —Tía habla rápido y mira a los mellizos en el espejo mientras aprieta el acelerador—. No quiero que nadie se vaya a pensar que a ustedes los han criado como salvajes —les dice.

Durante todo el trayecto, ha repasado una larga lista de qué hacer y qué no hacer. No veo por qué a ella le importe lo que Marco vaya a pensar, de todos modos. Pero a lo mejor es el mismo motivo por el que a veces me armo tremendo lío conmigo misma en la escuela y me preocupo de lo que va a pensar la gente de mi pelo o de mi ojo o en verdad de cualquier cosa. Es todo ese rollo de que a ti te juzguen y que la gente se ponga a susurrar cosas de ti.

—Calle Prince. —Abro el mapa de la ciudad para corroborar—. Creo que ya se acerca.

Tía dobla la esquina a último minuto y los mellizos gritan «¡Guau!» al deslizarse en dirección de la curva cerrada. Luego avanzamos cautelosamente por la calle, en busca del número de la casa. El brillante carro deportivo de Marco está parqueado en una de las entradas, junto a un Honda blanco que no reconozco. Tía lo mira y suspira. Da unos golpecitos con los dedos en el volante, y luce un poco indispuesta, como aquella vez que se comió las almejas del supermercado y vomitó durante tres días.

—No tienen que hacer la visita si han cambiado de parecer —dice en voz baja. Pero los mellizos ya se zafan los cinturones de seguridad y forcejean con la manilla de la puerta. Yo me bajo del carro despacio y abro la puerta trasera para que Lolo coja un poco de aire.

Tía detiene a los mellizos antes de que destrocen el sendero del jardín que da a la casa. Les mete las camisas por dentro, le arregla el pelo a Axel y le seca el sudor del cuello a Tomás con el dorso de la mano. Entonces vuelve a hablar en voz baja.

—Si quieren venir a casa, le dicen que me quieren llamar. Yo vendré de inmediato a buscarlos. Puedo estar aquí en cinco minutos exactos, ¿oká?

Salen a toda velocidad hacia la puerta delantera y comienzan a tocar el timbre, peor que como lo hacen cuando tocan a las puertas de la gente el día de Halloween.

Pasan unos minutos antes de que alguien venga a la puerta. Por un segundo pienso que nos hemos salvado. Pero entonces la puerta delantera por fin se abre, y Marco aparece sin camisa y sorprendido de vernos. Lo mismo es aplicable a Verónica, que aparece en un top de bikini y unos *shorts*. Parece que les hemos interrumpido el baño de sol. Verónica tampoco luce muy complacida al respecto.

—Hola —dice tía—. ¿Se te olvidó que íbamos a venir?

—Nah. Está bien —dice Marco, como si fuéramos nosotros quienes se equivocaron de día o algo por el estilo.

Miro a través de la puerta y más allá de ellos a su sala de estar. Incluso desde aquí, noto que es un lugar de adultos. Las mesas de cristal me lo confirman. Si abuela las viera se preocuparía de que los mellizos se colgaran de los bordes y se cortaran cuando las mesas se hicieran añicos. Y, uy, esos sofás blancos. Tía tiene que poner sábanas encima de sus muebles para protegerlos de las huellas de los tenis y de los sándwiches de mermelada.

—Podemos regresar en otro momento —dice tía.

Pero Tomás rudamente le da un halón.

—No —dice.

—Queremos ver los aviones y esas cosas —añade Axel.

Marco les sonríe.

—No. Está bien. Déjalos. Les prometí que iríamos al aeropuerto.

Tía luce insegura.

—Regresaré antes de las seis —le dice—. Tenemos invitados a cenar, así que esta visita tiene que ser breve.

Lo que no es verdad.

—Tienes mi teléfono si hace falta cualquier cosa —tía le echa un vistazo al carro de Marco—. Y ustedes probablemente no irán en carro a ningún sitio, ¿no es así?

Eso en verdad no es una pregunta. Es más una declaración estilo «o de lo contrario es no».

—Vamos a caminar al parque, Inés, y luego a ir a ver los aviones —dice él con tono algo desafiante—. Iremos en el carro de Verónica si se cansan.

—Tengo sed —dice Tomás de repente.

—Yo también —añade Axel.

—Niños —dice tía.

—Tráeles unos refrescos —le dice Marco a Verónica—. Nos queda un par en la nevera. —Él no conoce las reglas de tía con respecto a las bebidas azucaradas. Ja, ya se enterará bien pronto.

Los mellizos entran a la carrera detrás de Verónica, como si ya fueran dueños del sitio. Verónica los persigue descalza.

—Entonces a las seis —dice tía e intenta sonar feliz.

Marco asiente y entra de vuelta en su casa. Yo le pongo el cinturón de seguridad a Lolo y me siento a su lado.

—Lo voy a acompañar acá —digo.

Pero en verdad no tiene nada que ver con Lolo. Él ni siquiera sabe que estoy aquí. Está demasiado ocupado quitando pedacitos de pelusas que salen del reposabrazos.

Es que los ojos de tía se le han aguado, y las manos le tiemblan al poner la marcha atrás. Salimos despacito y regresamos a la calle principal rumbo a casa.

Le tomo la mano a Lolo, y él me deja sujetársela.

Yo sé que Marco es su padre. Sé que están emocionados de visitarlo. Sé que ella piensa que es importante que pasen tiempo con su padre.

Pero estoy bastante segura de que tía se está enterando de que ella no es mejor que yo en eso de compartir a los mellizos.

CAPÍTULO 18

PARA LA MAYORÍA DE LA GENTE, el Día del Trabajo es una especie de día contra el trabajo. Su nombre es lo que la señorita Tibbetts denominaría irónico, sobre todo para los estudiantes de Seaward Pines, que se relajan con un día de videojuegos, minivacaciones o viajes para ir de compras a centros comerciales con aire acondicionado.

Para mí, no.

En Las Casitas, mantenemos la parte del «trabajo» intacta en la efeméride, ya que es un día laboral como otro cualquiera. Hoy, papi y Simón van a pintar los salones del Greenacres Bowling Alley, la bolera donde trabaja Vicente, el hermano de Simón. Pero hay un lado positivo. Parte del contrato que negoció papi, junto a la paga, es que él recibe un cupón de cortesía para un carril de bolos. Seis personas podrán jugar gratis, con el alquiler de los zapatos incluido. Papi le ofreció el cupón a Simón esta mañana antes de salir.

—Puedes llevar a Inés y a los niños si quieres usarlo —dijo—. A ellos les gusta jugar a los bolos.

—Y lleva a Merci también —solté yo, ya que a lo mejor se le olvidó que me han puesto hoy de niñera y me merezco algo a cambio.

—¡Por supuesto! —dijo Simón al subirse a la camioneta.

En fin, que al verlos irse esta mañana, me pregunté si acaso papi ha notado que Simón últimamente no ha estado tan visible por estos lares. Él dice que es porque ha estado superocupado con los trabajos de papi más otros que ha conseguido con un amigo. Pero a mí no me engaña. La peste a Marco lo cubre todo. Puede que Simón esté celoso, aunque tampoco es que tía vaya a volver con Marco. Creo que el problema es porque Simón ahora mismo no sabe cómo encajar. Él era parte de la familia y casi que se estaba convirtiendo como en un padre para los mellizos y ahora, ¡fuácata! Resulta que hay otro papá, el supuesto «papá de verdad», y Simón desapareció del mapa. Es como si lo hubieran reemplazado.

Le pregunté a Roli qué pensaba de mi teoría. Levantó la vista de su libro de texto en el que subrayaba fragmentos interesantes.

—Una hipótesis fuerte, Merci —dijo por fin, lo que es todo un cumplido viniendo de él—. Pero esta es una situación complicada, así que hazte un favor y no te metas.

En fin, que tía y abuela están vistiendo a Lolo esta mañana para darle un descanso a Roli, así que les estoy enseñando a los mellizos los trucos para limpiar el cuarto de costura de abuela. Es justo que ellos también hagan lo suyo en el Día del Trabajo. De hecho, los estoy entrenando para que me reemplacen en esta tarea lo antes posible. De todos modos, tampoco es que por acá nos adhiramos a regulaciones en contra del trabajo infantil.

—¿No escucharon lo que les dije? No se pinchen con los alfileres —le digo a Axel, mientras se acerca a rastras al fondillo de Tomás—. Tan solo pónganlos en el tomate. —Señalo un alfiletero cerca de la máquina de coser—. Y organícenlos por color. Abuela es quisquillosa.

Miro a Tomás. Ha estado acostado bocabajo un rato, coloreando algo.

—¿No has terminado todavía? Tenemos trabajo que hacer.

—Le estoy haciendo algo a mi papi.

Se da la vuelta y me muestra su dibujo. Son él y Axel (ambos con la misma camisa a rayas) y un hombre grande con un cuerpo rectangular y manos circulares. En el cielo encima de ellos hay aviones con forma de tabacos. La parte de abajo dice PAPÁ. No hay señal de Verónica por ninguna parte. Pero tampoco hay señal de nosotros aquí en Las Casitas.

Me pincha más duro que cualquiera de los alfileres de Axel.

—Oh —digo.

—¿Y esto qué es? —pregunta Axel. Mira debajo de la otomana y saca una bolsa grande de plástico.

—Déjame ver. —Me siento, abro la bolsa y sonrío al ver lo que hay adentro. Una memoria cálida me inunda. Es parte de mi juego favorito de hace mucho tiempo—. El tesoro de los piratas.

—Mentirosa —dice.

—En serio —digo.

Cuando yo era pequeña, abuela siempre me dejaba jugar con los retazos de tela que le sobraban en su cuarto de costura, para que me convirtiera en una pirata. Era divertido fingir que no había leyes, además de que me podía disfrazar sin esas tontas alas y varitas mágicas de las hadas que les gustaban a algunas de mis amigas. Me envolvía la cabeza con un pedazo de tela, como un pañuelo, con una punta que me caía por la espalda, y entonces salía a buscar esta bolsa. Era donde abuela tenía su colección de joyas falsas. Cuando todavía cosía para la clientela, usaba los adornos para ayudar a que vieran el producto final mientras admiraban sus nuevas prendas en el espejo.

Abuela nunca se puso brava si yo jugaba con esos collares y aretes.

—Miren —digo—. Rubíes y diamantes del fondo del mar, mis piratas.

Le pongo a Axel en la cabeza unas largas cuentas de plástico, y le cuelgo a Tomás unos cuantos brazaletes de bronce en la muñeca.

—El oro del rey —digo.

Entonces me pongo en el hombro un broche plateado de una cotorra con un ojo desgastado y una argolla de oro a través de uno de los huecos de mi oreja.

—Eso no es de verdad —dice Tomás.

Pero Axel está dispuesto a jugar.

—¡Argh! —dice—. ¡Camina por la pasarela!

Tomás se sube a la otomana junto a mí y hace lo que le dicen.

A lo mejor les compro a los mellizos parches para los ojos en el museo de piratas en San Agustín. A lo mejor hasta un garfio para que se lo pongan en las manos. No es lo mismo que mirar aviones en el aeropuerto, supongo, pero voy a lograr que sea divertido…, incluso *más* divertido.

Busco dentro de la bolsa y saco un puñado de aretes. La mayoría andan sueltos; perdieron sus parejas hace mucho tiempo en la camisa de alguien, debajo de una cama, en un sofá, junto a unas monedas o con algunas pasitas que se cayeron por ahí. Le pregunté una vez a abuela por los aretes que faltaban. Me parecía tan poco natural que estuvieran desparejados que me entristecía. Se suponía que fueran pares, parejas, como tía y Marco. Me acuerdo de que Marco de repente dejó de regresar con nosotros de un modo que yo no entendí.

—Si se pierde uno, ya no sirven —le dije—. Tienen que ser un par para que sirvan.

Todavía recuerdo cómo cortó el hilo con los dientes y se volvió hacia mí, sorprendida.

—Tonterías. Todavía son bellos y útiles. Tan solo tienes que pensar en ellos de un modo nuevo.

CAPÍTULO 19

HANNAH SE VA A REUNIR CON UN GRUPO de la clase de codificación para trabajar en un proyecto, así que no vendrá a almorzar hoy. Lena se ofreció de voluntaria para ayudar a unos niños con su investigación para los informes acerca de San Agustín. Y Wilson también está ausente. Eso quiere decir que vamos a ser Edna y yo en el almuerzo.

Pero cuando llego a la cafetería, no la veo ni en la cola ni en nuestra mesa. Me empieza a entrar ese nerviosismo de estar sola. Edna no es mi persona superfavorita, pero prefiero comer con ella a comer sola. Echo un vistazo afuera a ver si a lo mejor me puedo escapar al patio, donde se sientan los solitarios de por acá para comer en paz. Pero llovió esta mañana y las sillas están demasiado encharcadas como para encontrar refugio ahí.

Ahí es cuando veo una silla vacía en la mesa de Avery. Ella está con Mackenzie, por supuesto, y Lindsey Poletti, otra niña de nuestro equipo. Voy hasta ellas, con las manos un poco sudorosas, incluso cuando me digo a mí misma que en la cancha nos cuidamos las espaldas las unas a las otras.

—Oye, ¿me puedo sentar aquí hoy?

La conversación no se detiene, pero Mackenzie desliza una silla hacia mí con el pie, y se da la vuelta para escuchar. Avery les está contando de una fiesta que hubo durante el fin de semana del Día del Trabajo, y todos están enganchados a sus palabras. Ella se escapó por la ventana después de que sus padres se quedaron dormidos. Se reunió con unos cuantos niños en el no-sé-qué campo de golf de Sandhill, para ir en grupo.

Yo desempaco mi sándwich mientras escucho, y me siento tan infantilona como una de las niñas de sexto grado en las mesas al otro lado del comedor. Mi cama está al lado de la ventana, pero yo tendría demasiado miedo como para fugarme para ir a una fiesta. No es que tenga miedo a la oscuridad, excluyendo a los zombis y a otros depredadores nocturnos. Si hasta el propio Tuerto luce un poquito embrujado y feroz cuando se pasa la noche a la intemperie. Es más que estaría aterrada de lo que mami y papi me harían si se enteraran de que los engañé y me fui por ahí con unos niños del preuniversitario. Estoy segura de que eso sería el fin.

Avery moja la última de sus papitas fritas en el kétchup mientras termina su cuento y por fin me mira. Se lame las yemas de los dedos con delicadeza.

—Eh, Merci. —Su voz suena amigable, como aquel día en el centro comercial. Mira a las otras niñas en la mesa.

—¿Se lo pregunto? —dice.

Lindsey y Mackenzie se encogen de hombros. Yo me las arreglo para sonreír, pero estoy aquí mismo, así que ¿por qué habla de mí como si yo no las escuchara?

—¿Preguntarme qué?

—Bueno, estábamos hablando de ti... —comienza Avery.

Me quedo muy quieta en mi asiento. Eso de que «hablen de ti» por lo general quiere decir burla. Por ejemplo, Rachel Peterson y Michael Clark son siempre el tema de los chismes, ya que discuten y se pelean al menos una vez por semana. Todos llaman a sus escaramuzas «hacer el Micha-Racha».

Avery acerca tanto su silla a la mía que huelo su champú de coco. Cuando no está en la cancha, se deja el pelo largo suelto, lo que la hace lucir linda más o menos al estilo de la revista *Teen Vogue*. Es fácil ver por qué le gusta a tanta gente, incluso a niños en el preuniversitario, que por lo general a los de la secundaria no nos miran dos veces.

—¿Quieres ser nuestra cuarta compañera de cuarto en el viaje a San Agustín?

Pestañeo.

—Va a ser un cuarto del equipo de fútbol —dice Mackenzie con dulzura, como si nunca hubiera dicho lo de ser correveidile—. Además, no queremos que nos vayan a encasquetar a cualquiera al azar.

Bueno. Guau. Al menos no soy una cualquiera al azar. Ya eso es algo.

La gente por lo general no me busca, así que esto me gusta bastante. Aun así, no me voy a engañar con que es algo especial. Me están diciendo, por las claras, que yo estoy para llenar un hueco para no tener que compartir la habitación con alguien que no conocen. Yo soy tan solo mejor que el riesgo de que la señora Wilkinson escoja por ellas; eso es todo. Y supongo que tiene sentido. La señora Wilkinson no sabe quiénes están peleadas, quiénes se enemistaron durante el verano, quiénes hicieron nuevas amistades. Pero ¿qué va a pasar con la gente escogida al azar? ¿Quienes no tienen tres amigos, sino tal vez solo uno o dos? Mami dice que eso es todo cuanto te hace falta de verdad en esta vida, uno o dos amigos de verdad, pero hace que cosas como un viaje escolar sean una catástrofe. ¿Van a querer ir a San Agustín si los tienen que obligar a compartir cuarto con alguien que no conocen o no les cae bien? Tendrías que ponerte el pijama delante de unos desconocidos. Y cepillarte los dientes. ¿Y si te entran gases por la noche o si roncas? ¡Eso podría pasar! La gente podría hablar de eso y nunca te quitarías la mala fama. Uy. Tampoco es como si nuestros maestros piensan en nada de esto, ni siquiera la señora Wilkinson.

Pero ¿cómo sería tener una habitación del equipo de fútbol? A lo mejor sería divertido.

Supongo que me estoy tomando demasiado tiempo para contestar porque Avery me mira, desilusionada.

—Oh, ya tú probablemente tienes compañeras de cuarto. —Le echa un vistazo a mi mesa habitual del almuerzo, que está vacía hoy—. ¿Y no les puedes decir que cambiaste de parecer?

Pestañeo fuerte para que el ojo no se me desvíe. Ya yo he acordado que voy a compartir habitación con Hannah, Lena y —Dios me ampare— Edna. Solo debería decirle eso, pero decirle que no a Avery me hace sentir como si rechazara algo por lo que muchas niñas matarían. Pero ¿cómo me podría sentir cómoda con ellas? Pienso en todas las veces en que Lena y Hannah han dormido en mi casa, cuando yo no podía ir a las de ellas. En cómo a veces Lena se chupa los nudillos cuando está cansada. En cómo Hannah no puede dormir después de ver películas de terror. En que las tres somos madrugadoras y superfanáticas de los panqueques de platanito con mucho sirope.

—Yo... —Las palabras se me hacen una pasta en la boca.

Ella se recuesta al espaldar y suelta una sonrisa.

—Lo vas a lamentar si te pierdes quedarte en la misma habitación con nosotras —dice—. ¡Va a ser tan divertido!

Justo en ese momento, Edna aparece por la entrada del comedor. Recorre la habitación con la vista, buscándonos, pero creo que no me ve en la mesa de Avery. De hecho, ni siquiera mira a este lado, por suerte. ¿Y qué iba a decir yo? ¿Me iba a levantar para reunirme con Edna en nuestro sitio de siempre? Había una vez cuando Edna también era una de las abejas reina por estos lares, y era una bien mala, ya que estamos. Ahora está abajo en las trincheras con el resto de nosotros, simples mortales.

Bajo la vista y me concentro en el sándwich seco de mami, e intento desaparecer en la multitud. Edna se da la vuelta y se va.

CAPÍTULO 20

LA SEÑORITA MCDANIELS está cerca de mi escritorio en la consejería y mira el reloj mientras espera a la señora Wilkinson. Pero esperar no es su mejor virtud, ya que está acostumbrada a hacer que nuestra escuela cumpla un horario rígido hasta el último nanosegundo. Sus golpecitos en el suelo con la punta de los zapatos me desconcentran mientras trabajo en organizar paquetes informativos para los padres. Son para los clubes que la señora Wilkinson coordina aquí, todos diseñados para «apoyar a los niños en una variedad de desafíos que surgen en el ambiente escolar». Supongo que tiene sentido, pero santo cielo, harían falta muchísimos clubes por acá para seguirles el ritmo a nuestros desafíos. Si dependiera de mí, yo formaría el club de estresados por notas bajas, el grupo de malas peleas entre amigos, el club de las parejas que se pelearon y ahora un miembro dice que la otra persona es fea y tiene mal aliento (esa es la situación de hoy de Micha-Racha, según el chisme en el comedor), y ahora, el club de con quién vas a compartir habitación.

En fin, se espera que ponga una carta de bienvenida dentro de cada paquete y luego etiquete los sobres con las direcciones.

Tap-tap-tap.

—Esto podría demorar un poco, señorita —le digo a la señorita McDaniels—. La señora Wilkinson está en una reunión de padres —bajo la voz—. Con la señora Kim.

¿Acaso la señorita McDaniels se acaba de encoger de miedo?

Suspira y echa los hombros hacia atrás, probablemente mientras se pregunta si debería entrar y salvar a la señora Wilkinson. Ella ha tenido que reunirse con la mamá de Hannah acerca de todo tipo de cosas, la mayoría de ellas relacionadas con la seguridad: que lo incluye todo desde uso seguro de internet hasta la ventilación apropiada en el estudio de arte. La lista es muy impresionante.

Resulta que yo sé por qué está aquí la señora Kim esta vez, ya que Hannah me envió un mensaje de texto anoche, escandalizada. Sorprendentemente, no se trata de sacarla de la clase de codificación, que a Hannah le está empezando a gustar, después de todo.

> No dejes que mi mamá entre en la consejería mañana. Quiere ser chaperona del viaje. ¡Cierra la puerta con llave si es necesario!

No puedo hacer eso, por supuesto. Más que nada porque no tengo las llaves. (La señora Wilkinson las lleva puestas en un muelle en espiral que se pone en la muñeca). Tampoco es que no hubiera buen motivo para hacerlo. Hannah está convencida de que si su mamá se sale con la suya nos va a obligar a que caminemos por la calle agarrados a una soga como si fuéramos estudiantes de preescolar.

Por suerte para todos nosotros, la señora Wilkinson es tan dura de roer como alegre. Ella cree cien por ciento que el viaje nos debe enseñar «cómo comportarnos independientemente de manera responsable» cuando nuestros padres no están presentes, lo que es una habilidad que dice que nos será útil el año próximo en el preuniversitario. Sus reglas dejan bien claro que ningún adulto que venga en el viaje puede tener un hijo en ese grado. Pero la señora Kim es abogada, así que ya veremos.

—¿Vamos a traer mercancía nueva a la tienda de la escuela, señorita? —digo, más que nada para ver si deja de dar golpecitos con el pie. Me está volviendo loca.

La señorita McDaniels me mira.

—¿Perdón?

—El pulóver —señalo lo que tiene en las manos.

Es rojo y lleva el escudo de nuestra escuela en el bolsillo. Basado en las ventas del año pasado, cuando Wilson y yo éramos los gerentes de la tienda, diría que podríamos venderlos por veinte dólares y sacarles ganancia. Tendré que reunirme con los nuevos gerentes de séptimo grado y ponerlos al día. Esta es la desventaja de hacer que la tienda de la escuela sea una responsabilidad para estudiantes de séptimo grado: no hay oportunidad de acumular conocimiento institucional.

—Oh —dice—. Estas son para el viaje escolar de octavo grado. Pensé que la señora Wilkinson querría verlos antes de que yo haga la compra completa. —Desdobla el pulóver y lo sostiene contra su torso para mostrármelo—. ¿Qué te parece?

Tiene forma de caja y es de la talla de papi, y el color es tan brillante que probablemente te podría enceguecer si lo miraras durante mucho tiempo. Por lo general, a mí no me importan mucho estas cosas, pero ya oigo a Edna quejarse de que no puede lucir su nuevo pulóver o sus *shorts* o lo que sea que está planeando llevar en su set de equipaje a juego. Si le puedo poner el tapón a eso antes de que ocurra, mucho mejor.

—Pero, señorita, yo pensaba que nos iban a permitir usar nuestras ropas normales durante el viaje —digo—. Eso es lo que decía en nuestra planilla de autorización. Es una de las ventajas —agarro una de las copias de la planilla de autorización y se la entrego—. Mire el inciso seis.

—Tenemos que pensar en la seguridad cuando sacamos a nuestros estudiantes del campus, Merci.

La miro más detenidamente.

—¿Entonces lo que usted dice es que estos pulóveres son a prueba de balas? —digo—. La señora Kim a lo mejor querría saber eso.

La señorita McDaniels arquea una ceja. Estoy justo al borde del sarcasmo, siempre un poquito arriesgado en la presencia de la señorita McDaniels.

—Por supuesto que no —dice—. Esto es solo un modo de hacer que todos nuestros estudiantes sean reconocibles fácilmente de un vistazo. Son lo suficientemente grandes como para que ustedes se las pongan encima de sus ropas.

¿Una capa extra de ropa en el calor de la Florida? Y eso sin contar que para mí será casi imposible mantener la mostaza y el kétchup lejos de mi pulóver durante todo un fin de semana, sobre todo ya que tengo en planes comerme tantas hamburguesas y tantos perros calientes como pueda sin mami a mi alrededor.

Pienso rápido.

—Yo reconsideraría ese plan, señorita —digo—. Tres días con el mismo pulóver podría ser caluroso... y eso quiere decir apestoso. —Y para ponerle la tapa al pomo, bajo la voz y añado—: Y usted sabe cómo es, con la pubertad y eso—. Es un poco incómodo, pero también es mi jugada desesperada de salvación. Resulta que yo sé que la señorita McDaniels es particularmente sensible a los «ambientes malolientes». Lo vi en un memorando que circuló entre los profesores en donde les recordaba que abrieran las ventanas de sus aulas de vez en cuando. Por lo visto, somos apestosas bombas andantes.

La señorita McDaniels aprieta los labios y piensa.

—Ese es un buen argumento —dice—. Nos vamos a asegurar de empacar pulóveres extra en caso de que sean necesarios.

Touché.

La puerta de la señora Wilkinson se abre de par en par, y la señora Kim sale al área de la recepción. Yo muevo los dedos a manera de saludo, pero luce gruñona, así que bajo la vista y luego finjo que trabajo otra vez en las carpetas.

La señora Wilkinson la acompaña hasta la puerta.

—Gracias por pasar por acá, señora Kim. Siempre agradecemos tanto escuchar de nuestros padres.

Después de que ya se ha ido la visitante, la señora Wilkinson se vuelve a la señorita McDaniels y suelta un enorme suspiro.

—Ahí tuve que hilar fino.

—Como siempre —La señorita McDaniels sostiene en alto el pulóver—. Las muestras. ¿Qué te parecen?

—¡Fabulosas! —dice la señora Wilkinson—. Y me alegro de que hayas pasado por aquí, porque quería revisar las peticiones de compañeros de cuarto mientras empiezan a llegar, tan solo para cerciorarnos de que no tenemos ningún problema con la organización.

Me inclino hacia adelante e intento escuchar. Siempre es interesante el modo en que los adultos definen *problema*. Es, por lo general, lo que es un problema para ellos, no para nosotros.

La señora Wilkinson se vuelve hacia mí.

—No voy a estar disponible para estudiantes que vengan a esta hora sin haberlo coordinado antes. Por favor, diles que saquen cita si me necesitan, excepto, por supuesto, si es una emergencia.

Ay, muchacho. De veras espero que nadie se aparezca con una supuesta emergencia. La consejería no es como la enfermería, en donde la sangre y los huesos rotos indican a las claras que tienes un rollo entre manos. Aquí por lo general viene conectado a mucho llanto y mocos. Trato de no estremecerme de tan solo pensar en ello.

—Oká —digo.

Y con eso, la puerta se vuelve a cerrar.

Trabajo la mayor parte de la hora en silencio; solo tengo que tomar dos mensajes para los consejeros. (Uno es de la señora Kim otra vez). Pero justo cuando estoy a punto de terminar con las últimas carpetas, alguien viene a mi escritorio.

—Bueno, esto sí que es un trabajo comodito.

Es Edna.

—¿Te hace falta algo? —pregunto.

Toma un caramelo rompe-quijada de fresa del pozuelo encima de mi escritorio. Los traje de las provisiones secretas que tiene abuela en su cartera, ya que me comí los demás que tenía aquí la señora Wilkinson.

—¿Sabes si ya han terminado de asignar los compañeros de cuarto para el viaje? —pregunta.

Siento que la cara se me pone como un tomate. Ha pasado más de una semana desde que Avery me preguntó, pero no he rechazado su invitación. Cada vez que decido decirle que me voy a quedar con mis amigas, me imagino que alguien con más *swing* que yo va a tomar mi lugar, y no puedo hacerlo. Si tan solo pudiera estar en dos cuartos a la vez.

—Todavía no ha recibido todas las planillas de autorización, así que no creo que hayan adelantado tanto —digo.

Edna no se mueve.

—Y ¿eso es todo?

Me suelta una de sus miradas arrogantes.

—No. Me hace falta hablar con la señora Wilkinson —dice—. Por favor, llámala y dile que estoy aquí.

—De eso nada, monada. Está en una reunión con la señorita McDaniels, y me dijo que no iba a hacer citas con estudiantes durante esta hora.

Edna chasquea la lengua.

—Oh, no me friegues, Merci. Lo mío no es de cita. Solo me hace falta hablar con ella un segundo.

—¿Es una emergencia?

—¿Y eso me va a conseguir una audiencia? —pregunta.

Veo que voy a tener que ponerme fuerte. Miro más detalladamente los ojos de Edna e intento determinar si veo sufrimiento en ellos. Nananina, sus ojos están más claros que el agua cristalina, y tampoco veo que le salgan mocos de la nariz. Solo está siendo prepotente. Qué sorpresa.

—¿Y tú qué miras? —pregunta—. ¿Es mi cerquillo? Le dije a Auden que me lo estaba cortando torcido.

—No es tu pelo —digo e intento no entornar los ojos—. Tan solo regresa más tarde, ¿me puedes hacer ese favor?

—Pero es que le tengo que dar algo.

—Lo único que ella querría es una aspirina de la enfermera. Alguien vino a discutir cuestiones de seguridad con respecto al viaje.

—¿La señora Kim intentó colarse de chaperona?

—No te lo dije yo.

Edna me mira y entonces las dos nos partimos de la risa.

Ahí es cuando noto que tiene en la mano un sobre muy similar a los sobres con los que estoy trabajando.

—Deja aquí lo que tengas para ella. Lo puedes poner ahí en su bandeja de entrada. —Señalo al porta-carpetas plástico que está clavado en la puerta de la señora Wilkinson—. Ella lo revisa varias veces al día.

Le mantengo los ojos clavados por si intenta mandarse a correr y colarse por la puerta. La señora Kim no se puede comparar con Edna cuando esta se quiere salir con la suya.

Pone el sobre donde le digo y entonces se detiene frente a mi escritorio y me mira mientras termino mi trabajo.

—¿Sí? —Echo a un lado la carpeta en la que trabajaba y me cruzo de brazos.

—Oí que Avery Sanders te pidió que compartieras cuarto con ella.

El corazón casi se me para mientras la miro fijamente. ¿Cómo es que circula la información en este sitio?

—¿Quién te dijo eso?

—Tengo mis fuentes —dice—. Entonces, ¿es verdad?

—Sí.

Pestañea fuerte un par de veces.

—¿Y entonces qué? ¿Nos vas a dejar plantadas? Hoy te veías bastante comodita durante el almuerzo.

Las palabras de Edna son como las puntas de cuchillos pequeños. O sea que sí me vio. ¿Y si ya se lo dijo a Hannah y Lena? Se van a poner bravas si piensan que les voy a dar el bate.

Por suerte, el timbre suena justo a tiempo para salvarme.

—Ahora no puedo hablar —digo—. Pero yo nunca dije que me iba a quedar en el cuarto de ella.

Eso es cierto, ¿no es así?

Me apuro para recoger las carpetas y guardarlas bajo llave en el archivo donde van. Cuando me doy la vuelta, Edna ya no está ahí.

CAPÍTULO 21

MAMI TIENE UN PACIENTE TARDE hoy, así que se supone que tengo que hacer mi tarea mientras espero a que llegue.

Estoy sentada afuera, recostada contra uno de los pilares mientras le meto mano a preálgebra, cuando Wilson sale. Lleva puestos unos auriculares Beats rojos de camuflaje, que son definitivamente un paso de avance en comparación con el año pasado, cuando los dos teníamos auriculares de saldo en la cola de Marshalls.

Se quita el auricular de uno de los oídos cuando me ve.

—Asere, ¿qué bolá? —Suelta la mochila y se sienta a mi lado. Entonces le echa un vistazo a mi tarea. Mi clase estudia ecuaciones lineares, cosa que estoy segura de que él ha podido hacer en su cabeza desde tercer grado—. La número dos está mal. Tienes que llevar todas las *x* a un lado.

Bajo la vista y empiezo a borrar.

—Ya lo sabía —murmuro—. Gracias.

Comienzo a trabajar de nuevo en el problema, pero ahora consciente de mí misma. Además, noto su olor agradable, que recuerdo con exactitud de la vez que bailamos juntos en el *show* de tía el año pasado. ¿Qué es? ¿Jabón para el cuerpo? ¿Detergente? Sea lo que sea, distrae.

—Wilson, ¿me haces el favor?

Él suspira y se recuesta hacia atrás y sin pensarlo se pone a quitar pelitos del velcro en el aparato de su pie. Debe de hacer que la pierna le sude en este calor.

—Lo siento —dice, pero no lo puede evitar—. Es que la *x* en el denominador significa que tienes que multiplicar…

Cierro mi libro de un golpe y decido hacer este trabajo en casa más tarde. No me gusta sentirme tonta en su presencia.

—Me hace falta consejo —digo—. Que quede entre nosotros.

Las cejas casi le llegan al pelo y se me acerca.

—Todo oídos.

—Mis amigas del fútbol me pidieron que me quede en el cuarto de ellas en San Agustín. Avery y las demás.

—¿Avery? —dice.

Le clavo la mirada. Claramente, él entiende sus encantos, aunque no llega al extremo de Darius, que tiene que mandarse a correr cada vez que ve a Avery caminar hacia él en el pasillo.

—Enfócate. Ya les dije a Lena, Hannah y Edna que me iba a quedar con *ellas*.

—Entonces, ¿cuál es el brete?

Suspiro. Para una persona inteligente, él puede ser un poco torpe con respecto a la gente.

—Olvídalo.

—Oh, espera un momento. Te entiendo. —Se recuesta hacia atrás y niega con la cabeza—. A lo mejor querrías hacerlo.

La cara se me pone como un tomate.

—Qué malo que no pueda estar en dos lugares a la vez, ¿no es así? —digo.

—Anjá. Como Doblete. —Ese es uno de los lugartenientes de la Nación Iguanador. Se puede clonar a sí mismo en situaciones de emergencia, lo que, en esencia, lo hace inmortal.

En la distancia oímos al equipo de fútbol americano hacer su rutina de calentamiento. El señor Patchett aplaude el ritmo y grita la letra. Los jugadores se hacen eco, como si estuvieran en un coro o algo por el estilo. En verdad sus voces no suenan mal.

No puedes destruir mi cuerpo.
No puedes destruir mi cuerpo.
Trabaja tu cuerpo-cuerpo.
Trabaja tu cuerpo-cuerpo.

—¿Te gusta ser el asistente de Patchett? —pregunto.
Se encoge de hombros.
—No está mal. Él es un poco intenso. Pero échate esto. —Abre el bolsillo delantero de su mochila y saca dos entradas rojas. Dicen ENTRADAS DE CORTESÍA—. Las voy a usar en el primer juego de fútbol americano —dice—. El partido contra Pox se acerca, y Patchett piensa que les vamos a pasar por encima.
—¡Qué bueno! —digo. Poxel School es nuestro archirrival. Todos los quieren ver morder el polvo.
—Tengo una entrada de más —dice Wilson—. ¿La quieres?
El estómago me da un brinco.
¿Wilson solo me acaba de ofrecer una entrada extra o es que acaso me ha invitado a ir al partido? ¿O sea, *con* él? Mi corazón comienza a acelerarse de pensarlo.
—Advertencia —dice—. Los muchachos del preuniversitario toman las gradas buenas que están en la línea de las cincuenta yardas. La secundaria se sienta en la línea de veinte, cerca de la banda de música. —Se encoge de

hombros—. Las trompetas te destruyen los oídos, pero al menos se camina más rápido al quiosco en el medio tiempo.

Qué clase de vendedor.

Pero aun así, mi mente todavía da vueltas. Jamás he ido a un partido nocturno, más que nada porque Roli sentó la pauta para mí con mami y papi. A él no le interesaban mucho los deportes aquí en Seaward, excepto si cuentas el ajedrez, cosa que le gustaba analizar desde el margen en la biblioteca, después de la escuela.

Justo entonces, el SUV de la mamá de Wilson llega a la entrada. Wilson se pone de pie y agarra su mochila. La señora Bellevue baja la ventanilla del asiento del pasajero y me saluda con la mano mientras Wilson va hacia ella.

—Hasta luego, asere —me grita Wilson cuando entra al carro—. Recuerda que tienes que deshacerte del denominador en el número tres. Aquí va una pista: ¡multiplica!

—Oh, por Dios, Wilson —digo.

Y entonces se va en su carro, y me deja ahí, haciéndome preguntas.

CAPÍTULO 22

COACH CAMERON HA CONVOCADO una reunión de pretemporada del equipo de fútbol de las niñas para hoy después de la escuela. Cuando llego al gimnasio, todavía hay rezagados que andan pensando en las musarañas, y el señor Patchett intenta darles el bate para poder ir al entrenamiento de fútbol americano con el preuniversitario. Con el gran partido de este fin de semana, está en modo militar y ladra en un código que apenas entendemos.

—¡Hagan un hueco, gente! ¡Hagan un hueco! —dice para echarlos de ahí. Y entonces ve a Wilson, que todavía carga de vuelta a su sitio una red llena de conos anaranjados, equipamiento de *hockey* y pulóveres sin mangas de la clase de Educación Física de sexto grado en la última hora.

—¡BELLEVUE! —ruge—. ¡Saca los dispensadores de agua! ¡PERO YA!

Wilson me saluda desalentado con la mano mientras apura el paso rumbo a la oficina para hacer lo que le han dicho. Ha aprendido a «aceptar el sufrimiento» como un soldado. No voy a mentir: verlo trabajar con el señor Patchett me hace sentirme mucho menos celosa de su plaza de asistente de Educación Física.

En fin, que aquí está nuestro grupo de octavo grado, a la espera de *coach*. Se supone que no traigamos comida al gimnasio, pero todas nos morimos de hambre, así que Avery fue lo suficientemente buena como para compartir sus paquetes extra de gominolas de fruta. Tenía la esperanza de poder hablar con ella a solas acerca de la situación de lo de compartir el cuarto, tal vez preguntarle si se lo dijo a Edna, y luego explicarle por qué no dije nada. Pero está cerca de la salida hablando con Clayton Browne, el estudiante de noveno grado a quien ahora le gusta. Clayton sostiene su palo de *lacrosse* cruzado por encima de sus hombros musculosos, con el casco colgando de una punta.

Miro hacia ellos, intentando no parecer muy obvia, tal como hacen todos los demás. Tan solo hablan, pero el modo en que Clayton se quita el pelo de los ojos lo hace lucir un poquito nervioso. Raro. ¿A él qué le preocupa? Él está en noveno grado, ¿no? Me pregunto si a Avery de veras le permiten ir a alguna parte con Clayton o si solo lo ve cuando ella se escapa de casa. Yo sé que eso va más allá de tan solo tomarse de las manos en los pasillos entre clases si la señorita McDaniels no está a la vista.

Tampoco es que me importe.

La regla de nuestra casa es que yo no puedo salir con nadie hasta que no cumpla los quince, lo que es en dos años. Eso es probablemente más irrompible que la regla de que no hay pijamadas.

Meto la mano en mi paquete de gominolas de fruta en busca de una roja y hago una evaluación informal del talento que se ha congregado entre quienes aspiran a entrar al equipo. Algunas de séptimo grado que están interesadas en hacer la prueba de aptitud este año están sentadas unas cuantas filas debajo de la nuestra. Y, por supuesto, hay un enorme grupo de estudiantes de sexto grado que se retuercen nerviosamente y hacen tonterías en el banquillo que está a ras de suelo. Nos miran a las de octavo grado a hurtadillas y con mucha cautela.

—Aquí entre nosotras, no sospecho que tengamos mucho talento bruto allá abajo. ¿Y tú? —dice Mackenzie, y se mete una gominola de fruta en la boca—. Qué triste.

Yo saco de la bolsa unas cuantas gominolas verdes, decepcionada. ¿Quién inventó ese sabor repugnante?

—No hay forma de saberlo. La de piernas flaquitas a lo mejor es buena. A veces hay sorpresas —señalo a la pequeñita de sexto grado que carga una mochila del Orlando City Soccer Club. Al menos ella es una fanática.

Coach llega, todavía con su ropa de trabajo y los pies que lucen inflamados con esos tacones. Oficialmente, la prueba para entrar al equipo de fútbol de las niñas no ocurre hasta principios de octubre, pero a *coach* Cameron no le gusta dejar nada para último minuto. Por eso es que tenemos que asistir a esta reunión con antiguas jugadoras y gente que aspira a jugar para repasar el calendario de la temporada y las fechas de los entrenamientos preliminares. Además, *coach* Cameron se toma muy en serio lo del «compromiso», lo que quiere decir que le gusta advertirnos que no faltemos a entrenamientos ni partidos por cuenta de otros clubes o lo que sea. No le gusta que nos apuntemos si no vamos a darle todo al equipo.

—Muy bien, si están aquí para la información respecto a los próximos entrenamientos preliminares y las pruebas, están en el lugar correcto. —*Coach* Cameron le echa un vistazo a Avery, que sigue hablando con Clay—. Sanders, ¿te nos unes?

Avery deja que la puerta se cierre y regresa al trote.

—Lo siento, *coach* —dice, y se sonroja.

—Las que están por allá arriba, bajen y siéntense más cerca —dice *coach*—. Ya mi voz no da para más.

Mackenzie le lanza a Avery su mochila para que no tenga que subir hasta allá arriba y entonces se sientan juntas. Yo agarro mis cosas también, pero incluso cuando me siento en la misma fila, siento que estoy en el borde, que en verdad no soy parte del club que incluye a Avery y Mackenzie.

La mayor parte es blablablá de bienvenida, pero recibimos una idea panorámica de la temporada y las planillas de permiso para nuestros padres. Le echo un vistazo al calendario y veo que es igual al del año pasado. Toda una semana de entrenamiento obligatorio y pruebas en octubre, con el primer partido oficial contra Pox programado para diciembre. El año pasado nos hicieron puré de papa, pero hemos jurado venganza, incluso más que el equipo de fútbol americano.

—Y ya no tengo más —dice *coach* Cameron después de que hemos hablado de todo—. ¿Preguntas?

La niña del Orlando City levanta la mano. Espero que haga las preguntas normales de las novatas, como, por ejemplo, cuán largos son los entrenamientos y si tenemos que organizar nuestros propios viajes a los partidos.

—¿Qué cualidades busca usted en las reclutas? —pregunta—. ¿Y qué hace usted con respecto al desarrollo de las jugadoras?

De inmediato presto atención. Qué agallas. ¿Qué *hace coach* con respecto al desarrollo de las jugadoras? Yo lo quiero saber, así que me inclino hacia delante.

Coach Cameron parpadea y luego la mira cuidadosamente.

—¿Cómo te llamas?

—Robin Farmer —dice ella.

—En la cancha de fútbol nos hacemos falta mutuamente, Robin. Nos apoyamos en las destrezas de cada cual y en el pensamiento estratégico. Busco gente que trabaje duro, jugadoras que jueguen en equipo y jugadoras que piensen en el acto, con los pies, literalmente. No estamos aquí para formar estrellas.

—Oh. Tremendo raspe —le susurra Avery a Mackenzie, que choca el puño con ella. Robin no lo nota.

—Con respecto al desarrollo de las jugadoras —continúa *coach*— es muy individualizado. Cada jugadora tendrá un punto de arrancada y una meta personal, que será determinada después de que las evalúe en unas cuantas semanas. —Nos mira al resto—. ¿Otras preguntas?

—Una última cosa —dice Robin.

Incansable.

Me gusta.

Coach Cameron se vuelve hacia ella, con cierta molestia, aunque podrían ser los zapatos.

—Sí, Robin.

—¿Quién es la capitana?

Los ojos de todas buscan a Avery, incluso los míos.

La gente escucha a Avery, dentro y fuera de la cancha de fútbol. La notan en el terreno. Vitorean por ella incluso sin conocerla. Ella fue a un elegante campamento de fútbol y conoce buenos trucos y jugadas.

Pero *coach* Cameron no se inmuta.

—Eso no se decide hasta que no haga la alineación, pero siempre es una estudiante de octavo grado. La jugadora es seleccionada por mí, basándome en su potencial de liderazgo y destrezas en el campo de juego.

Coach mira alrededor.

—Si eso es todo, ya pueden irse. Las veré en los entrenamientos preliminares. Cerciórense de entregar sus documentos de evaluación física firmados antes de la fecha límite. Sin excepciones.

Me pongo a hacer acopio de nervios para decirle a Avery que no voy a compartir cuarto con ella, pero sale del gimnasio antes de que pueda hablarle a solas.

A lo mejor tan solo le mando un mensaje de texto y me saco eso de encima.

Intento decidir qué decir cuando llego a casa después de la reunión. Estoy en la cocina de tía, tomándome un batido antes de la cena, que siempre me ayuda a pensar mejor. Pensé que a lo mejor le podría pedir consejo a tía, pero ha estado al teléfono desenredando un problema con la compañía de electricidad. Pienso en el montón de papeles en el escritorio de Aurelia y me da la sensación de que sé qué pasa. Esa factura de la electricidad probablemente todavía está debajo de una revista en alguna parte. Por qué tía no contrata a una persona con serias habilidades de organización para esa plaza es algo que nunca entenderé.

Yo sé que tan solo debería enviarle un texto a Avery. No tiene sentido estirar esto, sobre todo ahora que Edna ha preguntado.

Pero cuando busco el teléfono en mi bolsillo trasero, no está ahí. Tampoco está en el mostrador. Ni debajo de ningún trapo de cocina en la mesa.

Justo cuando me empieza a entrar pánico, escucho a los mellizos hablar y soltar risitas en la sala. Han aprendido de Roli recientemente y han empezado a dejarme regalitos fotográficos en mi pantalla de inicio.

Y, en efecto, cuando entro en la sala, veo que lo tienen en sus manos mugrientas. Me lo tienen que haber carteado mientras me hacía el batido.

—Devuélvanmelo o van a morir.

Están demasiado ocupados como para escucharme. Lo tienen en altoparlante y escuchan el timbre largo del buzón de voz de alguien.

Se lo arranco de las manos.

—Dejen de molestar a la gente.

Me miran ofendidos, y entonces salen de la casa a la carrera.

Repaso las llamadas recientes en mi teléfono. Uy. Han hecho veinte llamadas al mismo número tan solo en la última hora.

Si se han puesto a molestar a cualquiera de mis amigos, como la última vez, me voy a sentir muy avergonzada.

Vuelvo a marcar el número, a ver si me entero de a quién le han corrido la máquina.

La voz de Marco sale y me dice que deje un mensaje.

Cuelgo rapidísimo.

Vuelvo a revisar las llamadas recientes. Veinte llamadas seguidas. Me pregunto cuántos mensajes le dejaron. Pero entonces pienso: ni una sola llamada de vuelta.

A lo mejor Marco tan solo está ocupado ahora, pero ¿acaso un papá no respondería el teléfono? ¿Todos esos mensajes no le harían querer hablar con ellos, ver si están bien?

De todas las preguntas que los mellizos hacen acerca de cosas estúpidas, es asombroso que todavía no se les haya ocurrido la más obvia: ¿le caemos bien a este tipo? Pero a lo mejor quieren tanto caerle bien, que ni siquiera se pueden imaginar lo contrario.

Regreso a la cocina, mientras pienso otra vez en Avery.

Pero no le envío el mensaje. En vez de eso, me meto el teléfono en el bolsillo.

CAPÍTULO 23

A VECES, MAMI ES MÁS COMPRENSIVA que papi, pero una nunca sabe. Sentada aquí en el carro, me pregunto qué le va a parecer lo de que yo vaya a partidos nocturnos de fútbol americano.

Espero a que pasemos más allá del terreno de entrenamiento rumbo a la escuela para tantear las aguas. El equipo hace juego de piernas, más o menos como los que hacemos en el fútbol.

—El primer partido de fútbol americano es este fin de semana —digo cuidadosamente—. Wilson piensa que van a aniquilar al equipo de Pox.

Mami mira a ambos lados y sale de la senda de acceso a la escuela.

—Fútbol americano —murmura—. Ahora mismo tenemos a un muchacho con una lesión que se hizo en la columna dorsal durante un partido. Lo acaban de transferir de vuelta a casa luego de su tratamiento en Atlanta.

Fabuloso.

Ella es casi tan mala como abuela con las preocupaciones, sobre todo acerca de golpes en la cabeza. Tu cerebro lo controla todo, dice, así que siempre me advierte que no dé cabezazos. No tengo permiso para hacerlo, sin importar lo que diga *coach*, ni siquiera si es para el gol que gane el partido.

Nos quedamos en silencio el resto del trayecto a casa. Sin embargo, es solo cuando llegamos a la entrada del garaje que me entero del porqué.

—Espera un momento, Merci —dice cuando me empiezo a quitar el cinturón de seguridad.

—¿Por qué? —Agarro mi chaqueta de poliéster del suelo.

—Ven conmigo primero —dice, mientras mira a casa de abuela—. Me hace falta apoyo moral.

—¿Apoyo moral para qué?

—Creo que encontré alguien que puede venir a trabajar con Lolo —suspira mami—. Y ahora tenemos que hablarlo con abuela. Tu papi y tu tía piensan que a mí me va a escuchar mejor.

Miro hacia la casa de la abuela. Entonces. Esto va a ser una emboscada.

Sin embargo, me siento mal por mami. Ella y Lolo siempre han tenido una relación muy cercana. En ocasiones, la gente piensa que ella es su hija, como tía. A veces, cuando lo ayuda a hacer sus ejercicios de equilibrio, he visto que los ojos se le entristecen y se llenan de lágrimas, como si de repente se diera cuenta de que se trata de Lolo, y no de un paciente a quien le está prestando ayuda. Apuesto a que esta vez detesta ser la autoridad médica de estos lares.

Se baja del carro y espera por mí, su escudo humano, para que entre con ella.

Por la pinta del lavabo de la cocina, abuela se ha pasado el día cocinando. El olor a limones y vainilla llena la casa entera.

—Hola, abuela —digo, e inspecciono los mostradores. Hay una bandeja de coquitos glaseados encima de papel de hornear. Y, además de los coquitos, noto que la natilla —que es el postre favorito de los mellizos— se está cocinando a fuego lento. Si no la conociera, diría que abuela intenta cancelar el atractivo de Marco a través de métodos culinarios.

Mami se sienta y se pone a chacharear mientras yo unto mantequilla en unas galletas para mi merienda. Intento fingir que esta es una tarde cualquiera, pero, en verdad, es como esperar una explosión que sabes que va a venir.

—La leche en el refrigerador es fresca, Merci —dice abuela—. Sírvete un vaso.

Me siento al otro lado de la mesa, frente a mami, y gesticulo con la boca: *Tengo tarea*.

Mami se queda en silencio unos minutos y luego por fin suspira profundamente.

—Teresita —comienza—. Tengo que hablarte de algo.

—Pues dime —dice abuela distraídamente. La carne floja debajo de sus brazos se menea mientras revuelve lo que está en la cazuela.

—Hay alguien que quiero que conozcas. Se llama Fabiola. Es una de las asistentes en el centro de rehabilitación. —Mami le extiende un papel con un nombre y un número de teléfono—. Ella está dispuesta a venir por acá este fin de semana, si estás disponible.

Abuela luce confundida.

—¿Venir a conocerme? Pero ¿por qué? ¿Le hace falta que le arreglen un dobladillo?

Mami casi ni se inmuta.

—No, no es de dobladillos. Es que a lo mejor la podríamos contratar para que te ayude con la rutina de Lolo en las mañanas.

Silencio.

—¿Qué te parece? —dice mami después de unos segundos.

Abuela se da la vuelta lentamente.

—¿Que una desconocida va a tocar a Lolo? —dice.

—No una desconocida. Fabiola. Una de mis colegas. La he visto trabajar con pacientes, y es excelente.

Abuela mira el papel con el nombre de Fabiola como si fuera radioactivo.

—No, gracias, Ana. ¡Ni hablar! Lolo no es un paciente. Dile a tu amiga que no nos hacen falta sus servicios.

Le echo un vistazo incómodo a mami y le doy otro mordisquito a la galleta. Abuela tiene razón, ¿no es así? Los pacientes son gente enferma en los hospitales. Los médicos y los enfermeros se tienen que hacer cargo de ellos. Lolo vive aquí con todos nosotros.

—Sin ánimo de ofender, Teresita —dice mami—. Yo sé que es difícil hablar de esto. Ha sido difícil para todos nosotros.

Abuela no responde. Rocía canela en polvo en la cazuela con una venganza tal que la natilla ebulle como una lava de un amarillo pálido. Entonces toma una cucharada y me la trae para que la pruebe.

—No te quemes —dice—. Yo una vez conocí a una niña que perdió de por vida sus papilas gustativas con algo caliente.

Soplo en la cuchara para enfriarla. *El paraíso*, pienso al probarla y asiento con la cabeza en señal de aprobación.

Mami insiste.

—Es que ahora hay tantas cosas que hacer. Roli está en casa este semestre, pero él trabaja y eso no es justo con él, Teresita. Él es apenas poco más que un niño. Además, todos queremos que regrese a la escuela después de las Navidades. Eso es lo que más le conviene. Terminar sus estudios.

—Claro que sí —dice abuela en voz baja.

—Entonces, ¿quién te va a ayudar? —pregunta mami, más suavemente.

Sin respuesta.

—Enrique y yo salimos demasiado temprano en la mañana como para vestir a Lolo —dice mami—. E Inés tiene a los mellizos y el estudio de baile.

Abuela niega con la cabeza.

—Yo me las arreglaré. Siempre lo he hecho.

Hay un silencio tal que se escucha la cazuela hervir. Espero a que abuela diga: *Merci puede ayudar*, que por lo general es lo que pasa por estos lares cuando hay algo que más nadie quiere hacer. Pienso en que Roli le tuvo que ver las partes privadas. A mí no me obligarían a hacer eso, ¿no es así?

—Tiene sentido contratar a alguien que te quite ese estrés de encima, alguien que esté entrenada —dice mami.

Con unos golpecitos en el borde de la cazuela, abuela limpia la cuchara de madera y por fin se vuelve hacia mami. De repente es una fortaleza.

—Yo he estado casada con mi esposo durante más de la mitad de mi vida, Ana —dice fríamente—. ¿Cuánto más entrenamiento me haría falta?

Tuerto suelta un maullido desde algún sitio del patio. Él siempre come tan pronto llego de la escuela, así que probablemente ahora está hambriento y se afila las garras en preparación para el ataque a nuestra tela mosquitera. Por esta vez, mami no se queja.

Se aclara la garganta.

—Es que ya no podemos venir a la carrera a casa para pequeñas emergencias o para ocuparnos de todas las cosas importantes que ahora le hacen falta a Lolo. Piensa en las veces que se va por ahí. Eso no es seguro para él —Mami baja la voz hasta casi un susurro y mira a abuela con dolor—. Y tenemos que pensar en lo que viene. Incluso si queremos, ya no lo vamos a poder hacer todo por nuestra cuenta.

Me sirvo la leche y bebo un sorbo, pero nada parece aplacar la sequedad en mi garganta. Casi me duele tragar. Miro a mami fijamente, también con una repentina rabia en contra de ella. ¿Y qué *es* lo que viene, exactamente? ¿Acaso me está ocultando otra vez algo de Lolo?

Abuela pone cara de piedra.

—Nadie sabe qué nos depara el futuro a ninguno de nosotros, Ana —dice—. Solo Dios. —Quita la cazuela del fuego y se vuelve hacia mí—. Merci, ve a despertar a tu abuelo, por favor. Se ha pasado la tarde en la siesta y si sigue, no va a dormir bien esta noche.

Estoy más que agradecida de sacudirme las migajas del pulóver y salir de la habitación.

Lolo no está en su siesta. De hecho, está bien despierto. Y está muy ocupado.

Estoy en el cuarto de ellos, pero él no levanta la vista, ni siquiera cuando entro. Voy hasta su lado de la cama para mirar bien de cerca. Está enfadado y respira con dificultad, como si estuviera en una carrera, y tiene el pelo parado en algunas partes. Es su pelo despeinado lo que de algún modo me desconcierta. Quiero alisárselo con la mano, pero una sensación espinosa en mi interior me hace cambiar de parecer.

—¿Qué haces, Lolo? Pensé que estabas dormido.

Lolo me mira y aguza la vista, confundido, como si jamás me hubiera visto.

—Soy yo, Lolo. Merci.

Se vuelve a las medias y la ropa interior que están tiradas por toda la cama. Hay más cosas amontonadas en el suelo junto a sus pies. También ha tomado una de las viejas carteras de abuela de la parte trasera del clóset, y la agarra fuertemente por las asas como si fuera un ladrón.

Le echo un vistazo a la puerta del cuarto, todavía abierta, y me pregunto si debería cerrarla. Abuela y mami están en su duelo en la cocina, y a abuela no le va a gustar este reguero, encima de todo lo demás. Esto podría ser el fósforo que le encienda la mecha. Ella es tan quisquillosa con el orden. Las medias de Lolo, que por lo general están dobladas en pareja, han sido separadas unas de otras. Las chancletas y los sostenes de abuela tampoco están en la gaveta de abajo. Están afuera, a la vista pública, con todo lo demás. Hasta la vieja lata de mentas de abuela —en la que guarda nuestros dientes de leche y los mechones de nuestros primeros cortes de pelo— ha sido abierta y desperdigada encima del cubrecama. ¿Qué hará abuela cuando vea que sus organizadas gavetas han sido saqueadas?

No, si abuela encuentra estas cosas así, ahí sí que se va a poner la cosa mala.

—Tenemos que recoger esto —susurro—. Apúrate. Yo te ayudo.

Recojo los dientes de leche, con los bordes todavía manchados de sangre seca, y empiezo a guardarlos de vuelta en la cajita oxidada. Pero Lolo de repente me agarra fuertemente por la muñeca de un modo que me sorprende. ¿De dónde le viene esta fuerza?

—No —me espeta. Con claridad, con dureza—. No toques.

Suelto la lata inmediatamente, pero él no me suelta. No grito, aunque quiero hacerlo. Si lo delato, lo voy a meter en más problemas.

Pero me está clavando los dedos muy duro.

—Eso duele —me quejo—. Por favor, Lolo, para.

Él pestañea y afloja la mano lo suficiente como para que yo pueda liberar la mía. Yo nunca antes he querido distanciarme de Lolo, pero ahora sí. Voy rápidamente al otro lado de la cama, para sentirme segura lejos de su alcance, con un colchón entre nosotros. Aún siento en la piel el aguijón de sus dedos y el corazón se me desboca.

Lolo mete medias, sostenes y la lata vacía en la cartera. Un segundo después, los saca, frustrado, y se pasa los dedos por el pelo.

—Se me va la guagua —murmura.

Aprieto los dientes y miro por la ventana del cuarto. De nuevo, la estúpida guagua que se le va. Detesto que imagine esto. ¿Y a dónde se cree que va?

Pero mientras me quedo ahí parada mirándolo fajarse de nuevo con la cartera, pienso en Roli y se me ocurre una idea.

—¿Te hace falta ayuda para empacar para tu viaje, Lolo? —pregunto en voz baja.

Sé que me ha escuchado, a pesar de que no levanta la vista. Se queda tan quieto.

Es un juego fingido, me digo a mí misma. Como jugar con los mellizos aquella vez que fuimos a Marte en una caja vieja.

Despacito, alcanzo dos medias. No son un par, pero las doblo juntas de todos modos y se las extiendo a ver si va a jugar. Tan pronto las mete en la cartera, hago otro par y también se las extiendo. Parece calmarse un poco mientras trabajamos, así que seguimos en eso hasta que la cartera parece una garrapata hinchada.

—Te puedes sentar ahora y esperar la guagua, si quieres —le digo cuando terminamos—. Yo la voy a vigilar por la ventana.

—Gracias, Inés —dice Lolo. Se sienta al borde de la cama y agarra fuertemente el bolso de abuela mientras mira hacia delante. Pasa mucho tiempo hasta que me siento con valor para caminar hasta él. Los ojos casi se le cierran para ese entonces, y su respiración es más lenta. Sin decir palabra, lo ayudo a levantar las piernas, y él no opone resistencia. En su lugar, me sonríe y me da unas palmaditas en la mano con su dulzura de siempre. Se recuesta en las almohadas y se acurruca alrededor de la cartera mientras suspira. En unos pocos minutos, se ha quedado dormido.

Yo salgo y cierro la puerta delicadamente. Pero al quedarme parada aquí en el pasillo, no puedo decidir qué hacer después. En la cocina, mami y abuela todavía están hablando. Más que nada, quiero correr, escabullirme a mi casa, pero sé que no puedo. En vez de eso, suspiro profundamente y comienzo un lento andar de regreso a donde están ellas.

Está claro que a Lolo le hace falta nuestra ayuda, pero es más difícil convencer a abuela de que a ella le va a hacer falta aún más.

CAPÍTULO 24

ENTRO A WALGREENS AL DÍA SIGUIENTE a buscar a Roli. No me toma mucho tiempo encontrarlo. Está escaneando las etiquetas en botellas de champú que ha acomodado en el estante inferior.

—Mírate ahí —digo.

—Esto no me huele bien —dice y se endereza—. ¿Y tú que haces aquí?

Me encojo de hombros y le extiendo una caja de Milk Duds.

—Hoy los caramelos son dos por un dólar, según tu anuncio. Estoy acaparando para el viaje a San Agustín.

—Tú no viniste hasta aquí en bici en medio de este calor para comprar Milk Duds. ¿Qué es lo que quieres, de verdad?

Suspiro profundamente.

—Me hace falta que me lleves al partido de fútbol americano mañana por la noche.

Él abre una caja nueva y saca una botella de champú marca Alberto VO5, del tipo que le gusta a abuela porque la venden por un dólar.

—¿Y eso qué tiene que ver conmigo?

Todo, por supuesto. Hannah va al partido porque ella de veras quiere echarle un vistazo al equipo de porristas. Cree que el año próximo va a hacer la prueba para entrar. (Es el espray de brillantina a lo que no se puede resistir).

Lena en verdad no quiere ir, pero el Club de la Tierra siempre recolecta reciclables en ese evento, así que está dispuesta a hacer lo que sea por el bien del planeta.

Edna estaba muy embullada para ir al partido ya que «es el lugar para ver y que te vean».

—Lo siento. Mañana trabajo hasta las siete, así que llegarías después de que empiece el juego —dice Roli—. Pídeselo a mami o papi.

—A mí no me importa llegar un poquito tarde.

Roli se cruza de brazos y me mira fijamente, a la espera. Siento que las mejillas se me comienzan a sonrojar.

—Es complicado —digo.

Enarca las cejas.

239

—Complicado porque Wilson me va a dar una de sus entradas gratis, y no estoy segura de si eso quiere decir que voy a ir al partido con él exactamente.

Me mira fijamente un segundo y luego se estremece, como si el aire acondicionado lo hubiesen acabado de poner a todo lo que da.

—Olvídate de eso. Las historias de amor de secundaria no son lo mío —dice.

—*No* es una historia de amor.

—¿Y entonces por qué no se lo pides a mami?

Clavo la vista en mis zapatos. *Porque ¿y si no me dejan ir o me siguen hasta allí y me abochornan al vigilarme toda la noche?*

—Por favor, Roli. Yo tan solo voy a ir a ver un partido de fútbol americano.

—Con un niño.

—Con un niño y el resto de mis amigas a mi alrededor. ¿Ahí qué va a pasar?

Roli tan solo suelta un suspiro.

—¿Y cómo me dijiste que se llama?

—Wilson.

—Anjá. Wilson.

—Tiene una entrada extra por ser el asistente del señor Patchett, y me la ofreció. En serio, si lo piensas bien, yo debería haber sido la asistente de Educación Física, así que, en cierto modo, recibo lo que me corresponde.

—¿Y tú cuándo vas a soltar esa inquina? —dice.

—A lo mejor cuando vaya al partido. —Doy un paso hacia él—. Mami y papi están ocupados con otras preocupaciones, Roli. ¿Por qué hacer que la cabeza de papi le estalle por nada?

Una clienta nos pasa por al lado y nos quedamos callados. Es una señora mayor que pregunta por una fórmula específica de tinte de pelo de la marca Clairol. Roli agarra la caja correcta, que ha acomodado por tono y número, y se la entrega. Después de que la señora dobla la esquina, Roli se vuelve hacia mí.

—Está bien. Te voy a llevar y te voy a ir a recoger después del partido.

—Gracias. —Comienzo a sentirme mareada de la emoción, como si ya me hubiera comido una caja entera de Milk Duds, aunque ni siquiera me he comido uno—. Te debo una.

—Más te vale estar en la puerta principal cuando yo llegue, porque no me voy a poner a esperarte. Y también quiero que me des el teléfono de este chamaco.

—¿Y eso en verdad es necesario?

Se cruza de brazos.

—¿Quieres ir al partido o no, chiquitina?

—Está bien. —Le envío el contacto de Wilson.

—¡Un cajero a la caja número dos! —La voz de la gerente suena metálica a través de los altoparlantes de la tienda. Roli aguza la mirada y suspira profundamente. Deja caer el escáner en la caja y se ajusta la camisa. Veo que este trabajo debe de matarlo poquito a poco cada día.

—Dámelos —dice y me arrebata las cajas de caramelos.

Lo sigo hasta el frente de la tienda, en donde me cobra y él mismo paga por los caramelos. Me entrega la bolsa de plástico y un recibo.

—Gracias, Roli — le digo.

—Próximo en la cola —dice por encima de mi cabeza.

Esa noche, me pongo a escarbar la comida mientras escucho a mami y papi hablar acerca de Fabiola. Abuela ha aceptado un periodo de prueba, pero está cien por ciento infeliz al respecto.

—¿Cociné demasiado la pechuga de pollo? —pregunta mami—. Creo que el horno de nuevo está calentándose demasiado rápido.

Papi tan solo me hace un guiño cuando mami mira a otra parte. En serio, te puedes partir un diente mordiendo las partes oscuras de esta cosa, pero ninguno de los dos va a decirlo. Por lo general, comemos lo suficientemente bien en casa de abuela para compensar que mami es la peor cocinera en la familia. Pero esta noche no. Abuela dejó un mensaje raro en el teléfono de mami en el que decía que iba a hacer sopa y sándwiches para ella y Lolo, alegando que hacía demasiado calor para ponerse a cocinar.

—Tengo el estómago un poquito revuelto —digo. Es más o menos verdad. Me comí una caja entera de las grandes de Milk Duds cuando regresé de Walgreens. Más que nada es porque le envié un mensaje a Wilson en el que le decía que puedo ir al partido. Entonces hicimos una apuesta a ver cuántas veces podía agarrar con la boca un chocolatito de Milk Duds luego de tirarlo al aire. Lo hice treinta de treinta y cuatro veces, una estadística del 88 por ciento según Wilson, que hizo los cálculos en su cabeza.

—Hay Alka-Seltzer en el botiquín —dice mami.

Pongo mi plato en el mostrador y agarro mis planillas de fútbol y el permiso final para el viaje a San Agustín que había dejado ahí para que mami los firmara. Todo luce bien.

—Gracias por esto —digo. Entonces pongo una cara neutral, tal como ensayé un poco antes y digo—: El primer partido de fútbol americano es mañana por la noche, ¿lo recuerdan? Mis amigos y yo queremos ir. Roli dijo que puede ser mi chofer. Me va a llevar y a recoger en la puerta principal.

Mami enarca las cejas.

—¿Roli se ofreció? —dice—. Generoso de su parte.

—No tenía más nada que hacer —digo rápidamente—. Además, tú has estado ocupada con Lolo y esas cosas. Resulta más fácil.

Mami y papi intercambian miradas, cosa que detesto. Es como un código secreto de comunicación, y nunca estás segura de lo que se dicen.

Papi, pensativo, serrucha lo que le queda de su pechuga de pollo.

—No sé —le dice a mami—. Esos partidos acaban tarde. Y son más que nada para muchachos mayores, ¿no es así, Ana?

Pon cara de calma, me digo a mí misma.

—Termina para las diez en punto. Y vamos todas… Hannah y el resto.

Papi bebe un sorbo de agua para bajar el pollo y no responde.

—Octavo grado tiene una sección en la que nos sentamos juntos —digo ahora mientras miro a mami a la cara—. Y la señora Kim va a ir.

Esa es la clave.

Me siento rara al omitir parte de la información. Pero tampoco es que me voy a escapar en medio de la noche, ¿no es así? ¿O acaso lo es? ¿Esto me hace una mentirosa?

Mami asiente y se vuelve hacia el lavabo.

—Entonces me parece que está bien. No te separes del grupo —dice.

CAPÍTULO 25

EL SOL COMIENZA A PONERSE cuando Roli arrima el carro a las porterías más cercanas a nuestros campos de fútbol americano. Hay un montón de rezagados que todavía están en el parqueo, mayormente muchachos que no conozco del preuniversitario. Sin embargo, la mayoría de la gente ha entrado para el inicio del partido.

—¿Y ellos qué esperan? —pregunto al mirar a mi alrededor—. El juego ya comenzó. —En el fútbol, a mí me gusta ver el partido completo, de principio a fin. Se ve en las primeras jugadas quiénes vienen con la chispa encendida y con ganas de jugar.

Roli echa un vistazo alrededor.

—No les hagas caso. —Se sienta despatarrado en el asiento cuando nos detenemos en el bordillo, como si no quisiera que lo vieran con su camisa de Walgreens o algo por el estilo.

—No entiendo por qué estás tan incómodo. Los maestros probablemente armarían tremenda algarabía contigo, que eres una leyenda académica y todo ese rollo.

Roli me mira.

—No quiero preguntas de que por qué no estoy en la escuela.

Jamás pensé que a Roli le importaría lo que piensan los demás, ya que la mayoría de la gente piensa que él es, sencillamente, una rareza: un prodigio. Pero a lo mejor hasta las leyendas se preocupan por la opinión de los demás.

Tal vez nadie esté a salvo de eso.

—No tienes que esperar —digo

—Regreso a las diez —dice Roli—. Recuerda reunirte conmigo aquí cuando termine. Mantén tu teléfono encendido.

Sus sentimientos de incomodidad actúan en mi favor porque no se queda el tiempo suficiente como para ver con quiénes voy. Ni siquiera se despide con la mano cuando sale en el carro. El ruidito del motor de su Kia suena patético cuando intenta acelerarlo.

Wilson está recostado a la pared cerca de los custodios y chequea su teléfono en busca de mi texto, tal como dijimos. Según su último mensaje, ya los demás entraron para guardarnos buenos asientos.

Le escribo un mensaje rápido a Wilson.

> Levanta la vista.

Suena en su teléfono justo cuando llego a él.

—Hola —digo.

Wilson se sobresalta un segundo y luego sonríe.

—Apúrate, asere —dice—. Pensé que jamás ibas a llegar.

Caminamos juntos a la taquilla, en donde él entrega nuestros pases a cambio de dos pulseras. Al cruzar las puertas, todo parece un poco más emocionante. Es nuestra misma cancha, pero, de noche, con el fuerte resplandor de las luces del estadio y toda esta gente congregada, destella y emite cierta electricidad. Hay olor a perros calientes, palomitas de maíz y repelente de insectos en el aire mientras nos escurrimos entre los montones de gente rumbo a nuestros asientos en medio de un calor húmedo. Casi pierdo a Wilson de vista un par de ocasiones delante de mí, pero entonces él se da la vuelta y me toma de la mano para que no nos separemos y avancemos juntos.

No voy a mentir. Es una sorpresa, pero me gusta un poco.

—¡Merci! ¡Wilson!

Nos soltamos las manos al mismo instante y un pequeño escalofrío de vergüenza me recorre el cuerpo cuando levanto la cabeza y veo a Lena, Edna y Hannah que nos saludan con la mano desde las gradas. Incluso desde aquí se ve el blanco deslumbrante de los nuevos tenis de Edna, comprados para el partido de esta noche. En fin, que me han guardado un pequeño espacio junto a ellas. Darius está justo detrás de ellas en los bancos y desde ahí le indica a Wilson que vaya.

Empiezo a subir los peldaños hacia ellas a toda velocidad, pero entonces recuerdo que a Wilson le toma un poco más de tiempo subir las escaleras, sobre todo las que son estrechas como esta y no tienen ningún pasamanos. Así que voy más despacio hasta que llegamos a nuestros asientos.

Las rodillas de Wilson dan contra mi espalda cuando se sienta, y todavía pienso en sus dedos alrededor de los míos. Pero anidada aquí con el resto de nuestros amigos, me siento en cierto modo un poco más calmada. Lena trajo un libro consigo, como de costumbre, su set de emergencia contra el aburrimiento. Hannah ya filma la rutina de baile que vemos en las bandas del terreno, todo brillantina y licra, como a ella le gusta. Yo también abro la cámara de mi teléfono, consciente de que tal vez no será la mejor para fotos nocturnas. Aun así, quizá pueda tomar una o dos buenas fotos de la acción para que las usen en la *Gaceta de los Carneros* o incluso en el anuario. Una nunca sabe. Así que miro alrededor para tomar unas fotos de práctica.

Las gradas están abarrotadas de fanáticos y, por supuesto, la banda de música está justo al lado nuestro, sudando a mares con esos uniformes que fueron claramente diseñados para gente que vive en estados más fríos. El color rojo los hace lucir más o menos como soldados británicos, sobre todo con esas charreteras con flequillos en los hombros que el director de la banda insiste en que se pongan. Cuando marchan, también tienen que mantener en la cara una expresión en blanco, seria.

Aun así, la banda de música de Pox al otro lado del terreno luce incluso con más *swing*, con sus sombreros con plumas y sus instrumentos resplandecientes. Los colores de su escuela, azul marino y blanco, me recuerdan a esos trabajadores de los cruceros que a veces vemos cerca del puerto en Fort Lauderdale. Parecen elegantes en comparación con nosotros. Noto que sus autobuses son del tipo lujoso, como los que las grandes estrellas usan cuando se van de gira por carretera.

Una palomita de maíz me cae en el regazo. Luego otra. Y otra.

Cuando me doy la vuelta, veo a Avery y Mackenzie unas cuantas filas detrás, junto a otras niñas que no conozco.

—¡Suárez! —dice Avery con una sonrisita.

Yo sonrío y la saludo con la mano. Me gusta que me haya visto y me haya saludado en frente de todo el mundo, incluso si para hacerlo me tiró comida. Pero me vuelvo hacia delante, intentando no mirar a Edna, que discretamente me mira de reojo con mala onda. Espero que Avery no baje hasta acá y me pregunte en frente de Hannah y Lena acerca de si vamos a ser compañeras de cuarto durante el viaje. He intentado pensar en un modo en que pueda hacer algo divertido con Avery en San Agustín, tal vez cuando no esté con mi grupito de siempre. Es como dos partes en un diagrama de Venn. Yo soy el único miembro en común.

De repente, hay un rugido en la multitud, y todos se ponen de pie.

—¿Qué acaba de pasar? —pregunto.

Lena, que está a mi lado, marca la página en su libro y se ajusta los espejuelos mientras se pone de pie.

—Un gol de campo, un *touchdown*.

—¡Car-neros! —dice el estudiante de último año en los altoparlantes, con tremendo drama.

Al principio, no estoy segura de lo que eso significa, pero los fanáticos sí. Todos en nuestro lado comienzan a dar pisotones en los bancos de metal. Comienza despacio, pero el sonido crece y hace eco en el aire como si fuera las pesadas pisadas de un monstruo. Lo hacemos más y más rápido hasta que sonamos como una tormenta con nuestros pies machacando el metal.

—¡Vamos, Carneros! —gritan todos al final.

Entonces les llega el turno a las porristas.

—Oh, esta es mi parte favorita —me susurra Hannah, con sus ojos soñadores posados en esas resplandecientes niñas allá abajo. Se sabe los vítores de memoria y articula las palabras mientras las mira hacer sus piruetas y aplaudir.

Entonces la sección de los metales junto a nosotros toca a todo volumen nuestra señal de la victoria. ¡*Fuuuuaaaaaa!* Es tan alto que se me aguan los ojos.

Vuelvo a sentir las rodillas de Wilson, así que me doy la vuelta y él me sonríe mientras finge que se sacude el oído, debido al ruido de las trompetas.

—Te lo dije —dice.

Me vuelvo hacia delante. Cada pulgada de mi cuerpo se siente plena y feliz. Estoy tan contenta de estar aquí y no en casa como una niña chiquita con mami y papi.

Para cuando llega el medio tiempo, probablemente tengo como cincuenta fotos en la cámara de mi teléfono. La mayoría son granulosas, pero tengo unas cuantas de las porristas en el aire; una de nuestra mascota, Ronald Carnero, cuya identidad es secreto de Estado; y un montón de fotos de gente dando vítores.

En el medio tiempo, todavía llevamos la delantera por siete puntos. La banda de música se va de nuestro lado y se prepara para actuar. Resulta que la banda a Wilson le cuadra muchísimo, más que el propio juego, incluso. Él viene de un largo linaje de gente que toca en bandas de música en Nueva Orleans, dice. Sus primos han marchado en el desfile de Mardi Gras y todo.

—Yo voy a ser percusionista en la banda el año que viene —dice Wilson.

Intento imaginármelo marchando con el pie en alto con polainas blancas abotonadas a sus zapatos, con las manos haciendo espirales hasta difuminarse mientras marca el ritmo con un tambor enorme amarrado a la parte delantera de su cuerpo.

—Eso casi ni es un instrumento, Wilson —dice Edna, la aguafiestas de siempre—. ¡Oh, ahí está Elise! —Se echa a correr para ponerse al día con la presidenta de nuestro grado.

—¿Y ella qué sabe? —dice Wilson—. Además, mira a *ese* tipo con el triángulo. —Señala a un estudiante de noveno grado en las bandas, donde los padres de los miembros de la banda comienzan a sacar los xilófonos—. ¿Cuán difícil puede ser eso?

Una lata de refresco repiquetea en los bancos cerca de nosotros.

Lena suspira y recoge la lata para enseñársela a Darius.

—Supongo que más nos vale comenzar a limpiar ahora. El medio tiempo hace que algunos se comporten como cerdos.

—Y mejor voy a ver a mi mami antes de que me eche a los custodios encima —dice Hannah y entorna los ojos—. Regreso en unos minutos.

Eso nos deja a Wilson y a mí junto a un área gigante de asientos vacíos en las gradas. Incluso si nos iluminaran con unos reflectores esto no podría ser más incómodo.

Él también debe de sentirlo porque de repente dice:

—¿Quieres una Coca-Cola?

Deambulamos hasta abajo y nos mezclamos con la multitud cerca de los quioscos, en donde la cola es enorme. Darius y Lena recogen latas del piso que no cayeron en los contenedores de reciclaje. Noto a algunos de los maestros de secundaria cerca de la zona de anotación y miran de reojo y con mala onda a unos cuantos estudiantes de séptimo grado que se dan empujones y gritan. Es como si hubiesen coreografiado su propio show del medio tiempo, diseñado para que la gente los mire.

En su lugar, miro el *show* de la banda de música, con todos esos extraños pasos laterales que no me imagino que yo pudiera recordar. Pero tan pronto Wilson llega al frente de la cola, vuelvo a ver a Avery. No espera por la comida como nosotros y ni siquiera espera a Mackenzie o a ninguna de las demás miembros de nuestro equipo de fútbol. Está de pie cerca de la base de las gradas. Me aparto un poco de la cola para verla mejor, tal vez incluso para llamarla o hasta recoger una palomita de maíz del suelo y tirársela para decirle hola igual que antes. Este podría ser el momento perfecto para decirle que no me puedo quedar en su cuarto en San Agustín y ver si en vez de eso a lo mejor hay algo que ella quiera hacer cuando estemos allá.

Es un poco difícil verla, pero me las arreglo para encontrar un sitio en el que los altoparlantes y los tachos de basura no me bloquean la vista. Entonces me quedo de piedra.

Avery no está sola. Clayton está con ella. Están parados muy cerca y las manos de él le rodean la cintura.

—Toma —dice Wilson, y me entrega la bebida fría—. Lo único que tenían era Sprite, así que compré la última para compartir entre los dos. Trata de no enjuagarte la boca con ella al beber.

No le contesto, así que él sigue mi mirada y entonces los ojos casi se le salen de las órbitas.

Avery y Clayton han empezado a besarse, pero en serio.

Wilson da un paso atrás, como si acabara de descubrir una mina terrestre.

—Pero, eh, tú sabes, a lo mejor les podríamos pedir que revisen las neveras a ver si les quedan Coca-Colas, por si acaso las han guardado para sus amigos. Los empleados de los quioscos son un poco tramposos, asere. No te puedes fiar de ellos ni un segundo.

—¡Muy buena idea! —digo con la cara como un tomate cuando salimos a toda velocidad de vuelta a la cola.

La estudiante voluntaria que atiende a los clientes no se muestra complacida cuando Wilson le exige revisar meticulosamente el inventario de las neveras de los refrescos, pero incluso su mala cara es mejor que la alternativa, supongo.

Cuando regresamos a nuestro sitio unos minutos después, Hannah y Edna ya están ahí. Al poco rato, todos llegan a nuestro alrededor, excepto Avery, que no vuelve a su asiento hasta mucho tiempo después. Hay otro enorme rugido de la multitud cuando nuestro equipo entra al trote al terreno para la segunda mitad del partido.

Para el final de la noche, nuestro equipo marca *touchdown* dos veces más. En cada ocasión, nos ponemos de pie y hacemos el ruido de los Carneros, y yo doy pisotones fuertes y grito a todo lo que me dan los pulmones. Pero cuando me vuelvo a sentar, mareada de la emoción, no puedo dejar de pensar en Avery y Clayton.

La miro una y otra vez, y luego miro el espacio entre los bancos bajo mis pies. Me pregunto qué más pasará en esos lugares ocultos. ¿Y por qué nunca antes lo había notado?

CAPÍTULO 26

¿ALGÚN DÍA VOY A BESAR A WILSON? Me lo pregunto mientras entro al vestíbulo de casa de abuela temprano en la mañana. Ahora que tía da clases los sábados en la mañana en su estudio de baile, nos turnamos para hacer las cosas de Lolo y abuela los fines de semana. ¿Y adivinen a quién le tocó hoy la lavandería? A esta que está aquí.

Suprimo un bostezo y me limpio las legañas de los ojos. Anoche casi no dormí después del partido, no solo por el subidón de azúcar, sino porque mi mente regresaba en remolino a esta idea del beso, cortesía del mate que se dieron Avery y Clayton, que no puedo olvidar.

Meto la ropa de abuela dentro de la lavadora, con la esperanza de que la máquina funcione esta vez. Es viejísima y papi siempre tiene que arreglarla, pero abuela no nos deja que nos deshagamos de ella. Dice que las lavadoras nuevas son innecesariamente complicadas y que se rompen enseguida, tal como lo planificaron al diseñarlas.

—¿Y quién quiere todos esos botones tontos? —dice ella—. Yo no estoy en un cohete espacial.

Y olvídate de la secadora. Esa funciona bien, pero a abuela no le gusta que la usemos con sus cosas, ni siquiera con las toallas. Eso quiere decir que tengo que cargar una cesta de ropa mojada hasta la tendedera y colgarla. Ella dice que eso es más saludable, mejor para el planeta y que hace que la ropa huela mejor. Pero yo digo que todo se queda tan tieso al secarse que parece la corteza de un árbol cuando te toca la piel. No sé ni cómo Lolo puede doblar las rodillas con sus pantalones limpios.

Pero no importa. No estoy aquí para que sepan lo que pienso.

Ni lo que pienso de la lavandería ni lo que pienso de los besos.

Pongo el detergente y fijo el dial en COLOR. En el pasillo, oigo a abuela que ayuda a Lolo en el baño. Escucho en su tono que a Lolo no le hace ninguna gracia su ducha de hoy. Me quedo muy quieta y presto atención ahora, y me pregunto si acaso tendré que salir a la carrera a buscar a mami para que nos ayude. ¿La va a agarrar o a darle un empujón? Abuela podría caerse y darse un golpe. Pero entonces sus voces se callan y yo suelto un suspiro. La señorita Fabiola viene a conocernos mañana. Al menos, ya eso es algo. A lo mejor la ayuda extra hará que las cosas sean un poco más fáciles.

La lavadora comienza su movimiento chirriante mientras el tambor gira a uno y otro lado. Un leve olor a orina sale de la máquina, tal vez de los pijamas de Lolo o de su ropa interior. El olor me provoca náuseas y también casi me enfada. No es culpa de Lolo que se le olviden las cosas, como ir al baño a tiempo. Sé que no debería enfadarme con él por eso.

Pero a veces lo hago.

Estoy enfadada con lo de su guagua y con que se olvide de quién soy. Estoy enfadada de que ya no se ocupe de nosotros.

Y esto me hace preguntarme qué es lo que piensa abuela de todo esto.

Lolo era quien cuidaba su jardín y le cortaba las flores más lindas del patio. Tomaban su cafecito juntos en el porche y miraban telenovelas en sus sillones por la noche, aunque Lolo decía que esos programas eran una tontería. A veces bailaban. Hace mucho tiempo, probablemente también se besaban.

Ninguna de esas cosas ha ocurrido últimamente.

Entonces, ¿qué es lo que ella ama de él ahora?

La espuma se empieza a formar, así que cierro la tapa para que las ropas no vayan a acabar todas en un lado del tambor. La última vez que lo dejé que se desequilibrara así, la máquina completa se empezó a sacudir y desplazarse por el suelo, como si estuviera poseída por un demonio. Abuela pensó que alguien intentaba echarle abajo la puerta.

Pego la mejilla contra la cubierta y cierro los ojos, cansada y en busca del sonido del equilibrio. Entonces me vuelven los pensamientos de la duermevela.

¿Wilson y yo nos vamos a besar? Él es mi amigo, pero me gusta tomarle la mano. Y tampoco es que yo siga siendo una bebé.

Agarro mi teléfono y miro el teclado. *Wilson, vamos a besarnos.*

¿Qué haría él si yo le enviara ese texto? Probablemente saldría del cuarto dando gritos, decido. O, a lo mejor, se reiría y pensaría que es un gran chiste.

Así que decido pensar en qué otro texto debería enviar en vez de ese, uno que en cierto modo me da el mismo miedo. Es a Avery, porque he pospuesto demasiado lo de rechazar su invitación a compartir cuarto. Intento escribir un mensaje varias veces, pero borro cada versión.

Me da vergüenza pensar en hablarle en persona, sobre todo desde que la vi besuquearse con Clayton, a pesar de que no lo hice a propósito ni mucho menos. Pero sé que tengo que hacerlo... y pronto.

Decido hacerlo la semana que viene.

CAPÍTULO 27

ABUELA VIENE DE LA SALA toda irritada.

—Todos esos desconocidos que ahora de repente se meten en la familia —murmura—. ¿Quién ha visto eso?

Pone en la mesa la bandeja que usó para servirle el café a la señorita Fabiola, pero no regresa a la sala.

Tía no le quita los ojos a la revista de cupones que venía dentro del periódico del domingo y finge que no la escucha. Sin embargo, veo que le tiembla la mandíbula. Se ha puesto a chirriar los dientes, tal como le dijo su dentista que no hiciera.

En la sala, mami y papi todavía hablan con la señorita Fabiola, que vino a conocer a Lolo y a abuela. Es una señora bajita, con acento caribeño, y está más o menos vestida como si acabara de llegar de la iglesia.

Abuela chasquea la lengua, como si viera algo escandaloso.

—Nunca debí haber permitido esto —murmura—. Nunca. Mira pa'esto.

Le sigo la mirada hasta la sala, en donde la señorita Fabiola ayuda a Lolo a ponerse las medias y los zapatos, aunque, por lo general, él se pasa los domingos con las pantuflas puestas.

—Sio, mamá —dice tía—. ¿Podrías hacer el favor de darle una oportunidad?

—¿Una oportunidad para hacer exactamente qué? ¿Volverme loca?

Tía suelta la revista.

—¿Cómo es posible que ya te irrite, mamá? Si solo ha dicho hola.

Abuela la fulmina con la mirada.

—Le ha puesto medias negras al pobre hombre. Esas son solo para sus zapatos de vestir. ¿Y ella a dónde se cree que va con mi esposo? ¿A bailar?

Esto cada segundo luce peor. Yo conozco a abuela. La infracción con las medias es el primer *strike*. A este paso, la señorita Fabiola es posible que no esté por acá para el momento en que a Lolo le salgan en la barba los cañones de media tarde.

—Ella se aprenderá la rutina de su vestuario —susurra tía—. Tan solo toma un poquito de tiempo. Además, a él en verdad no le importan las medias que lleva puestas.

Abuela dice:

—Bueno, a mí sí que me importan. ¿O es que acaso ya eso no es importante por estos lares?

Tía suspira.

Por suerte, la puerta trasera se abre en ese instante, y aparece nuestro escape del domingo. Simón está aquí, y trae al retortero a los mellizos, que jugaban afuera en el patio. Hoy él tiene el día libre, así que por fin vamos a ir a jugar a los bolos con el pase gratis que papi le dio.

—Buenos días, doña Teresita. —Él siempre saluda a abuela primero—. ¿Cómo anda hoy, señora?

Abuela se las arregla para sonreír, a pesar de que todavía sigue cascarrabias.

—¿Qué tal, Simón?

—Bien, gracias. —Entonces se vuelve a tía y dice—: mis dos mentores están listos para enseñarme a jugar boliche.

—Bolos —dice Tomás—. Ya te lo dije.

Simón habla español como nosotros, pero a veces tenemos palabras diferentes para la misma cosa. *Boliche* por aquí es ese asado de carne que abuela cocina en la olla de presión.

Tía se pone de pie y agarra su cartera, con una sonrisa. Jamás la he visto lucir tan aliviada de verlo. Le da un beso a abuela antes de salir.

—Voy a regresar pronto para oír qué tal fue todo —dice—, pero, por favor, dale un chance a la amiga de Ana. Te lo ruego.

Vicente, el hermano de Simón, hoy trabaja en la cocina en la bolera, tal como hace todos los fines de semana, cocinando hamburguesas y papitas fritas en espiral servidas en cubitos plásticos. Es una pena que no nos toque nada de lo que él cocina. Nuestro cupón gratis solo sirve para nachos y bebidas. Aun así, Vicente hace lo que puede por llenarnos el cubito plástico con queso extra de su dispensadora.

—Gracias —le digo.

—Los pimientos picantes están a la izquierda —dice, al recordar que los detesto. Se acomoda el sombrero de papel y la redecilla del pelo, cosa que, tengo que admitir, no es una pinta que le quede nada bien. Aun así, eso no les impide a un par de muchachas mayores comérselo con los ojos mientras nos busca servilletas y absorbentes.

Cuando les indica que va a atenderlas en un momento, casi se ponen a convulsionar con risitas.

Yo les echo un último vistazo a los perros calientes en la parrilla.

—¿Y tú alguna vez has considerado una innovación en el menú? —le pregunto—. Por un pequeño porcentaje de las ventas, estaría dispuesta a compartir mi receta de los perros aplastados. Es un éxito garantizado.

Vicente sonríe.

—Tal vez cuando abra mi propio restaurante. —Luego toma el cupón de Simón para cobrarnos.

—Ya veo que hoy vas a lo grande, hermano —dice.

—Uno tiene que descansar de vez en cuando —le dice Simón—. ¿Y tú tienes un descanso aquí o qué es lo que hay?

Vicente mira más allá de nosotros al gerente, que en ese momento le alquila zapatos a un grupo grande de una fiesta de cumpleaños.

—No por largo rato. Esperamos a un grupo de cumpleaños. Pero no te preocupes, que te veré desde aquí hacer el ridículo.

Señala a un estante de bolas de bolos cerca de la máquina de *hockey* de mesa, en donde los mellizos juegan sin que el aparato esté encendido porque no tienen las monedas para hacerlo.

—Las más ligeras para los más pequeños están por allá —me dice—. Más les vale que agarren un par antes de que el grupo del cumpleaños vaya como un enjambre a buscarlas.

Y entonces se va a ayudar a sus clientas enamoradas.

Es obvio que no había mucho juego de bolos en El Salvador cuando Simón era niño.

No tiene que pasar mucho rato para que nos enteremos de que es terrible jugando a los bolos, incluso peor que tía, que tiene el indestructible hábito de soltar la bola en la pista equivocada..., incluso hacia atrás, como hizo la primera vez que la lanzó. Si yo hubiera sabido que él también iba a ser tan malo, habría insistido en que nos pusieran barreras cuando llegamos.

Simón mira tristemente cómo su bola se cae en la cuneta una vez más. Con cinco oportunidades, todavía no ha anotado un punto.

—El problema es que los dedos no me caben bien en los huecos. ¿A lo mejor debería usar los pies?

—Eh. No, a menos que quieras reventarte los dedos de los pies.

—Supongo que entonces mejor hago la prueba con otra bola —dice mientras la pista retira sus bolos.

Hasta ahora, esta es la sexta vez que lo ha intentado.

—Te toca a ti, Axel —digo.

Los mellizos casi no le prestan atención al juego de bolos. Cuando no les toca jugar, van a la carrera al salón recreativo a ver a niños mayores jugar videojuegos o, de lo contrario, como ahora, a embutirse con los nachos en la mesa, escogiendo los de color rojo, como si fueran buitres.

Axel se levanta y se chupa los dedos de un modo que horrorizaría a abuela.

—No te los comas todos —le advierte a Tomás.

Se limpia las manos grasientas en los *shorts* y encuentra su brillante bola azul en el carrusel. Es una de seis libras, lo que no debería tener tanta fuerza, pero en las atléticas manos de Axel bien podría ser un misil teleguiado rumbo a los bolos.

—Míralo —le digo a Simón—. Él usa las flechas en el piso para apuntarle al bolo que está en el centro.

Axel se pone la bola a la altura de los ojos y entonces echa su brazo flacucho hacia atrás al acercarse al carril. Se inclina hacia delante y la suelta, con la pierna derecha que se le mueve a sus espaldas como si fuese un profesional en miniatura mientras termina el lanzamiento. La bola apenas suena al rotar por el centro del carril hasta estrellarse contra los bolos. Solo queda uno en pie. En su próximo turno, lo tumba sin ningún esfuerzo. Un grupo de señoras mayores que bolea a nuestro lado comienza a aplaudir. Llevan puestos unos pulóveres que dicen HAZTE RICO.

—Jovencito, usted puede jugar en nuestro equipo cuando quiera —dice una de ellas.

Axel se encoge de hombros y regresa a comerse sus papitas fritas.

Tía se parte de la risa mientras niega con la cabeza, en estado de *shock*.

—¿A ti mi sufrimiento te parece gracioso? —pregunta Simón—. Y yo que pensaba que tú eras una mujer buena.

Ella le da una mirada compasiva y entonces, lo hace sonrojar al plantarle un beso en la mejilla idéntico al que le dio a Axel cuando le pasó por al lado. Noto que ella está feliz hoy, sentada aquí con Simón y nosotros, incluso con esos zapatos alquilados que, solo de pensarlo, le dan tremendo asco. En verdad, no creo que a ninguno de los dos le importe mucho lo requetemalos que son en este juego. Por lo general, tan solo parecen disfrutar el aire acondicionado, las luces elegantes y la compañía mutua. Y la verdad es que yo también estoy bastante feliz. Me gusta estar lejos de abuela y Lolo un ratico, a pesar de que los quiero mucho. Es un alivio no escuchar a abuela quejarse de Fabiola o escuchar a mami suspirar o a papi masajearse las sienes con los dedos mientras intentan ayudarla.

—Tomás, te toca a ti —digo.

Viene a paso lento.

—Vamos a celebrar nuestro cumpleaños aquí —dice Tomás.

Cuando me vuelvo para mirar, veo que tiene los ojos pegados en el salón de fiestas cerca de nosotros, donde Vicente está sirviendo tres *pizzas* grandes en bandejas de metal. Axel también se da la vuelta y mira fijamente. Se ve un *cake* enorme de cumpleaños a través de las puertas de cristal y se escucha a todos cantarle a la niña que tiene una tiara de cartón. Debe de haber ahí unos veinte niños, y los regalos en sus cajas forman un montón muy alto, eso sin mencionar todas las tarjetas de regalo que probablemente también va a recibir. Debe de haber invitado a toda su clase, tal como sé que hacen algunos niños.

Sigue soñando, Tomás, pienso para mis adentros. Su cumpleaños es en poco más de un mes, pero así no es como nuestra familia celebra los cumpleaños. Por lo general, es tan solo nuestra familia en el patio o a veces vamos al patio techado en donde hay un parque de diversiones y una parrilla. Recibimos un regalo principal y, además, unos regalos que los adultos piensan que nos hacen falta, como ropa y eso. Abuela cocina el *cake*.

—Muchacho —dice tía—, cuesta veinte dólares por cada niño allá adentro.

—¿Y?

—Y multiplica por veinte el número de personas y verás cuánto cuesta.

Axel se hace cargo.

—Cuatrocientos —dice. Si Roli estuviera aquí, se le aguarían los ojos del orgullo.

—¿Lo ves? ¡No nos podemos dar ese lujo! Lo vamos a celebrar en casa, como hacemos siempre. ¿Lo recuerdas? Le puedes pedir a abuela que te haga un *cake* de chocolate.

Pero Tomás la mira y se cruza de brazos.

—Papi nos va a hacer la fiesta, entonces —dice, porfiando—. Él tiene tremendo billete.

¿De dónde ellos sacan estas cosas? No sé si lo hace por ser cruel o si dice lo que piensa o si simplemente repite alguna tontería que aprendió en alguna parte. ¿Cómo saberlo cuando se trata de un niño de segundo grado? En serio, ¿cómo saberlo con cualquier persona? Yo ni siquiera siempre lo sé cuando soy yo misma quien dice las cosas. Como, por ejemplo, la vez en que estaba brava con mami por hacerme estudiar y le dije que tía era una mamá más divertida.

—No seas atrevido —dice tía—. Nadie está hablando aquí del dinero de la gente.

—Pero tú no tienes mucho —dice Tomás.

—Y tampoco nadie va a pedirle a nadie más una fiesta en una bolera —añade tía.

—Lo voy a llamar... —comienza Axel. No nota la expresión en la cara de tía, supongo, ni cómo Simón le aprieta la mano.

—Nadie —dice tía con frialdad y firmeza—. Hoy vamos a disfrutar de los bolos y sanseacabó, ¿oká? Ahora, ¿a quién le toca? Estos zapatos asquerosos me están empezando a dar picazón en los pies.

Miro a la tabla de puntos y las resplandecientes luces a los lados del carril y de repente me siento mal por tía. Ya no parece que se esté divirtiendo. Y Simón parece como si lo hubieran dejado tirado en la cuneta. Él no tiene un dineral, como es obvio, así que, ¿qué va a decir?

—Dale, Tomás —digo—. Te toca a ti.

Todavía sigue enfurruñado, pero da el paso al frente. Recoge su bola roja con espirales, se enfoca en el centro del triángulo, y la suelta tal como hizo Axel. Ni siquiera tengo que mirar para saber lo que va a pasar.

¡Bumbatá! Hay una explosión al final del lanzamiento. Tumbó todos los bolos.

Tomás levanta el puño en señal de victoria. Tan solo tienes que dar en el sitio exacto para hacer que todo se tambalee y se derrumbe, supongo. A veces hasta un niñito puede hacer eso.

CAPÍTULO 28

EL CARRO DE LA SEÑORITA FABIOLA está en la entrada del garaje de abuela esta mañana. Papi dice que es un milagro que abuela no la haya despedido… o que la señorita Fabiola no haya dimitido. No es que haya sido fácil. Tan solo han pasado dos días y abuela todavía le dice «Esa señora Fabiola». Y no para de añadir al informe de «Las cosas que tienen que cambiar» a cualquiera que la escuche.

Evidencia A: Abuela viene hasta nuestra casa cuando mami y yo intentamos salir rumbo a la escuela. Una vez más, mami no sabe dónde ha puesto su teléfono. Si no lo encuentra pronto, me va a hacer falta un pase de tardanza. Se ha puesto a buscar debajo de los trapos de cocina y del periódico y se frustra más a cada segundo.

—Qué bien. Todavía están aquí —dice abuela al entrar por la puerta trasera.

La miro sorprendida. Tiene pantalones capri y tenis, su atuendo más socorrido cuando va a salir por ahí.

—¿A dónde vas tan temprano? —le pregunto.

Se mira de arriba abajo y se acicala la blusa un poco.

—Bueno, ya que esa señora Fabiola está ahora a cargo de la rutina matutina de Lolo, he decidido que puedo llevar a los mellizos a la escuela de nuevo. Así haré ejercicio, como ciertas personas me recomiendan siempre. —Señala a mami con los ojos.

—Y es una excelente idea —dice mami distraída. Busca otra vez en los bolsillos de su ropa quirúrgica.

—Ana, por favor, dile a esa señora Fabiola que Lolo usa el champú de kiwi-lima que está en la botella verde. Hoy ella usó el mío..., el que es para darle más cuerpo al cabello. Y le da demasiado volumen al pelo de Lolo.

—Estoy segura de que si se lo mencionas, ella va a estar encantada de hacer lo que le pidas —dice mami—. Merci, ve a revisar en mi mesita de noche.

—Ya lo hice, ¿recuerdas?

—En el baño, entonces.

Abuela no parece notar que estamos ocupadas.

—Y dile a esa señora Fabiola que no me gusta que le ponga colonia, excepto si vamos a ir al médico. De lo contrario, que use la fragancia corporal. Es más barato. Que aquí no somos millonarios.

Mami levanta la vista un segundo y suspira.

—Merci, busca en la mesa del pasillo. —Pero, justo entonces, ve su teléfono debajo de un montón de carpetas—. ¡Anjá! Olvídate. Allí está. Estamos retrasadas. Vamos a ponernos las pilas.

—¿No se te olvidará decírselo? —dice abuela cuando nos dirigimos a la puerta—. Lo de la colonia. Me da pena decírselo.

—Teresita —dice mami al darse la vuelta—. De veras creo que sería mejor si se lo dijeras tú misma. La buena comunicación va a ser importante, después de todo. Fabiola es muy receptiva y quiere ayudar.

Mami le da un beso en la mejilla a abuela, y entonces nos vamos.

Algunos días vienen patas arriba, y este es uno de ellos. Llegué a mi aula principal tres segundos antes del timbre, así que eso fue bueno. Pero después del segundo periodo, Hannah vino hasta mí como un huracán cuando estábamos en nuestros taquilleros.

—Notición —dijo—. ¡La tarea de Cívica va a contar hoy como una prueba sorpresa! Espero que la hayas hecho.

Yo ni siquiera puedo encontrar la mía.

Busco de nuevo en mi carpeta para cerciorarme de que de algún modo no la perdí, pero nada. Simplemente no está ahí, y tengo por seguro que ya contesté esas preguntas, al menos las primeras. Vuelvo sobre mis pasos mentalmente, tal como hizo mami con su teléfono. Ahí es cuando recuerdo que ayer hice mi tarea durante mi periodo de asistente en la consejería. Debo de haberla olvidado allí o, peor, ¡a lo mejor se cayó al piso y la botaron! Espero que esto no quiera decir que voy a tener que ponerme a buscarla en los tachos de basura. Pero lo haría sin ninguna duda en este caso. Una mala nota justo antes de los entrenamientos preliminares de fútbol es una situación peligrosa. Mami no me permitiría ir.

—¿Me podría dar un pase? —le pregunto a la señorita Tibbetts—. Dejé algo importante en la consejería.

La señorita Tibbetts chequea el reloj. Quedan cinco minutos para que suene el timbre.

—No sería la tarea de Cívica, ¿no? —murmura. Todos están en un estado de pánico.

Asiento con la cabeza.

—¿Terminaste tu trabajo de clase?

—Está en su Dropbox.

Me da el pase.

—No tienes que regresar aquí. Simplemente ve a tu próxima clase cuando termines.

Voy a paso rápido al edificio administrativo, cortando a través del sendero de hierba. Afuera hay mucha humedad y las nubes oscuras están bajas, como si el cielo quisiera aplastarnos. Es un alivio cuando regreso a los pasillos con aire acondicionado.

El área de recepción en la consejería está vacía cuando llego, y la puerta de la señora Wilkinson está cerrada. Un letrero que cuelga del picaporte dice: Sesión de grupo. No molestar.

Así que voy en puntas de pie, sin hacer ni un ruidito, y reviso mi escritorio. Por suerte, la encuentro debajo, en el piso, un poco arrugada, pero, en esencia, sana y salva. Tan solo me quedan dos preguntas más por responder, cosa que probablemente puedo hacer en la próxima hora o durante el almuerzo, ya que no tengo Cívica sino hasta el final del día. A lo mejor Hannah me puede echar una mano si me trabo.

Estoy a punto de irme cuando algo me llama la atención. Es un cuadro gigante con notas autoadhesivas en la pared vacía cerca de la puerta de la señora Wilkinson. Dice San Agustín. Está organizado en dos niveles, para que luzca como el plano del hotel, con un nivel por piso. En verdad no tiene ningún orden lógico, excepto que los varones están en el tercer piso y las habitaciones de los chaperones están cerca de cada escalera y elevador, como si fueran guardias.

Yo sabía que la señora Wilkinson iba a hacer el plan para las habitaciones en la medida en que los estudiantes entregaban sus investigaciones y depósitos, pero supongo que las cosas ya se aproximan a la fase final. Yo traje hoy los míos, y ya ha añadido la nota adhesiva amarilla con mi nombre, junto a los de Lena, Hannah y Edna. Cuando miro de cerca, veo un signo de interrogación junto a mi nombre.

Entonces veo otro signo de interrogación en la nota junto a la nuestra. Mi nombre aparece de nuevo, solo que en esta ocasión con las niñas del equipo de fútbol.

Oh, no. Avery también debe de haber entregado su planilla y su petición de compañeras de cuarto.

De repente, la puerta de la señora Wilkinson se abre de par en par y de ahí sale un grupo de niños.

—Hoy compartieron muy bien —les dice—. Nos vemos en la próxima.

Me pego a la pared para apartarme del medio, pero entonces noto a Edna. No me podría haber sorprendido más de verla con este grupito. ¿Aprende a afrontar alguna dificultad en un grupo de apoyo? Es difícil de creer, ya que por lo general es al resto del mundo al que le hace falta ayuda para lidiar con Edna.

Me quedo parada aquí con mi tarea y la miro boquiabierta mientras el resto de los niños se dispersa. Me muero por preguntarle acerca de qué era la reunión, pero la pregunta se me queda en la punta de la lengua. *Chismosa. Lengüilarga.* Casi escucho la voz de mami, que con uñas y garras se abre paso a través de mi conciencia para ponerme en mi lugar.

Además, Edna se detiene para mirarme con un gesto que dice que le gustaría arrancarme la cara de una mordida.

—¿Qué? —digo.

Los ojos se le aguzan y van hasta el cuadro.

—Parece que después de todo eres amiguita de Avery y las demás.

—Oh, hola, Merci —dice la señora Wilkinson al verme—. ¿Qué te trae por aquí tan temprano? No tienes que hacer ningún trabajo hasta más tarde.

Lo único que hago es levantar en alto mi tarea.

—Yo... dejé esto aquí ayer por error.

—Bueno, tan solo tienes uno o dos minutos para llegar a clase antes de que suene el timbre—. No te duermas en los laureles.

Nos acompaña a Edna y a mí hasta el pasillo. Mi aula está en la dirección contraria, pero le sigo los pasos a Edna cuando se va con aire de ofendida.

—Sé lo que estás pensando —digo, mientras intento seguirle el paso—. Pero es un error. Yo no le dije a Avery que me iba a quedar con ella.

—Bueno, pues parece que ella piensa algo diferente —dice Edna—. ¿De dónde sacó esa idea, Merci? No fue porque tú le dijeras que ya ibas a compartir cuarto con tus amigas.

Todo el trayecto es superincómodo. Pasamos rápidamente por al lado de la biblioteca, lo que me aleja más y más de mi próxima clase. Jamás voy a llegar a tiempo.

—No lo sé. Pero lo voy a arreglar. Tan solo, por favor, no les digas nada a Hannah y Lena.

Edna se detiene y me mira fijamente a la cara.

—¿Y por qué no? Ellas tienen derecho a saber si están a punto de que las dejen plantadas.

—¡Pero no lo están! Por favor, Edna. Esto es solo un malentendido.

—No te hagas la lista, Merci. Eso es tremendo cuento de caminos y tú lo sabes —dice.

Y con eso, se da la vuelta y me deja ahí plantada.

Suena el timbre para el cambio de clases. Salgo a la carrera en la dirección correcta mientras intento decidir cómo llegar a Hannah y Lena rápidamente. No les puedo enviar mensajes de texto desde aquí sin correr el riesgo de que me confisquen el teléfono. La señorita McDaniels tiene ojos en todas partes.

Cuando llego a las puertas de cristal para cortar por el atajo del patio hacia el edificio de la secundaria, hago una pausa. Se ha puesto muy oscuro afuera, casi como si fuese de noche. Los truenos retumban en la distancia y aunque todavía no hay relámpagos, una lluvia constante ya ha comenzado a chinchinear contra las piedras como si fuera metralla. Se supone que no salgamos cuando hay tormenta. Esa es la regla. Se supone que vayamos por el camino más largo, dentro del edificio, para mantenernos a salvo.

Abro la puerta de todos modos. Es la vía rápida. Una ráfaga de viento me da en la cara como un huracán. Todo parece un poco peligroso afuera. Las frondas de las palmas ya son banderas que baten al viento. Mi falda a cuadros bate locamente y se levanta para mostrar los *shorts* que siempre me pongo por debajo. Me la aguanto mientras corro, sin que eso sirva de nada.

La naturaleza descarga su venganza en mí. La lluvia puntiaguda choca contra mi piel y me empapa. Para el momento en que llego al edificio, el timbre de advertencia ya ha sonado. Mi chaqueta está enchumbada, mis mocasines chillan y el pelo se me aferra a la cabeza en rizos pegajosos. La gente se empuja a mi alrededor y unos cuantos miran al charquero en el pasillo.

Me desvío al baño para secarme e intentar enviar un mensaje a Hannah y Lena antes de que lo haga Edna.

Pero se me hace tarde. Justo cuando agarro una toalla de papel para secarme el pelo, el mensaje de Hannah llega a nuestro grupo.

> ¿Qué demonios? ¿Te vas a quedar con nosotras o no, Merci? Elige.

CAPÍTULO 29

NUNCA HE ENTENDIDO A LOS NIÑOS que evitan a toda costa la cafetería.

Hasta hoy.

De veras considero comerme mi sándwich en la biblioteca en vez de enfrentarme a la rumba que me espera con Hannah, Lena y Edna.

Por desgracia, el señor Engle cerró la biblioteca para dedicarla a un periodo especial de pruebas, así que no me queda otra opción que ir hasta la cafetería. Tiemblo de frío, sigo mojada y pegajosa en el aire acondicionado. Tan pronto entro a la cafetería, ya sé que habrá problema.

Están agrupadas en nuestra mesa y susurran…, cosa que dejan de hacer cuando me acerco a ellas.

Hannah tiene cara de piedra. Lena se ajusta los espejuelos con preocupación. Y Edna se cruza de brazos.

—Lo puedo explicar.

—Anjá —dice Edna.

Me siento mientras Lena le suplica con la mirada.

—Es justo que la escuchemos.

—Avery me invitó hace un par de semanas —digo—, y no tuve oportunidad de decirle que ya había aceptado quedarme en el cuarto de ustedes. Supongo que ella dio por hecho que yo diría que sí a su oferta y puso mi nombre en su lista sin antes preguntarme.

—¿No tuviste oportunidad? —repite Hannah, sorprendida.

—¿No tienes con ella Inglés y el aula principal, déjame ver, todos los días?

—No sé, Hannah. Un gato me comió la lengua.

Edna se ríe por la nariz y pone los ojos en blanco.

—Porque Avery Sanders y el resto de las jugadoras del equipo de fútbol de octavo grado se van a quedar en el mismo cuarto y me sentí un poco incómoda con la idea de decir que no.

La verdad de todo esto cae ahí como un elefante en una cristalería.

—Entonces, ¿en qué quedamos, Merci? —dice Lena—. ¿Eso significa que a lo mejor te gustaría quedarte con ellas en vez de con nosotras?

Le da unos pellizquitos al borde de su diario mientras espera por mi respuesta. El ojo me empieza a temblar.

—No. Es que tan solo… me gustó que me invitaran.

—O sea, ¿te gustó más que cuando nosotras te invitamos? —pregunta Hannah.

Lena se vuelve a ajustar los espejuelos.

—Al menos nos lo podrías haber dicho.

—Miren, lamento que esto haya pasado. Quiero que la pasemos bien en el viaje a San Agustín, tal como planeamos. Prometo que lo voy a arreglar.

Edna se inclina hacia delante y me señala con una zanahoria que había mojado en el aderezo.

—Entonces, demuéstralo. Avery está allí mismo. Ve y dile que te vas a quedar con nosotras.

Echo un vistazo al otro lado de la cafetería. Avery se ríe con las demás niñas en su mesa, como si no le preocupara nada en este mundo, como de costumbre.

—Le voy a enviar un mensaje.

Pero veo en sus caras que en verdad no me lo creen. Ni siquiera Lena sale a rescatarme.

Edna se cruza de brazos.

—¿Qué es lo que tiene de difícil decírselo aquí mismo, para que lo veamos?

Hannah asiente despacio. Lena se encoge de hombros. Son tres contra una.

—Oká —digo.

Respiro profundamente y camino hasta la mesa de Avery con mis zapatos chirriantes. Sin embargo, jamás he estado tan feliz de ser casi invisible. Nadie ahí parece notar que me acerco. De hecho, me tengo que quedar parada ahí un segundo, a la espera.

Por fin, Avery levanta la cabeza.

—Oh, hola, Merci.

—Hola —digo.

Algunas de las niñas también se vuelven hacia mí, pero ninguna me pide que me siente.

Me inclino hacia un lado, miro por encima del hombro y veo a Edna, Hannah y Lena que vigilan cada uno de mis movimientos.

—Pues, hoy en la consejería vi el cuadro con la distribución de los cuartos.

—¡Oh, sí! Yo lo envié esta mañana.

—¡La vamos a pasar de maravilla! —añade Mackenzie.

—Lo que pasa es que no me puedo quedar con ustedes. Ya se lo había prometido a Hannah, Lena y Edna antes de que me lo pidieras.

Los hermosos ojos de Avery se quedan clavados en mí. Silencio total.

—Lo siento —tartamudeo—. Tenía que haberlo dicho antes. Pero… ¿a lo mejor podemos pasar un rato juntas durante el viaje? ¿Te gustan los piratas? Puedes venir con nosotras al museo en nuestro día libre.

Los ojos de Avery miran a Mackenzie y, no sé, parece como si casi no pudieran contener una sonrisa de superioridad. A lo mejor piensan que los piratas son una tontería. O a lo mejor piensan que yo soy una tonta o una cretina o algo por el estilo. Me pregunto si van a hablar de mí con las demás después de esto.

Pero Avery tan solo se encoge de hombros.

—Te aviso si acaso —dice.

—De veras que lo siento.

Se encoge de hombros y se vuelve hacia sus amigas.

Intento ser lógica. Avery no parece enfadada. Además, mucha gente quiere ser su amiga. No va a tener ningún problema para encontrar a alguien que quiera aprovechar la oportunidad de tomar mi puesto. Para el fin del almuerzo, ya probablemente tendrá a mi reemplazo. Sacar mi dedo de un vaso de agua probablemente dejaría un vacío más duradero.

Aun así, me siento mal, como si hubiera perdido algo, a lo mejor un pase al círculo de Avery que se extienda más allá de la temporada de fútbol.

Regreso a mi mesa y siento que soy todo un fracaso, en lugar de la amiga fiel que se supone que sea.

—Ya está resuelto —dice Hannah, y suelta un enorme suspiro—. Gracias.

Yo asiento con la cabeza, pero no la miro a los ojos. Tengo el estómago revuelto mientras recojo mis cosas y meto la silla. Espero que no vean que todavía me tiemblan las manos.

—¿Y a dónde tú vas? —me pregunta Lena—. ¿No vas a comer?

—Tengo que hacer la tarea de Cívica —digo por encima del hombro al irme—. Nos vemos luego.

La señora Wilkinson me deja quedarme en mi escritorio en la consejería ya que, de todos modos, mi periodo de asistente viene después del almuerzo. Aunque ya no tengo hambre, le doy unos mordisquitos a mi sándwich arenoso y me dedico el resto del tiempo a terminar mis respuestas para Cívica. La señora Wilkinson no se pone a charlar conmigo como de costumbre, menos mal, porque está ocupada. Ha estado sentada en un sillón puf, organizando un enorme montón de pulóveres para el viaje, separados por aula principal. Tan pronto ella termine, se supone que yo ayude al señor Vong a entregarlos con su carretilla de carga. Pero no estoy de ánimo para eso, lo que dice mucho. Por lo general, me encanta trabajar con la gente de mantenimiento y mover equipamiento. Ni siquiera eso me parece divertido ahora.

Le hago unas fotocopias de lo que me había dejado en mi bandeja de entrada y se las dejo en el escritorio. Hago una pausa en el cuadro que está fuera de su puerta cuando voy de regreso a la recepción, con los ojos pegados en el cuadradito con el cuarto de Avery. El estómago me vuelve a dar un vuelco.

—¿Me presta un marcador? —le pregunto—. Veo un error en mi asignación de cuarto.

La señora Wilkinson levanta la vista hacia mí mientras tira tres pulóveres más dentro de una caja.

—Oh, sí, había notado también esa discrepancia y pensaba preguntarte al respecto.

Tomo un marcador de su taza con los lápices —uno rosado que huele a sandía— y tacho mi nombre en la nota adhesiva de Avery.

—Ya se lo dije a Avery —explico—. A ella se le olvidó que yo me iba a quedar con Edna, Lena y Hannah.

La señora Wilkinson me examina el rostro, que de repente se pone un poco caliente por la mentira piadosa.

—Bueno, estoy segura de que fue una decisión difícil. Avery va a estar desilusionada. Ustedes fueron compañeras del equipo de fútbol el año pasado, ¿no es así? Yo suponía que eran amigas.

Por un segundo, no sé qué decir. ¿Es *medio amigas* una respuesta aceptable?

—Nos caemos y nos llevamos bien. Pero… es que es complicado.

—¿Qué cosa?

Me vuelvo hacia la señora Wilkinson mientras ella cuenta otros seis pulóveres para una caja nueva. No puedo ni empezar a explicarlo.

—Lo de los amigos. Escoger grupos. De hecho, todo este cuadro con los cuartos.

—Oh, *eso* —dice y se echa a reír—. O sea, ¿el maravilloso mundo de las relaciones humanas?

Pongo el marcador de vuelta en su sitio y tomo un chocolate.

—No veo qué tiene de maravilloso —murmuro y me dejo caer en el sillón puf frente al de ella.

—Ya veo —dice la señora Wilkinson—. ¿Quieres hablar más de eso?

Miro fijamente al techo y de repente me siento cansada, tanto que podría echar una siesta aquí mismo. ¿Por qué los adultos siempre quieren curiosear?

—No, gracias —digo—. Tengo cosas que hacer. El señor Vong va a querer recoger el reciclaje.

El cesto cerca de la fotocopiadora está rebosante de papel. Se supone que yo lo mantenga recogido, para que él lo pueda vaciar en los tachos grandes que están detrás de la cafetería una vez por semana. Por desgracia, con la brisa que entra por el pasillo, esto es un desastre. Hay papeles regados por todas partes.

—Eso es muy cierto —dice—. Gracias por mantenerte al tanto de todo.

Me levanto y voy hasta la fotocopiadora para organizar el reguero. Por esta vez, no me importa. Al menos, este caos es mucho más fácil que lidiar con mis amigas.

CAPÍTULO 30

ME ENCANTAN LOS ENTRENAMIENTOS preliminares.

Nos reunimos en la cancha después de la escuela, con nuestros *shorts* de gimnasio y nuestros tenis, lo que es como salir de una prisión después de un día con una chaqueta y mocasines. Ni siquiera me importa que el sol todavía esté en su punto a esta hora. Me he recogido los rizos en una cebolla en la coronilla y me subí las mangas del pulóver y me las ajusté bien en los hombros. Las espinilleras ya me hacen sudar, y noto que me van a hacer falta cordones nuevos en mis viejas zapatillas de fútbol, ya que estos están cubiertos de fango. No puedo dejar de notar los nuevos tacos de Avery: Nike Mercurial Superfly 8 Elite, que tienen esas tobilleras tejidas. Mackenzie tiene los mismos.

Los compraron durante el campamento de fútbol, y dicen que están diseñados para ayudarte a girar mejor. A todas en el entrenamiento les gustan.

—Estoy obsesionada —dijo Lindsey al verlos. Ninguna ha dicho ni una palabra acerca de mi decisión de no quedarme con ellas, pero todavía me siento un poquito incómoda a su alrededor.

Coach Cameron nos separa en grupos para el entrenamiento de hoy. Nos ha puesto en cuatro filas para practicar el control del balón mediante maniobras alrededor de los conos que Wilson colocó antes.

Coach nos observa y nos evalúa mientras entrenamos. Si me preguntaran, para mí es obvio quiénes no van a ser seleccionadas para el equipo. Algunas sueltan el bofe mientras tratan de avanzar corriendo en zigzag. Algunas pierden el balón al girar o se tropiezan y se caen de cara. Y luego están las que sencillamente se dan por vencidas.

Robin Farmer, sin embargo, no es mala, sobre todo para ser de sexto grado. Hace la carrera de obstáculos sin problema. Y cuando jugamos el partido de práctica al final del entrenamiento, se puede ver su talento.

A pesar de sus piernas flacuchas, es más rápida que el relámpago. Vuela con esos tacos de un verde brillante y las trenzas se le mueven como serpientes. También le pega limpiamente al balón con el empeine. Su único problema es que quiere destacar demasiado. Es una acaparadora y no escucha cuando Avery le grita: «Pasa y sube», para indicarle que está disponible.

Coach marca algo en su tabla sujetapapeles y llama a las sustitutas.

—Suárez, te toca a ti. —Entonces señala a Robin—. Tú, Farmer, quédate.

Avery viene hacia mí al trote y me lanza su peto.

—Juguemos superduro —me dice y arquea las cejas—. A esa chiquitica hay que enseñarle cómo son las cosas.

La miro con cautela y le echo un vistazo a Robin, que espera en la cancha mientras hace algunos de sus trucos. Por lo general, eso de «enseñarle cómo son las cosas» a alguien quiere decir que el juego se va a poner superintenso con el contacto físico, más que nada para bajarle un poco los humos a alguien.

Pero ¿por qué? Robin juega bien. Tiene pies rápidos y buena puntería. Y también es tenaz.

Además, ya yo sé que soy más grande y tengo más experiencia. Mis piernas son más largas y voy a correr más rápido que ella casi todas las veces. ¿Qué es lo que tengo que demostrar?

Pero no discuto con Avery. En su lugar, entro al terreno al trote y espero a que *coach* haga sonar el silbato.

Al principio, Robin nos sigue el paso. Pero como era de esperarse, Mackenzie y yo hacemos jugadas del año pasado. Le robo el balón a Robin en dos movidas y se lo paso a Mackenzie para que anote un gol que se hunde en la red por la izquierda. Unos minutos más tarde, lo volvemos a hacer como si hiciéramos un *replay* instantáneo.

Ya cuando *coach* hace sonar el silbato de nuevo, Robin luce lo suficientemente frustrada como para echarse a llorar.

—A la misma hora mañana, mi gente —dice *coach* Cameron—. Octavo grado: les toca recoger.

Se oyen quejidos.

Comienzo a recoger los petos mientras Avery se mete en la cancha para recoger los conos y los balones.

Sin embargo, antes de irse, mira a Robin y mete la indirecta.

—La cosa no es tan fácil en el terreno, ¿verdad?

Las palabras no son crueles, pero algo en el modo en que las dice Avery las hace sonar frías.

—¿Qué tal si me ayudas a meter esto en las cajas? —le digo a Robin cuando Avery se aleja y ya no nos puede escuchar.

—Ustedes me trajinaron a propósito delante de la entrenadora Cameron—dice Robin—. Ahora ella pensará que yo no sé jugar.

—En primer lugar, *coach* usa pronombre masculino. En segundo lugar: él no es estúpido. Se da cuenta de que tú no eres ninguna improvisada. Y, en tercer lugar: ¿por qué te quedabas con el balón? Tenías personas a quien pasárselo. Úsalas.

Robin me frunce el ceño.

—Tienes que trabajar en equipo, Robin —le digo—. Ser el centro de atención no nos va a ayudar a ganar. ¿Notaste que las dos veces que te quité el balón se lo pasé a Mackenzie para que metiera el gol? Además, si eres una jugadora de sexto grado que quiere estar en la alineación inicial, más te vale aprender a aguantar la presión. La gente de Pox no te va a llevar más suave, eso tenlo por seguro.

—Te salvaste porque yo estaba cansada.

—¿Eso es lo que tú piensas? —Pero le sonrío, para que sepa que no hay problema. Recuerdo cuando yo estaba en sexto grado, el miedo que me daban las de octavo—. Mira, no lo hiciste tan mal. —Y en vistas de que todavía no luce muy convencida, añado—: *En serio*. No hay muchas niñas de tu grado que pudieran haber jugado a nuestro nivel.

El silbato de *coach* nos hace levantar la cabeza. Le indica a Robin que se reúna con él junto a la puerta del gimnasio. Robin me mira preocupada por un segundo.

—No te va a pasar nada, pero aquí va un consejito, Robin. Tienes que estar dispuesta a aprender algo —digo.

Y con eso, se va.

Justo en ese momento, Avery me llama desde atrás. Por encima del hombro, arrastra de vuelta la bolsa con los balones. Mackenzie todavía está en la cancha recogiendo los conos.

Yo guardo el último de los petos en la caja y voy hasta ella al trote, para ayudarla a arrastrar la pesada red desde la portería.

—¿Crees que fuimos un poco duras con esa niña? —le pregunto—. O sea, es nueva. —Robin ya está bien lejos ahora, casi junto a las puertas del gimnasio y habla con *coach* Cameron.

Pero Avery apenas escucha. Se detiene y mira a lo lejos a la cancha del equipo de *lacrosse*.

—¿Y eso qué importa? Ya se le pasará.

¿Se le pasará? Cuando alguien me causa problemas, incluso con cosas insignificantes, yo siempre lo recuerdo.

Vuelvo la vista al gimnasio. A lo mejor, *coach* Cameron le dice lo mismo que dije yo. «Ayúdense entre ustedes». Ese fue el mantra de nuestro primer año.

Me quedo en silencio mientras caminamos. Miro de vez en cuando a Avery y me pregunto si estará brava por lo de San Agustín. A lo mejor, no. A lo mejor también dijo:

«¿Y eso a quién le importa?» respecto a si yo iba a estar en su habitación.

El teléfono le vibra, así que suelta su lado de la red para revisar el mensaje. Los ojos se le iluminan mientras escribe una respuesta rápida. Tiene que ser Clayton.

—Hazme el favor de llevar esto el resto del trayecto. Me tengo que ir. El entrenamiento de *lacrosse* terminó.

Ni siquiera espera a que le responda. Tan solo me suelta una de esas enormes sonrisas y corre a encontrarse con Clayton.

Meto la bolsa con los petos en la red para arrastrarlo todo junto el resto del trayecto por mi cuenta, como si fuera un Papá Noel de clima cálido que arrastra sus regalos. Me las arreglo para meterla en el gimnasio, pero no es fácil hacerlo todo por mi cuenta.

Coach todavía está junto a la puerta y bebe una Gatorade cuando llego. Yo sudo a mares y me falta el aliento. Avery ya casi se perdió de vista, pero *coach* parece que la tiene en la mirilla.

—Esa Farmer es bastante buena —digo al entrar por la puerta y soltar la red.

Coach Cameron sonríe, mientras mira a Avery.

—Gracias, Suárez —dice, y me sujeta la puerta—. Jugaste bien hoy.

CAPÍTULO 31

¿ACASO ES POSIBLE QUE A UN PAPÁ no le caigan bien sus propios hijos? Yo jamás ni siquiera he considerado esa posibilidad, pero ¿y por qué no? Tengo un montón de amigos a quienes no les caen bien sus padres, así que a lo mejor el triste secreto es que a veces también puede pasar a la inversa.

Es temprano en la mañana del sábado, y Marco y Verónica han pasado por acá antes de salir de viaje. Supongo que las constantes llamadas telefónicas de los mellizos por fin los desgastaron.

Verónica se sienta en el patio de tía y se pone a jugar en su teléfono. A lo mejor a ella no se le dan bien las mañanas o tal vez se ha puesto a revisar mensajes. No me atrevo a ir hasta ella para comprobarlo. Sea lo que sea, para ella es más interesante que los mellizos.

En fin, que van a Orlando, explicó Marco. Solo pararon por aquí unos minutos.

—¿Van a montarse en Thunder Mountain? —pregunta Tomás. Sus amigos le han hecho los cuentos.

—¿O van a ir al callejón Diagon? —pregunta Axel, al recordar el libro que les ha estado leyendo Roli.

—No, no vamos a los parques temáticos —dice Marco—. Vamos a un centro turístico en busca de D y R.

—¿Y eso qué es? —pregunta Tomás.

—Descanso y relajación —dice Marco entre risas—. A lo mejor algún día ustedes vendrán con nosotros.

Verónica levanta la vista, preocupada.

—Algún día —repite Marco.

Me pregunto si la telepatía de los mellizos está en acción ahora mismo. Tomás tiene cara de amargado y la de Axel no luce mucho mejor. ¿Acaso saben cuándo le caen bien a alguien y cuándo alguien simplemente lo finge? Por lo general, yo lo sé, sobre todo con los adultos. Hay algo en la sonrisa, es como plástica. Más o menos como la cara de Marco ahora mismo.

—Tía —susurro. Ella está acá afuera en el patio conmigo, e intenta arreglar un malentendido burocrático para el estudio. También finge que no los oye. Pero es difícil. Las voces viajan lejos, incluso cuando intentamos no inmiscuirnos—. ¿Crees que lo dice de veras?

Ella se lleva un dedo a los labios para que me calle.

Yo los miro preocupada. Marco juega con sus llaves, deseoso de seguir su viaje.

—Pienso que miente —digo.

Ella se inclina hacia mí.

—No todo el mundo te podrá dar lo que tú quieres de ellos, Merci —susurra tía—. Eso lo aprendí hace mucho tiempo.

—Bueno, entonces, ¿qué tipo de papá es ese?

—Es el que tienen, mi vida. No podemos cambiar a nuestros padres. Ni quiénes son ni en quiénes se convierten. Axel y Tomás tendrán que decidir por sí mismos qué es lo que piensan de él.

Para la tarde, el patio por fin está en silencio. Marco y Verónica se han ido y tía se llevó a los mellizos consigo al estudio.

—Merci, niña, ven acá.

La voz de Lolo me sorprende y, por un segundo, pienso que lo he imaginado. Es más fina y suena distante, pero el sonido de mi nombre es el mismo, tal como lo dice, pronunciando bien la *erre* en Merci.

Cuando levanto la vista, me lo encuentro al otro lado de la tela mosquitera con la señorita Fabiola. Parece que van a salir de paseo en nuestro patio. Le miro los pies. Medias blancas y tenis. Un atuendo aprobado por abuela. ¿Progreso?

—Hola, Lolo —digo, y el corazón me late más deprisa—. Hola, señorita Fabiola.

Ella me saluda con la mano. Hoy tiene ropa quirúrgica, la misma que se pone mami.

—Ah, su nieta —le dice a Lolo, y asiente. Entonces se vuelve hacia mí—: Tu abuelo te quería visitar hoy mientras tu abuela se ducha —dice.

Por lo general, detesto el Alzheimer. Es lo que hace que Lolo tenga días difíciles cuando no se toma su medicina o no se ducha. ¿Y cómo es que no se acuerda de cómo ponerse los cinturones o los cordones? ¿Por qué se enfrasca en esa idea de que se le va la guagua?

Pero a veces, como ahora, puedo vivir con esto. Porque aunque es una enfermedad del olvido que todavía nadie puede curar, a veces también se olvida de sí misma. Sin aviso, se toma unas vacaciones de la mente de Lolo y se va lo suficientemente lejos como para que él pueda estar conmigo unos minutos, casi como era antes.

Los lagartos saltan de la puerta cuando la abro y salgo a unirme a ellos. Le doy a Lolo un abrazo rápido y un besito en la mejilla. Sus rodillas ahora siempre están dobladas, como si estuviera a punto de pegar un brinco, pero por lo demás, parece bastante estable hoy. Tuerto también se escabulle fuera de la casa y, mientras maúlla, se pone a caminar en círculos entre las piernas de mi abuelo. Lolo solía rascarle las mejillas hasta que Tuerto se ponía a ronronear, pero ya no alcanza hasta allá abajo. Yo agarro a Tuerto y dejo que le pase la mano con el gato en mis brazos.

—¿Estás estudiando? —dice.

—Nananina, esta vez no. Hago la lista de lo que tengo que empacar para mi viaje a San Agustín. Es el próximo fin de semana, Lolo. Voy a ir a un viaje escolar.

—¡San Agustín! —dice la señorita Fabiola—. Una ciudad costera tan linda. —Se vuelve hacia Lolo—. ¿Usted ha ido alguna vez de visita, señor Suárez?

Lolo sonríe y mira a la distancia.

—Creo que una vez llevamos ahí a los niños. —Se vuelve hacia mí—. ¿Te acuerdas de eso? Fuimos a la fuente y luego a la playa.

Tía Inés y papi son quienes fueron cuando eran niños. Hay fotos viejas que abuela tiene en un *collage* en su cuarto de costura. Papi y tía delante de la Fuente de la Juventud.

Ignoro eso.

—Voy a ir a la fuente a traerte un poco del agua. ¡A lo mejor te ayuda con las arrugas!

Él acaricia a Tuerto una vez más antes de que el gato se escurra de mis manos.

—Para que yo vuelva a ser joven y buen mozo.

La señorita Fabiola se ríe delicadamente.

—Volvamos a la sombra —dice, y lo lleva hasta un sitio más fresco.

—Oye, mira esto, Lolo —digo, al ver una de nuestras pelotas de fútbol cerca de un arbusto—. Espérame aquí —Tomo la pelota, la dribleo hasta el descampado, en donde él y la señorita Fabiola me pueden ver—. Esta semana en los entrenamientos preliminares de fútbol practicamos la precisión en el pase.

Acuno la pelota con el tobillo. Entonces la lanzo al aire, encuadrando los hombros con el árbol de toronjas al otro extremo del patio. *¡Fuácata!* El balón vuela en un arco hermoso y le da al tronco en el mismo centro.

Lolo agarra fuertemente el mango de su andadora y aguza la vista en dirección al árbol.

—¡Gooooooooool! —dice, con un gorjeo en la voz.

Todo es ligero y alegre. Es como si hubiera marcado un golazo en el campeonato por la Copa del Mundo. Levanto ambos brazos y corro en círculos y luego vuelvo a él para darle el abrazo más fuerte posible. Fuerte, pero suave, para que no vayamos a caernos los dos al suelo.

CAPÍTULO 32

LOS AUTOBUSES YA ESTÁN ENCENDIDOS en el carril de la recogida cuando llegamos al parqueo el viernes por la mañana. Casi no me puedo quedar quieta en el asiento trasero.

—Ponte las pilas, mami —digo—. Allí hay un sitio disponible.

—Relájate —me dice papi—. Llegamos a tiempo.

Me recuesto en el asiento y lo fulmino con la mirada. Ya son las 7:20 a.m. Teníamos que estar aquí hace veinte minutos. Pero Lolo no se sentía bien esta mañana, y mami tuvo que chequear su presión arterial y vete a saber qué más.

¡Y tenía que ser hoy!

—¿Y eso no lo puede hacer la señorita Fabiola cuando venga? —supliqué, mientras mami buscaba su equipamiento médico—. ¡Se van a ir sin mí!

Pero papi me soltó una mirada de advertencia, así que me tuve que volver a sentar y echar humo por las orejas hasta que estuvieron listos. Los dos insistieron en venir a despedirme rumbo a San Agustín.

En serio, creo que papi solo quiere echarles un vistazo a los choferes para cerciorarse de que ninguno tiene pinta de maniático homicida, lo cual es su sospecha más profunda.

Cuando llegamos, los autobuses todavía están ahí, gracias a Dios. Es un mar de pulóveres rojos por todas partes, pero aun así me las arreglo para detectar a mis amigas de inmediato. Están paradas en la cola junto al autobús número tres, en donde nos asignaron..., incluidas Avery y mis amigas del fútbol. La señorita McDaniels camina con un *walkie-talkie* y una tabla sujetapapeles y tacha nombres a medida que la gente llega. El doctor Newman, que no ha hecho nada con respecto a este viaje, hasta donde sé, está ocupado estrechando las manos de todos los padres importantes, lo que explica por qué la mamá de Edna Santos se codea con él y mis padres no.

Tan pronto mami apaga el motor, salgo del carro y arrastro del asiento trasero la bolsa de lona que tomé prestada de Roli. Papi la agarra.

—¿Y aquí qué hay? —pregunta al levantarla—. ¿Un cadáver?

—Meriendas y esas cosas —digo, mientras saco una reserva más pequeña para el trayecto en autobús—. Ponte las pilas, papi. —Cierro la bolsa—. Ya empezaron a subirse.

Me adelanto.

—¡Miren quién viene por ahí! —dice Lena cuando me acerco a ella a la carrera. Sus tenis rojos son casi del mismo color que su falda.

—¿Se te pegaron las sábanas? —me pregunta Hannah.

Le echo un vistazo a papi, que le entrega mi bolsa al chofer para que la meta en el compartimento del equipaje. Mira al tipo con dureza y le presta mucha atención a la etiqueta con su nombre. En cualquier minuto le va a empezar a preguntar desde cuándo maneja.

—No. —Pongo los ojos en blanco—. Eran mis abuelos. Nos necesitaban un segundito.

Edna viene hasta nosotras. Lleva *jeans* ajustados y en la parte baja de su pulóver se hizo un nudo que le cae en la cadera con mucho estilo. Hasta se puso una cinta de pelo roja que le completa el conjunto.

—Qué ganas de salir de aquí.

Por el rabillo del ojo, veo también a Avery y mis amigas del fútbol. Saludo discretamente con la mano, pero supongo que Avery no me ve.

—¡Merci! —Mami y papi vienen hacia mí—. ¿No se te olvida algo? —Mami me da un fuerte abrazo y un besito. Si yo no estuviera aquí delante de tanta gente, hasta le devolvería el abrazo. Pero esas muestras de cariño en público son incómodas.

—Oká, ya se pueden ir —digo—. Me va a ir bien. Nos vemos el domingo.

—No te fíes de ningún desconocido en el hotel —dice papi—. Y no hables en la calle con nadie que no conozcas. Hay sinvergüenzas por todas partes. Mantén tu teléfono encendido y con la cosa de la ubicación. Y...

Mami comienza a halar a papi mientras se despide con la mano.

—Por aquí, mi vida —le dice.

—¿Tú crees que él y mi mamá han estado hablando? —susurra Hannah cuando los vemos alejarse.

Edna se encoge de hombros.

—Olvídense de ellos. Tres días sin padres —dice, y se encamina a la escalera del autobús—. Vamos.

¡Qué viaje tan supercómodo! Casi no sientes los baches en este autobús. Es como si flotaras por encima de ellos, como si estuvieras en un bote o algo por el estilo. Mi asiento tiene hasta su propio control de aire acondicionado, un reposapiés, un portavasos, dos enchufes de USB y también tenemos unas pantallas encima de las cabezas en los pasillos en donde vemos la primera película de la Nación Iguanador. Es la que explica el origen trágico de Jake Rodrigo. Sus padres científicos accidentalmente mezclaron su ADN con tejido de dinosaurio en un experimento que salió terriblemente mal.

Si me lo preguntan, esto es el paraíso. Ni siquiera me importa que nuestros asientos estén peligrosamente cerca de los baños al fondo. Edna montó una pequeña protesta al respecto y paró a toda la cola, pero la señorita McDaniels subió a bordo y apoyó al chofer, que explicó que nadie tiene permiso para hacer «número dos» en el servicio, excepto en caso de emergencia.

Pero para asegurarse, cada vez que alguien se levanta a orinar, Edna cruza el pie delante de ellos en el pasillo y les da una mirada de advertencia antes de abrir el paso.

—¿En serio, Edna? ¿Malas caras conmigo? —pregunta Wilson mientras levanta el pie por encima del de ella.

—Es mejor que malos olores —dice en voz alta—. Acuérdate de las reglas.

—Nada de emisiones anales —murmura Lena, en caso de que haya que repetirlo.

Wilson pone los ojos en blanco y cierra la puerta de acordeón a sus espaldas.

Más o menos a mitad de camino, Avery comienza a caminar por el pasillo rumbo al baño.

Para mi sorpresa, se detiene frente a mi asiento y toma un gusanito de queso de la bolsa que tengo abierta en mi regazo.

—Hola.

—Hola —digo. El corazón me comienza a latir más rápido.

Lena y Hannah levantan la vista, pero en verdad nadie saca conversación. Edna también le echa un vistazo cuidadoso a Avery.

Dos islas diferentes. Decido que voy a intentar unirlas.

—¿Quieres venir al museo pirata con nosotras el domingo? —pregunto.

Toma otro gusanito de queso.

—No puedo. Vamos al Museo Ripley ¡Aunque Usted No Lo Crea! Tienen un Chucky de metal y un set para matar vampiros.

—Oh, guau —murmura Darius. Ha estado escuchando, más o menos hechizado por Avery, desde el otro lado del pasillo.

Siento que Hannah se estremece a mi lado.

De repente, me dan ganas de ir. He hecho un poco de investigación respecto a Ripley y, en lo personal, no me importaría ver a Walt Disney pintado en un frijol o las cucarachas disecadas que han puesto a posar como músicos famosos. Ya sé que la señorita McDaniels nos advirtió que no gastáramos dinero en tonterías, pero ¿quién decide qué es una tontería? En lo personal, pienso que es una tontería visitar un museo para ver una alfombra egipcia de dos mil cuatrocientos años hecha de pelo de gato, pero aun así tenemos la visita al Museo Villa Zorayda en nuestro itinerario, ¿no es así?

—Eso suena divertido —digo.

—Entonces, deberías venir —dice, pero no invita a nadie más. Solo me mira a mí. No dice que todas deberíamos venir.

Siento que Hannah se pone tensa a mi lado. Ha escuchado cómo la han excluido. Al otro lado del pasillo, Edna y Lena también nos miran. Se me suben los colores a la cara mientras me preparo para decir que no.

Pero Avery no espera por mi respuesta. Como de costumbre, ella está en su propia burbuja de *swing*, y ya se aleja de mí rumbo al baño.

—Deberías venir —Hannah la imita en un susurro.

Las cuatro horas del trayecto por carretera se nos van en nada. Antes de que nos demos cuenta ya estamos conglomerados frente al hotel Country Inn & Suites. Esperamos en el parqueo mientras la señorita McDaniels y la señora Wilkinson nos hacen el *check-in*. Al pestañear ante el sol del mediodía, veo que este pueblo no se parece en nada a West Palm Beach, aunque está en la Florida. Hay grandes robles con musgo español que cuelga de ellos como telarañas. Los edificios lucen más viejos, las calles son más estrechas.

Cuando la señorita McDaniels regresa, nos entrega mapas del distrito histórico, pases de tranvía y nuestras llaves del hotel. Entonces nos dan los sermones y las advertencias de rigor. Las llaves a buen resguardo. Manténganse en grupos. Blablablá.

—Y lo más importante —dice la señorita McDaniels—, recuerden que ustedes representan a la comunidad de nuestra escuela. Esperamos voces bajas y excelentes modales, por favor. —Se mira el reloj—. Tenemos un calendario apretado. Vayan a sus habitaciones, lleven sus cosas y pónganse cómodos, damas y caballeros. El almuerzo es exactamente en veinte minutos, y después de eso saldremos inmediatamente a nuestro primer *tour*. Llegar tarde es inaceptable.

Nos ponemos las pilas.

Es difícil cargar con mi bolsa de lona escaleras arriba, pero no tengo paciencia para esperar por el elevador. Cuando llegamos a nuestra habitación, sudando a mares y con el aliento cortado, Hannah y Edna juegan a roca-papel-tijera para ver con la llave de quién entramos. Edna gana y mueve la tarjeta plástica delante del sensor.

—Es un palacio —digo tan pronto entramos.

La habitación es el doble del tamaño que la mía en casa. Tiene un escritorio y una cómoda silla de piel, además de dos camas dobles, del tamaño de la de mami y papi, perfectamente tendidas.

Edna abre las cortinas de par en par y se asoma afuera.

—¿Me quejo respecto a la vista? —pregunta—. Nuestra ventana no da a la piscina.

—¡Los jabones aquí tienen forma de limones! —grita Hannah desde el baño.

—Y la tele funciona —digo y hago clic y luego *zapping* en la pantalla descomunal.

—Todo eso lo podemos ver luego —dice Lena, y deja caer su bolsa al suelo—. Me muero de hambre y el almuerzo es en unos minutos.

Pongo mis cosas junto a las de Lena y voy al baño, ya que aguanté las ganas durante todo el trayecto para no tenerle que oír las advertencias a Edna. Afuera en el pasillo, se oyen conversaciones en voz alta y risas de todas nuestras habitaciones. (Olvídense de lo de hablar en voz baja). La puerta de la habitación de Avery está abierta justo al lado de la nuestra. Adentro, saltan en las camas como si fuesen trampolines. Una niña llamada Alicia DeSilva, del equipo de *hockey* de campo, se queda con ellas ahora.

Me detengo un momentito en la puerta mientras Hannah y las demás siguen rumbo a los elevadores.

—¿Vienes? —pregunta Lena al mirar atrás.

—Un segundo. —Meto la cabeza rápidamente dentro de la habitación de Avery—. Oigan. ¿Quieren que les guarde un asiento afuera?

Avery y Mackenzie se detienen en medio de un brinco, con las caras rojas.

—Ya vamos —dice Avery, y luego me lanza una almohada, entre risas, antes de dejarse caer de fondillo en la cama.

—¡Merci! —grita Lena al fondo del pasillo.

—¡Ya voy! —Corro por el pasillo alfombrado. Más adelante, Hannah finge que es la Mujer Maravilla al abrir las puertas a todo lo ancho para mí.

Abajo, un cartel que dice BIENVENIDA, CLASE DE OCTAVO GRADO DE LA ACADEMIA DE SEAWARD PINES nos conduce a un patio de ladrillos en donde dos mesas grandes de las de banquetes están amontonadas con cajas de almuerzo para nosotros. Wilson ya está en la cola. Cuando nos ve, Darius, que se quema al sol con mucha facilidad, señala a la mesa de pícnic que reservó para nosotros en la sombra.

Yo cojo una caja que dice Jamón y queso y luego doy un paseíllo hasta la piscina para echar un vistazo. Hay niños chiquitos que chapotean en la parte baja con máscaras de buceo baratas. Un chapuzón frío será la respuesta perfecta a este calor del mediodía. Noto que una ranita ha saltado a la piscina, pensando que encontró un estanque. La pobrecita no va a sobrevivir mucho rato al cloro o se va a ahogar cuando no pueda salir. Pongo mi caja en el piso para ejecutar un rescate.

—La natación es esta tarde —dice la señorita McDaniels, que se me acerca con las gafas de sol en la cabeza—. Primero hay otras aventuras. El tiempo vuela, Merci.

—Tenemos una emergencia anfibia, señorita. —Me acerco a la piscina—. Usted no querrá la muerte de una rana en su conciencia, ¿no es así?

Ella arruga la nariz y se estremece con un escalofrío.

—Vete a comer. Yo encontraré una red.

Así que me siento al lado de Darius y los demás en la mesa de pícnic. El musgo español es tan largo que casi nos cae encima del pelo.

—Guarda cuatro asientos para Avery y las demás —le digo—. Ya vienen.

Darius parece que se va a desmayar.

—Ay, Dios mío. ¿Aquí?

—Yo no sé ni por qué pierdes tu tiempo con ella —me dice Edna mientras abre su caja de almuerzo. Abre la envoltura del absorbente de plástico con los dientes—. Sin ánimo de ofender, tú apenas le caes bien a ella.

Fulmino a Edna con la mirada. ¿Y qué sabe ella, precisamente, de lo que es ser amigas?

—Eso no es verdad —digo. Pero la cara me arde y me pregunto si es cierto.

¿Acaso Avery no debía haber intentado rogarme que reconsiderara cuando rechacé la oferta de quedarme en el cuarto de ellas? Eso es lo que yo hago cuando de veras quiero que Hannah y Lena hagan algo que a ellas no las vuelve locas. O sea, es un poco como Marco y los mellizos, ¿no es así? Él está ahí, pero no es todo lo entusiasta que debería ser si de veras los quisiera.

—No empecemos —dice Hannah.

—Amén —añade Lena.

—Yo solo decía... — dice Edna.

—Bueno, pues no —le espeto.

Las niñas del fútbol bajan unos minutos más tarde. Trato de llamarlas con la mano, pero supongo que Avery no me ve. En lugar de sentarse en una mesa, agarran sus cajas de almuerzo y se sientan en una tumbona cerca de la parte honda de la piscina.

Edna me clava una mirada de «te lo dije» y da su primer mordisco.

No nos decimos mucho más durante el resto del almuerzo.

CAPÍTULO 33

LOS GUARDAPARQUES DEL CASTILLO de San Marcos, que llevan sombreros de tres picos y chaquetas de un azul brillante encima de sus chalecos rojos, nos demuestran cómo disparar los cañones. Sus disfraces deben de ser una tortura en este calor, incluso peores que los uniformes de la banda de música de nuestra escuela. Mientras habla nuestro guía, se limpia constantemente el sudor de la frente. Todos estamos inquietos a la espera del gran *buuum*, pero hacen falta un millón de pasitos para encender uno de esos armatostes.

—¡Fuego! —grita por fin el comandante. Se oye un profundo *buuum* y sale un poco de humo.

Todos nos quedamos quietos durante un segundo, sin que nos haya impresionado ni un poquito.

—¿Y eso es todo? —dice Wilson, decepcionado.

—Eso mismo digo yo, ¿no es así? —susurro, mientras aplaudo con pocas ganas.

Una brisa sube de la bahía cuando nos vamos, por suerte. Seguimos a la señorita McDaniels y a la señora Wilkinson hacia la parada del tranvía. Nuestro itinerario dice que todavía tenemos que ver la cárcel más antigua, una escuela de una sola aula y luego la universidad Flagler College.

La señora Wilkinson nos señala un roble torcido cerca de nosotros.

—¿Alguien ha notado algo raro con respecto a este árbol? —Lo raro es que una palma le crece desde el tronco.

—Son árboles enamorados —nos dice—. Según la leyenda, si una pareja se besa aquí, se queda enamorada para siempre. Hay varios de estos especímenes en la ciudad. ¡Presten atención a ver si los ubican!

Lena se ajusta los espejuelos.

—Este tipo de árboles ocurren cuando una semilla de un árbol de una especie cae en una grieta del tronco de otro árbol —dice.

Pero nadie le hace caso. Unos cuantos niños comienzan a soltar risitas y a imitar los sonidos de los besos. Yo no me atrevo a mirar a Wilson, por si acaso él sabe leer mentes.

El tranvía llega en ese momento y nos subimos. Pero unos segundos más tarde, cuando avanzamos con el traqueteo del carro, me pregunto si a lo mejor Lolo y abuela se besaron bajo uno de estos árboles años atrás cuando trajeron aquí a tía y a papi. Yo sé que hay una explicación lógica para los árboles enamorados, pero también me gusta pensar en la magia.

Todavía me lo pregunto un poco más tarde cuando caminamos por Treasury Street, la calle más estrecha de todo el país. Es incluso más angosta que el pasillo de nuestra escuela. Se supone que sea lo suficientemente ancha para que por ahí pasen dos personas que cargan entre ellas un cofre con un tesoro. Wilson y yo lo intentamos y usamos a Darius de cofre.

—Mejor intenta esto, asere —me dice Wilson. Pegamos las espaldas a los edificios a ambos lados de la calle y estiramos los brazos el uno hacia la otra a ver si nuestros dedos se tocan.

Y se tocan, cosa que me gusta.

Al rato, llegamos a Flagler College y al final de la jornada. Es un sitio superelegante donde estudiar, ténganlo por seguro, incluso más lujoso que Seaward Pines. Dentro de la rotonda, parece como si Hogwarts fuera real. Los pies me palpitan y el pulóver se me pega a la piel mientras caminamos a paso lento detrás de un muchacho, más o menos de la edad de Roli, que nos cuenta cómo Henry Flagler, el supuesto padre de la Florida, construyó este sitio para que fuese un hotel de lujo.

Levanto la cabeza y miro los techos curvados y toda la madera oscura mientras el tipo habla que te habla, y me pregunto cómo exactamente alguien se convierte en un Henry Flagler. O sea, él era un hombre de negocios, como papi, pero no parece que sea lo mismo. ¿Qué es lo que hace que una persona se haga muy rica y construya hoteles, carreteras e iglesias mientras que hay otros que no pueden dejar de trabajar? ¿Es suerte, inteligencia, más oportunidades o qué? A lo mejor te tienes que codear con gente rica, tal como hizo Flagler. Echo un vistazo alrededor a los niños en este viaje. Me pregunto si serán Flaglers o si acaso lo seré yo. ¿Quién tiene más probabilidades?

Para el momento que terminamos el *tour* —el último que ofrecen en el día— el sol ya comienza a ponerse. Andamos a paso lento con pies ampollados hasta el restaurante en nuestro itinerario, donde nos sentamos en mesas largas y compartimos *pizzas* hechas al horno.

Pero, de hecho, la mejor parte del día es la que viene al final de todo.

De vuelta en el hotel, tenemos permiso para meternos de noche en la piscina, tal como dijo la señorita McDaniels. Todas las madres y niñitos que estaban antes ahí ya se han ido, y ahora solo quedan dos parejas que conversan en el *jacuzzi*, el cual, de todos modos, no nos permiten usar. Nuestros chaperones nos vigilan desde los divanes, mientras beben té con hielo y revisan sus teléfonos.

La mayoría de los varones están al otro lado de la piscina y juegan a Marco Polo. Avery y otro montón de niños juegan al voleibol acuático, con una pelota de playa que alguien encontró flotando en la parte honda. Hannah, Lena, Edna y yo nos turnamos para pararnos de cabeza debajo del agua, a ver quién dura más tiempo. Después, nos tomamos de las manos y flotamos de espaldas, fingiendo que somos nadadoras sincronizadas. Aunque sea difícil de creer, yo nunca he estado en una piscina de noche. Gustavo no nos deja nadar en la piscina del condominio después de que oscurece. Me gusta lo diferente que es esto, cómo todo parece un poco mágico, con el brillo de las luces de los postes, aunque solo estamos en octubre.

Acostada bocarriba, escucho los sonidos amortiguados de la risa de la gente a través del agua. Las nubes se mueven y tapan la Luna y las ramas de los árboles parecen los dedos de una bruja con el cielo de fondo. De repente, alguien me agarra por debajo del agua y me hunde de un jalón.

—¡Tiburón! —dice Wilson y se ríe cuando los dos escupimos y chapoteamos en la superficie.

—¡Fresco! —le digo, pero no estoy ni un ápice de brava. Wilson también luce diferente en la piscina de noche. Como si no fuéramos la Merci y el Wilson comunes y corrientes de todos los días.

—Diez de la noche —grita la señora Wilkinson—. Hora de salir de la piscina, por favor. Y recuerden que las luces tienen que estar apagadas en sus habitaciones para la medianoche. Mañana será un día largo, ¡y les hará falta el descanso!

Wilson me mira y pone los ojos en blanco.

—Oká... —dice. Él y Darius mantienen su plan de ver todas las películas que trajeron consigo.

Yo salgo del agua rápido y me envuelvo en una toalla de las que están amontonadas en los contenedores del servicio de limpieza. Wilson sale de la piscina después de mí y se sacude el pelo como si fuera un perro. Yo me amarro la toalla más fuerte, por la vergüenza de mostrar mi cuerpo en trusa, como decimos los cubanos a un bañador, aunque todos tienen uno puesto.

Wilson y yo nos sentamos y tiritamos de frío en el aire fresco de la noche, a la espera de que salgan los demás de la piscina. Él se pone su aparato del pie mientras yo voy a buscar mis chancletas. Entonces, cuando nuestros amigos se han secado, regresamos a nuestras habitaciones en manada.

Más tarde esa noche, estoy en la cama con Lena y comemos palomitas de maíz mientras jugamos otra ronda de «¿Y tú qué prefieres?», cosa que Hannah juega siempre que hace de niñera. ¿Prefieres tener un perro o un gato? ¿Prefieres ser invisible o ser muy fuerte? ¿Prefieres comer hamburguesa o *pizza*?

—¿Prefieres estar con un grupo o sola? —pregunta Lena.

—En grupo, por supuesto —dice Hannah—. De veras detesto estar sola.

—Eso es porque no tienes unos irritantes primos a tu alrededor —digo.

—Creo que eso depende —dice Lena—. Estar a solas puede ser muy agradable.

Todas nos lamemos los dedos llenos de mantequilla y pensamos en eso cuando de repente escuchamos unos golpecitos a través de la pared. Miro mi reloj. La una de la mañana.

—¿Oyeron eso? —pregunto.

Vuelve a sonar. Tiene el ritmo de «pan con bistec, bistec, bistec» que nos enseñó nuestro maestro de la banda de música.

Pego la oreja a la pared entre nuestra habitación y la de Avery y asiento con la cabeza. Entonces lo replicamos y esperamos. Ellas tocan de vuelta con un patrón más complicado y también lo replicamos. Hasta Edna, que por lo general es tan amarga con respecto a Avery, se presta para eso. Tengo que admitir que esto me alivia un poco. Avery no comenzaría un juego de tocar en la pared si no le cayéramos al menos un poquito bien, ¿no es así? ¿A lo mejor esto es como una bandera de la paz?

En fin, que tocamos en la pared a uno y otro lado hasta que por fin al rato nos descubre una chaperona que nos pide que paremos porque estamos «perturbando la paz» y ya pasó la hora de irnos a dormir.

Son las dos de la mañana para el momento en que por fin los ojos me empiezan a pesar. No tengo nada de casa aquí: ni los ronquidos de Roli ni las peleas nocturnas de Tuerto con el cordel de las persianas. Las sábanas no huelen para nada a lo que estoy acostumbrada. Todo es suave y bueno.

Escucho la respiración de Lena junto a mí hacerse cada vez más profunda y noto cómo la tonta máscara de satén que usa Edna para dormir refleja el brillo de la Luna. Hannah se aferra fuertemente a su osito de peluche.

Es difícil creer que tan solo esta mañana yo estaba en casa viviendo mi aburridísima vida.

¿Preferirías estar aquí o en casa?, pienso mientras me empiezo a quedar dormida.

Aquí mismo, decido. Quiero que esto dure para siempre.

CAPÍTULO 34

—¡DIJISTE QUE IBAS A PONER LA ALARMA! —me espeta Edna.

—Se me olvidó volver a poner el sonido en mi teléfono —digo—. Nos dijeron que los pusiéramos en modo silencioso en Flagler College, ¿te acuerdas de eso?

Todas nos hemos despertado de un tirón gracias a que la señora Wilkinson nos tocó a la puerta para ver qué pasaba con nosotras. Ahora corremos por la habitación mientras intentamos alistarnos. Se nos pegaron las sábanas y ahora tenemos menos de diez minutos para asearnos, vestirnos y desayunar antes del *tour* de hoy.

Me lanzo debajo de la cama en busca de mis zapatos. También tengo que orinar... con urgencia.

—Edna, por favor, tengo que iiiiiir al baño.

—Bueno, yo no puedo salir por ahí con un nido de ratas en la cabeza, Merci —dice ella mientras se adueña del espejo del baño.

—Usa el de la puerta del clóset —le dice Lena con la boca llena de pasta dental. Se cepilla los dientes junto a Hannah en el lavabo del minibar.

No sé cómo nos las arreglamos, pero bajamos en nuestros mugrientos pulóveres rojos justo en el momento en que la gente comienza a hacer la cola para irnos. El olor a sirope y tocino en la cola del bufet me hace la boca agua. No tengo tiempo para hacer un panqueque hoy, así que agarro un montón de tocino y me lo zampo tan pronto como puedo mientras los demás niños comienzan a caminar rumbo a la parada del tranvía. Si mami me viera engullir comida de este modo, le daría un patatús.

—Ah, caramba —murmuro mientras me limpio las manos grasientas en el pulóver—. ¡Se me quedó el teléfono arriba en la mesita de noche!

—No hay tiempo para ir a buscarlo —dice Lena al meterse un platanito en el bolsillo.

—Pero no voy a poder sacar fotos sin él. —Echo un vistazo alrededor.

Todos ya se están subiendo al tranvía. La señorita McDaniels ha empezado a pasar asistencia.

—Puedes tomar el mío prestado para eso —dice—. Vamos.

Corremos para alcanzar al grupo y nos subimos al tranvía. Es raro no tener mi teléfono ni mi cámara. Es como si me faltara una parte del cuerpo. Como si algo anduviera muy mal.

El faro de San Agustín tiene pinta de que podría ser divertido, de un modo algo espeluznante. En el viaje en tranvía, todos hablaban de si el faro está poseído por los fantasmas de tres niñas que murieron en la propiedad hace muchísimo tiempo. Se ahogaron en un accidente de carruaje, y ahora vagan por ahí entre risitas y juegan a las escondidas estilo fantasma.

Sin embargo, no me da miedo cuando alzo la vista. Todo ese remolino blanco y negro es lindo con el contraste del cielo azul al fondo.

—¿A quién le gustaría subirlo? —pregunta la señorita McDaniels. A todos se nos permite escalar hasta la cima, ya que medimos más de cuarenta y cuatro pulgadas—. Recuerden que tiene doscientos diecinueve peldaños.

Se alzan muchas manos, incluida la mía. Pero cuando vuelvo la vista, veo que Hannah, Lena y Edna no tienen las manos en alto. En vez de eso, están apiñadas y miran el folleto turístico del faro.

—¡Oigan! —digo—. ¡Vamos a subirlo!

—Nada de fantasmas para mí, gracias —dice Hannah.

Lena señala una descripción en medio del folleto.

—Quiero ir a ver la demostración de cómo construir botes de madera —dice—. Mi papá tenía en planes hacer uno.

—¿Tú no les tendrás miedo a los fantasmas también? —le pregunto a Edna.

—No seas ridícula. Lo que pasa es que ya he subido a bastantes faros. ¿A quién le hace falta subir a otro más? Voy a hacer el paseo arqueológico marítimo.

Así que, ¿subo sola?

Todavía intento decidir qué hacer cuando noto que Avery se une al grupo del faro. A lo mejor puedo ir con ella.

—Oká, bueno, yo voy a subirlo. Nos vemos después en el parque de diversiones —digo, y señalo a la estructura para escalar con forma de barco pirata en la que juegan unos niñitos.

Me vuelvo hacia Hannah y las demás, pero ya atraviesan el césped en busca de sus nuevos grupos.

—Vamos, asere —dice Wilson y me alcanza al trote mientras camino rumbo a la cola—. A mí no me asustan los fantasmas.

Me habría gustado que Edna me hubiese dicho que el espacio dentro de los faros es muy estrecho.

También hay algo raro respecto a esta escalera circular. Me hace sentir como si estuviera dentro de una concha, con espirales cada vez más y más estrechas.

La escalada es superfácil al principio, pero después de más o menos noventa escalones, comienzo a moverme un poco más despacio en los peldaños de metal y siento que el corazón me late más rápido en el pecho mientras el aire se pone más espeso.

Me asomo al borde para ver cuánto he subido, pero no es esa la mejor de las ideas. Las losas blanquinegras del suelo, como un tablero de ajedrez allá abajo, hacen que el estómago me dé un vuelco, aunque, en verdad, también podría ser el tocino o este calor, que aumenta en la medida en que subimos.

Sube, sube, sube, me digo a mí misma.

Avery, que está justo delante de mí, no ha parado de contar los peldaños.

—Ciento seis, ciento siete, ciento ocho…

Madre mía, ni siquiera vamos por la mitad y ella suena como si no tuviera el cansancio más mínimo. A mí, en cambio, las pantorrillas me están trinando.

—Abran paso —grita alguien. Otro grupo baja. Solo dos personas caben cómodamente lado a lado, así que me pego a la pared para dejarlos pasar, agradecida de que puedo hacer una pausa de un segundo y de que estoy pegada a la pared del faro en vez de al pasamanos con la vista del profundo precipicio.

Entonces oigo a alguien quejarse como un espíritu:

—Uuuuuh, quiero jugar a las escondidas...

Risas.

Me agarro fuerte de los pasamanos a ambos lados y deseo que dejen de hacer eso.

A mis espaldas, Wilson también ha disminuido un poco la velocidad. En verdad, no se me ocurrió que la subida iba a ser un poco más difícil para él y tal vez a él tampoco se le ocurrió.

—¿Qué tal si paramos aquí? —digo al ver un banco en uno de los descansillos. También hay una ventana que deja que entre algo de aire.

Wilson no se opone.

—Juega a las escondidas conmigo... —grita una vez más la misteriosa voz.

—Sería tétrico si de verdad hubiera niñas muertas aquí —dice, y se limpia el sudor de la cara con el pulóver—. ¿Crees que es verdad?

Pienso en Roli, que se burla de cualquier cosa sobrenatural.

—No —digo, pero luego añado—: A lo mejor. ¿Qué piensas tú?

Wilson se encoge de hombros mientras escuchamos los gritos de alegría de los niños que iban delante de nosotros y ya han llegado a la cima.

—Los muertos tienen que ir a alguna parte. ¿Por qué no a un faro?

—Vamos —digo.

Subimos el resto del trayecto hasta llegar al mirador, que está justo debajo del cuarto del lente. Un montón de niños ya se recuestan en el pasamanos rojo y señalan todo cuanto ven a millas de distancia.

Avery parece estar a cargo, como de costumbre.

—Miren eso —le dice al grupo—. Creo que lo de allá es Flagler College—. Señala en otra dirección—. ¿Y aquello no es nuestro hotel?

Me gusta sentir el aire fresco en la cara, pero, madre mía, estamos bien alto y eso hace que me tiemblen las piernas. A lo mejor me lleva el viento. El faro parece moverse bajo mis pies. No me puedo hacer mirar hacia donde ella señala.

Mantengo los ojos fijos en Avery y finjo que todo anda normal, pero el ojo me empieza a volverse hacia adentro, tal como sucede siempre que estoy nerviosa. Intento obligarme a dar un paso hacia ella, pero no importa lo mucho que me esfuerce, no se me mueven los pies. Sé que no me voy a caer, ¡que hay un pasamanos! Aun así, no me desprendo de la idea de que estoy en arenas movedizas.

—¿Y a ti qué te pasa, Merci? —dice Avery al volverse hacia mí—. ¿No me vas a decir que tienes miedo, verdad? —Mackenzie y las demás niñas que están con ella se vuelven a mirarme.

—No —digo, aunque mis rodillas están lo suficientemente débiles como para doblarse—. Mi estómago...

—Bueno, no vomites desde aquí arriba. ¡Ugh! —dice Avery, con una sonrisa, mientras el pelo largo le ondea al viento—. ¡Le darías a la gente allá abajo!

Mackenzie y las demás se ríen. Unos cuantos varones que la escuchan se ponen a hacer arcadas, como si vomitaran, lo que me aprieta el estómago incluso más. De repente, tengo miedo de que realmente *voy* a vomitar, ¿y entonces qué? ¡Tremenda vergüenza!

Wilson, que ha estado tomando fotos de la vista, se vuelve hacia mí.

—¿Estás bien?

—Nos vemos en el parque de diversiones —murmuro, con la boca que se me agua incómodamente.

Y entonces soy yo quien es un fantasma.

El resto del día resulta ser mejor cuando hacemos el *tour* de diferentes lugares. En George Street, me como una paletilla fría que parece que me alivia el estómago. También le compro a mami un globo de nieve de San Agustín. De repente, me dan ganas de hablar con ella, tal vez solo para decirle que me sentía un poco mareada. Pero no puedo. Mi teléfono está en mi habitación, y no quiero pedirle prestado a nadie el suyo para llamar a mi mamita como si fuese una bebé.

De cualquier modo, cuando por fin llegamos de vuelta a la habitación en la tarde, es hora de prepararnos para nuestra cena independiente. Agarro mi teléfono y veo que tengo cuatro llamadas perdidas. Todas son de mami. A lo mejor tenía telepatía materna y sabía que no me sentía bien. Sin embargo, no ha dejado mensajes, así que probablemente solo quería saber cómo estaba, por puro hábito.

Tengo el primer turno en la ducha, así que no le devuelvo la llamada. Y después, mientras espero a las demás, me ocupo en descargar todas las fotos que me envié desde los teléfonos de otra gente. Edna es quien más se demora para alistarse, por supuesto, y cuando sale del baño, la habitación entera huele a espray corporal de Tropical Delight.

—¿Dónde está tu pulóver rojo? —pregunto.

Todas estamos limpias, pero tenemos que ponernos nuestros pulóveres sucios.

Edna se pone de perfil y señala a su cartera. Es nuestro pulóver que lo ha reciclado en una bolsa. Tiene flequillos, un nudo en el fondo y las mangas han sido recortadas para convertirse en correas.

—¡Dios mío, me encanta! —dice Hannah, que viene a verla de cerca.

—La señorita McDaniels te va a cantar las cuarenta —le advierto.

—¿Por qué? —dice Edna—. Lo llevo puesto, solo que no como pulóver.

—En teoría, es un buen argumento —dice Lena.

—¡Es que tenemos que hacer esto en el taller de manualidades! —dice Hannah—. Enséñame a hacerlo.

Y así es como todas acabamos con bolsas a juego. Cuando terminamos de recortar y hacer nudos, posamos frente al espejo del clóset y nos tomamos una foto que Edna sube a su Insta.

Entonces les avisamos a nuestros chaperones que vamos al restaurante de hamburguesas que escogimos.

Todo es perfecto durante la cena, y no solo porque la hamburguesa es grasienta como a mí me gusta y las papas fritas crujen por fuera y son suaves por dentro. Es porque tan solo somos nosotras y nadie me dice que tengo que pedir algo más saludable. Es porque yo misma calculo la propina para la camarera con la calculadora de mi teléfono, y me cercioro de no ser tacaña. Es porque tan solo estamos aquí por nuestra cuenta y la pasamos bien sin adultos que se pongan a darnos órdenes.

Estamos a punto de terminar el postre cuando recibo un texto. Al principio, pienso que va a ser mami de nuevo, pero es del teléfono de Avery.

> ¡¡¡Secreto de Estado!!! ¡Nos vemos a las 10 p.m. cerca de la piscina! ¡Vamos a jugar a las sardinas!

A mí me encanta ese juego de las escondidas, en donde encuentras a la persona y te metes también con ella en su escondite. Esto va a ser divertido en la oscuridad y en un sitio que en verdad no conocemos.

Espero que los teléfonos de las demás empiecen a sonar de un momento a otro, pero, luego de un par de minutos, me doy cuenta de que no recibirán el mensaje. No vibra ni suena ningún teléfono de las demás. Ni en un minuto ni en cinco, ni siquiera en veinte cuando caminamos de vuelta al hotel.

Durante todo el trayecto me pregunto por qué Avery extirpa a Lena, Hannah y Edna, como una cirujana. Tampoco es que ellas no sepan cómo jugar a las escondidas en reverso. Pero obviamente, no las han invitado.

No sé qué hacer.

Regresamos a nuestra habitación del hotel poco después de las nueve. Edna saca su pintura de uñas y ofrece hacernos mani-pedi, cosa que a Hannah le encanta, sobre todo ya que Edna trajo un esmalte de brillantina dorada. Lena se acurruca en la silla de cuero con su libro en espera de su turno y yo me acuesto y pongo una película que ya he visto un montón de veces. Todavía pienso y me preocupo. ¿Por qué no las invitaron? Sería tan divertido con todas nosotras.

Cuando dan las diez, tomo mi decisión. Voy a bajar, tan solo para ver quién está ahí, y a lo mejor ver si Avery se equivocó o si acaso no tenía el teléfono de todo el mundo.

—¿A dónde vas? —pregunta Hannah cuando me pongo los zapatos y voy a la puerta.

—Acabo de recordar que le tengo que decir algo a Avery. Es de fútbol.

Edna, que se soplaba las uñas, levanta la vista y me mira fijamente.

Mentirosa, escucho en mi cabeza.

—Regreso en un ratico. —Pongo mi teléfono en modo silencioso y cierro la puerta a mis espaldas.

En el pasillo, pego la oreja a la puerta de Avery, pero ahí hay un silencio total. Tampoco hay nadie en el pasillo, así que me escurro más allá de la puerta de la chaperona y bajo por las escaleras de atrás. Y en efecto, mis amigas del fútbol ya me esperan cerca de las arecas, junto a otros ocho niños a quienes no conozco muy bien. Me sorprende ver que Wilson está aquí. ¿Lo invitaron? Tan solo verle me hace sentir mejor, pero ¿y dónde está Darius? ¿A él también lo dejaron fuera?

—¿Y dónde están los demás? —me pregunta.

Me encojo de hombros.

Los ojos de Avery brillan con la diversión.

—Oká, yo seré la primera en esconderme. Cierren los ojos. —Esperamos cinco minutos y luego salimos a buscarla. Quien la encuentre se meterá en el escondite de Avery con ella hasta que al final solo quede una persona que busque.

—Cuidado con los chaperones —advierte Lindsey. Entonces nos desperdigamos y empieza la búsqueda.

Pasan casi diez minutos hasta que todos estamos detrás de los contenedores de la lavandería, entre risitas. No voy a mentir. Esto es muy divertido. Wilson es el último en encontrarnos, así que él es a quien le toca esconderse ahora.

Esperamos, contando los minutos, y entonces salimos en su busca. La mayoría de la gente se encamina hacia el hotel, pero todos los fanáticos de Jake Rodrigo saben que a él le gustan los espacios al aire libre.

Merodeo lentamente por la piscina. Después reviso cerca del *jacuzzi* y luego me fijo en el roble alto. Pero es bastante oscuro por ahí, y las ramas parecen las manos de una bruja. Pienso, de inmediato, en los árboles enamorados.

Me acerco a hurtadillas.

—¡Anjá! —digo.

Wilson levanta la vista desde donde está acurrucado cerca del pie del árbol, haciéndose el muerto como una zarigüeya.

Pero entonces sonríe.

—¡Sio! —Me hala hacia él—. Que nos van a descubrir.

Nos acurrucamos juntitos y bien apretados e intentamos no reírnos.

El corazón me late en los oídos de los nervios cuando lo siento cerca de mí. Me gusta estar aquí, escondida en la oscuridad con Wilson. Espero que no nos encuentre nadie. A lo mejor esto era en lo que pensaba Avery con Clayton debajo de las gradas del estadio. ¿Acaso sería tan terrible si Wilson y yo nos besáramos y nadie nos viera? ¿Y nadie pudiera contarlo?

De repente, oímos más voces alrededor de la piscina. Sin embargo, son muy ruidosas. Wilson se lleva los dedos a los labios y se me acerca incluso más.

—¡Merci Suárez! Si estás escondida, sal de una vez, por favor.

La voz de la señorita McDaniels es un jarro de agua fría en mi espalda.

Wilson y yo nos miramos aterrados. Nos hemos ganado detenciones de por vida, estoy segura.

—¡Merci Suárez! —Su voz es mucho más alta ahora—. Sal ahora mismo si estás escondida, por favor.

Por el rabillo del ojo, veo que los niños con quienes jugábamos corren en desbandada rumbo a las escaleras. Avery es quien más rápido se escabulle.

Pero Wilson y yo tendríamos que atravesar por el área de la piscina para llegar a las escaleras.

—¡Merci Suárez!

—No hay escapatoria, asere —me susurra Wilson.

Trago en seco y salgo a la luz de los postes eléctricos.

—Aquí estoy, señorita —digo.

Para mi alivio, Wilson sale y se para a mi lado un segundo más tarde.

—Yo también estoy aquí. Tan solo jugábamos a las sardinas, señorita McDaniels —dice—. Eso es todo.

La señorita McDaniels está en el área de la piscina y tiene puesto un pijama de seda y una bata a juego. No le puedo leer la cara, pues pestañea y suspira profundamente.

—Nos ocuparemos de ese asunto en otro momento —dice—. Ahora mismo hay otras cuestiones.

Ahí es cuando noto que la señorita McDaniels no está sola. Lena, Hannah y Edna le siguen los pasos, con caras de asustadas. Pero hay alguien más con ella que me sorprende incluso más.

—¿Mami?

Hay una pausa en la que nadie dice nada.

—Ven conmigo, Wilson —dice la señorita McDaniels—. Niñas, regresen a su habitación.

Lena, Hannah y Edna se dan la vuelta lentamente, pero todas se vuelven a mirarme con preocupación mientras se van.

Mami cruza el área de la piscina y viene a mi encuentro.

—Intenté llamarte —dice mami cuando llega a donde estoy. Su voz suena cansada, baja—. Cuando no respondiste, decidí que era mejor venir a buscarte de inmediato.

Siento espinas en mi interior. ¿Ha venido hasta acá tan solo para ver si estoy bien? ¿Eso es lo que pasa cuando no contesto el teléfono? Me quedo ahí parada e intento entender esa idea ridícula.

—Estoy bien. Dejé mi teléfono en la habitación por error, eso es todo. No tenías que venir hasta aquí para ver si estoy bien.

Mami me toma las manos.

—No vine para ver si estás bien —dice—. Vine para llevarte a casa.

Nada tiene sentido mientras la miro fijamente.

—¿De qué hablas? —digo—. Estoy en un *viaje escolar*.

Los labios de mami empiezan a temblar. Apoya su frente en la mía.

—Es Lolo —susurra.

CAPÍTULO 35

LAS COSAS MALAS PUEDEN OCURRIR, incluso cuando no se supone que ocurran.

Ocurren cuando estás lejos y no las esperas. O cuando te ríes con tus amigos en el mejor viaje de la historia. O cuando juegas a las sardinas y deseas un beso.

Incluso ahí. Algo muy, muy malo te puede encontrar. Y cuando te encuentra, es el peor tipo de sorpresa.

Mami hace lo mejor que puede por llevarme a casa a tiempo. Conduce con las ventanillas bajadas, para mantenerse despierta. Pone la radio a todo volumen.

En todo el trayecto de vuelta a casa, mantengo los ojos en las luces de la carretera y en las estrellas en lo alto mientras vamos a toda velocidad por la I-95. El pelo se me despeina con el aire y los oídos me retumban con el sonido del viento que repite una y otra vez todas las palabras médicas que mami usó esta noche para explicar algo que todavía no logro entender.

Desmayo. Hospital. Infarto hemorrágico.

Papi nos espera en la oscuridad en los escalones de la entrada, a pesar de que son las tres de la mañana. Veo su silueta en la tenue luz que viene de la cocina de abuela.

Se pone de pie, pero al verme, los hombros parecen derrumbársele, y respira en grandes bocanadas de aire.

Al final, no importó cuán rápido manejó mami, no fue suficiente. La sangre que se derramó en el cerebro de Lolo fue más rápida.

Murió antes de que yo tuviera la oportunidad de aguantarle la mano y decirle adiós.

Tuve que pedir prestados los zapatos de tía para el funeral. Me dificultaban el ponerme de pie cuando la gente venía a darnos el pésame. Gustavo y Zenaida. El señor Humberto y los amigos de Lolo de la panadería, uno por uno. La señora Magdalena. Vi a Lena con su papá y a Hannah y Edna, que vinieron con el señor y la señora Kim. Wilson y su mamá también estaban ahí. Se sentaron con la señorita McDaniels.

Había un mal olor a claveles. Papi se inquietaba en ese traje ajustado. Los ojos de tía estaban inflamados y hablaba en susurros con Simón, que llevó a pasear a los mellizos cuando no se portaron bien con Marco, que vino solo, se sentó en la última fila y no dejó de jugar con sus llaves hasta que se pudo ir.

La gente le tomaba la mano a abuela para decir *lo siento*.

Pero yo intentaba no sentir nada.

Me metí entre mami y Roli y cerré los ojos. No los iba a abrir, sin importar cuántas veces mis padres me lo pidieran en susurros.

Cuando por fin regresamos a casa, guardé todas las fotos de Lolo conmigo. Encontré el libro de fotografías que le había hecho y también lo puse al fondo del clóset.

Entonces me conecté los auriculares y puse música bien alta para no escuchar su voz llamándome «preciosa» ni oír el suave traqueteo de su andadora acercándose por el pasillo.

Incluso ahora, una semana después, todavía no he salido al patio en donde él debería estar sentado o viéndonos jugar fútbol.

Quiero mucho a Lolo, pero tengo que borrarlo.

Tengo que limpiar mis memorias y no dejar ningún rastro de él.

Porque incluso el más mínimo recuerdo que tenga de él se me clava como un cristal roto.

CAPÍTULO 36

MAMI NO ENTRA A LA ROTONDA de la escuela esta mañana.

Esta ha sido mi ausencia más prolongada de la escuela. Seis días. Eso es incluso más largo que la vez que toda la familia tuvo un virus estomacal y nos enfermamos, uno a uno. Mami regresa al trabajo mañana, también, luego de quedarse en casa para ayudar toda la semana. Había documentos que llenar y cosas que empacar. Y estaba abuela, con el cuerpo entero tan quieto en el sillón, en *shock* ante la ausencia de Lolo.

Vi desde mi ventana cuando vinieron las señoras de la iglesia a recoger sus bolsas de ropa. ¿Quién se va a poner las camisas que mami le regaló o sus pantalones favoritos que yo solía colgar en la tendedera?

¿Acaso vería yo a estos impostores en el mercado o en la calle?

Por esta vez, mami no me apura a que salga del carro.

En vez de eso, apaga el motor y se vuelve hacia mí.

—¿Quieres que entre contigo? —me pregunta.

Niego con la cabeza y miro a los niños que salen de los SUVs de sus padres, entre risas, y corren a reunirse con sus amigos, igual que siempre. Todo ha seguido su curso sin mí, cosa que de cierto modo parece imposible. Es como si yo existiera en otro planeta mientras ellos se han reído, han hablado, han cerrado sus taquilleros con portazos y han ido a los entrenamientos como si el mundo entero no hubiese cambiado.

—¿Lo tienes todo? —pregunta—. ¿Tu almuerzo?

Le echo un vistazo a la mochila a mis pies. ¿Me traje la fiambrera? No lo recuerdo. Pero no importa, ya que no voy a tener hambre. No he estado hambrienta en días. Pero al menos, mami no me pregunta por la tarea. Por lo general, esa es su primera pregunta, pero a lo mejor ella sabe que no he hecho ningún trabajo escolar, aunque estaba todo asignado *online* en las carpetas de nuestra clase.

—Complétalo cuando puedas —me dijeron mis maestros en sus notas. Pero ¿eso cuándo será? Además, yo no sabía qué habían hecho en clase, y no acopié la energía suficiente para mandar mensajes o llamar por teléfono.

Tampoco he hablado con nadie. Ni siquiera con Lena, Hannah, Edna o Wilson, que me enviaron mensajes de texto que se quedaron sin respuesta hasta que se cansaron. Entonces me hicieron una tarjeta de condolencia en el taller de manualidades y me la enviaron por correo, como se hacía antes.

Tampoco me he comunicado con Avery, que no mandó ni un mensaje.

Mami espera en silencio. El timbre de advertencia suena y ella me mira, todavía sentada a su lado.

—Acuérdate de que la señora Wilkinson pidió que hoy fueras primero a su oficina. Eso podría ser más fácil que ir al aula principal.

Yo miro recto hacia delante. Si pudiera, me metería de nuevo debajo de los cubrecamas en casa y me echaría a dormir.

—¿Lo tengo que hacer? —le pregunto.

Hay una larga pausa.

—No —dice—. Pero creo que es probablemente una buena idea.

—Ella ni siquiera lo conocía —digo amargamente.

—No, pero te conoce a ti —dice mami.

Esperamos en silencio hasta que el segundo timbre suena y el patio se vacía. Entonces mami enciende el carro.

—Ahora me voy al trabajo, Merci.

—¿Quién está en casa con abuela? —le pregunto de repente, y el párpado me pesa por la tensión. Tengo que demorar esto.

—Zenaida prometió que iba a pasar a verla —dice—. Tía va a estar ahí esta tarde hasta que comiencen sus clases.

Mami espera de nuevo, pero entonces cuando no me muevo dice:

—Merci, mi vida, es hora de que salgas. Me puedes llamar durante el día si te hace falta algo.

No le respondo, pero los ojos se me empiezan a aguar. La gente me va a preguntar dónde he estado. Me van a clavar la mirada. Van a querer que les hable.

Un golpecito en mi ventanilla me hace volverme. Es la señorita McDaniels. Estoy segura de que va a empezar la cantaleta de la tardanza.

Mami baja la ventanilla.

—Buenos días —dice.

Yo miro fijamente hacia delante.

—Buenos días, señora Suárez. —Entonces me mira y se aclara la garganta—. Te vi aquí, Merci, y pensé que a lo mejor te gustaría entrar acompañada hoy. ¿Te parece bien?

Sus palabras me atrapan con la guardia baja. La señorita McDaniels no se anda con flojeras, pero a su voz le falta el filo habitual.

Mami se inclina y me da un abrazo prolongado.

—Anda —me susurra al oído—. Estoy a una llamada de distancia.

Agarro mi mochila, medio vacía sin los libros, y me encamino al edificio administrativo con la señorita McDaniels a mi lado.

La señora Wilkinson bebe una taza de café en su escritorio cuando llegamos. Tiene puesto un traje de color crema con un par de zapatos de plataforma a juego. Yo me detengo en la puerta de la consejería, pero no entro. Si no me ve, me puedo escurrir y decirle después que vine.

Pero la señorita McDaniels toca la puerta.

La señora Wilkinson levanta la cabeza y me ve justo cuando empiezo a alejarme.

—Ah —dice—. Gracias, Jennifer. —Entonces me indica con la mano que vaya hasta su silla—. Pasa, Merci. Te estaba esperando.

Me aferro a mi mochila con fuerza al entrar a su oficina. El cuadro con las asignaciones de las habitaciones del viaje ya no está en la pared. Parece como si el viaje a San Agustín hubiera ocurrido hace mucho tiempo, como si tal vez hubiera sido un sueño. Miro al espacio en blanco y me pregunto si acaso mis amigos llegaron a ir al museo pirata sin mí. Si se lo siguieron pasando bien. Entonces mis pensamientos se escabullen hasta esa última noche, escondida cerca de la piscina con Wilson mientras Lolo estaba tan enfermo y yo no lo sabía.

Tengo que sacudirme para que se me vaya esa idea de la cabeza.

—Por favor, siéntate un momento. —La señora Wilkinson se recuesta en su silla mientras me siento—. Tu mamá me dijo que tu abuelo murió la semana pasada.

Miro a mis zapatos, ya manchados. Abuela va a querer que los lustre.

—Estoy aquí para apoyarte, Merci —dice al inclinarse hacia delante—. Es duro cuando alguien muy cercano a nosotros se muere, sobre todo si es inesperado. Pero la experiencia es diferente para todo el mundo, y eso está bien. Estoy aquí para ayudarte a encontrar un modo de seguir adelante que sea apropiado para ti.

¿*Un modo de seguir adelante?* Me quedo más tiesa que una iguana, pasmada.

—Esta habitación es un espacio para ti por si necesitas estar a solas en silencio un rato durante el día escolar o por si quieres hablar conmigo.

Espero a que el ojo me deje de tirar a un lado. Asiento con la cabeza, todavía con la boca cerrada a cal y canto.

—Bien —La señora Wilkinson abre la gaveta de arriba y saca un papel verde que empieza a llenar. He visto esos pases especiales antes. A veces los niños vienen por aquí con ellos. Significan que puedo dejarlos que se sienten en el sofá hasta que ella venga a verlos.

—Tú sabes cómo funcionan estos pases. Muéstraselo a tus maestros si sientes que te hace falta venir a verme. ¿Oká?

Tomo el pase y lo meto en el fondo de mi mochila, para que nadie lo vea.

Ella agarra un chocolate de su jarra de golosinas y me lo da. Luego caminamos juntas hacia la puerta. Una brisa rápida nos da en la cara mientras vamos por el pasillo.

Preciosa, parece murmurar.

—Estoy aquí —dice la señora Wilkinson—. Nos ponemos al día cuando regreses para tu periodo de asistente. Me gustaría saber cómo te va.

Cuando éramos niños, Roli y yo jugábamos a la cámara lenta. Era un juego que inventamos, en el que hacíamos todo despacio y fingíamos que estábamos atascados en cámara lenta, como en la tele.

Hoy parece un juego de cámara lenta que juego por mí misma.

No recuerdo la combinación de mi taquillero. Pierdo la noción de en qué periodo estoy y qué clase tengo después. Se me olvida en qué página estamos en clase. Estoy en una niebla toda la mañana, cansada hasta los huesos, como si no hubiese dormido en lo absoluto, a pesar de que jamás he echado tantas siestas como la semana pasada. Lo único que quiero hacer es bajar la cabeza y cerrar los ojos, y eso hago en un par de ocasiones.

Si mis maestros lo notan, no se quejan. Pero sí veo que Wilson vuelve la cabeza desde el frente de la clase de la señorita Tibbetts para mirarme mientras tomamos una prueba, que estoy segura de que voy a suspender. Tampoco él es el único. También siento los ojos de otras personas posarse en mí. Fui uno de los grandes cuentos de nuestro viaje, supongo. Yo traje el drama.

Cuando terminamos, la señorita Tibbetts nos pide que intercambiemos las hojas para que nos revisemos el trabajo mutuamente. Avery toma la mía y luego me la devuelve cuando la señorita Tibbetts no nos está mirando.

Se inclina hacia mí:

—Podemos corregir nuestras respuestas y ella nunca se va a enterar —susurra. Eso es todo.

Su sonrisa vacía me pone la piel de gallina. Para Avery, yo estoy aquí para lo que le haga falta.

Yo ni siquiera toco mi hoja.

Durante el almuerzo, Lena, Hannah y Edna me han guardado un puesto, tal como hacen siempre. Intento mantenerme ocupada mientras busco mi almuerzo, para no sentir que me miran también. Rebusco dentro de mi mochila mucho después de haberme dado cuenta de que olvidé la fiambrera. Probablemente está en el mostrador de la cocina. A lo mejor Tuerto la ha encontrado y se está dando un banquete mientras no hay nadie en casa.

—Me alegra que estés de vuelta —me dice Lena—. Te eché de menos.

—Todas te extrañamos —añade Hannah.

Ninguna menciona que las abandoné para irme a jugar con Avery. De hecho, nadie sabe qué decir después de eso, y yo mucho menos. Tengo mucho miedo de cuáles podrían ser las próximas palabras. No puedo hablar de Lolo. No quiero llorar aquí en la cafetería. Pero estas son mis amigas de Seaward Pines, que lo conocieron. Son las únicas que han estado en mi casa, las únicas que conocen a mi familia lo suficientemente bien como para llamarlo Lolo y no señor Suárez.

Trago en seco el nudo que se me hace cada vez más ancho en la garganta.

Edna se pone de pie.

—Vamos —les dice a Hannah y Lena. La siguen de cerca hasta la cola de la comida.

Unos minutos más tarde, regresan con sus bandejas. Lena me da la mitad de su sándwich de carne asada.

Hannah ha traído un cartón extra de leche. Edna me pone cerca del codo una porción de pay de limón.

—Con crema batida extra —dice—. Tuve que suplicar.

Miro fijamente los regalos.

—Lo siento —dice Edna en un tono más suave de lo habitual al sentarse a mi lado—. Por todo.

—Gracias —digo, y lo digo en serio.

Cuando paso a ver a la señora Wilkinson un poco más tarde ese día, durante mi tiempo de asistente, comemos más chocolates y me deja jugar un juego de encontrar palabras en mi teléfono, en vez de ponerme a hacer fotocopias. Promete que hablará con mis maestros acerca de cómo ponerme al día en lo verdaderamente importante. Me asegura que *coach* Cameron entenderá por qué me perdí las pruebas de aptitud con las demás, y que hará ajustes al respecto.

—¿Hay algo más que te gustaría compartir? —pregunta.

Le cuento sobre el almuerzo.

Escucha, moviendo los zapatos en la punta de los dedos.

—Los amigos verdaderos nos alimentan de muchas maneras —dice.

CAPÍTULO 37

LOS MELLIZOS ENCONTRARON HOY una lagartija muerta cuando jugaban. La están estudiando con sus nuevas y flamantes lupas, que tienen luces LED para safaris nocturnos en busca de insectos. Fueron un regalo de cumpleaños por adelantado que les hizo Roli, que pensó que eso los tranquilizaría mientras él podaba la buganvilia que ha crecido tanto y se ha llenado de espinas en la cerca de atrás. Papi no ha podido hacerlo. El funeral lo mantuvo ocupado y ahora él y Simón tienen que recuperar el trabajo atrasado.

Este lagarto muerto en el jardín ha llamado la atención de los mellizos. Lo miran fijamente con solemnidad, cosa que es mucho mejor que las discusiones que han tenido últimamente, que siempre acaban con ambos acalorados y a gritos. Han hecho llorar a tía en un par de ocasiones.

—Mira.

Axel me muestra el esqueleto en la punta de un palo mientras atravieso el patio. Voy rumbo a la casa de abuela, en donde se supone que ayude a mami y a tía a limpiar. El lagarto está patitieso y reseco por el sol. Los ojos ya no están en sus cuencas y las patas están enroscadas. La imagen me da escalofríos.

He estado teniendo pesadillas. No soporto tener que pensar que Lolo está enterrado en el suelo.

—Quítalo de ahí —digo. Normalmente, Axel podría lanzármelo encima para intentar asustarme—. Ponlo en la basura.

Roli levanta la cabeza, a ver qué pasa.

—Axel —le advierte—. Basta ya.

Pero Axel no me lo lanza en lo más mínimo. En vez de eso, se agacha en el jardín con Tomás a su lado. Con las cabezas juntas, lo miran largamente a través de las lupas.

—Despiértate —dice Tomás. Pone las manos encima de la lagartija con dramatismo, como un mago que lanza un hechizo.

Roli y yo nos miramos. Entonces él suelta la podadora y viene a arrodillarse en el suelo con los mellizos. Las manos de Roli están asquerosas. Tiene dos arañazos de la buganvilia que le recorren todo el antebrazo.

—Las cosas muertas no están dormidas —dice—. Sus cuerpos han dejado de funcionar. Ya no se pueden volver a despertar para jugar, incluso si lo deseamos muchísimo.

Los mellizos miran al lagarto tristemente. Tomás lo toca una vez más con el palo para asegurarse.

—Como Lolo —dice Axel.

—Sí.

Ellos estuvieron en el funeral, por supuesto. Pero algo de su ausencia ha de sentirse imposible también para ellos.

Hay un largo silencio y entonces Tomás dice:

—¿Morirse duele?

Roli piensa por un momento.

—A veces —dice—. Pero no le dolió a Lolo. Más que nada, es a nosotros a quienes nos duele porque lo echamos de menos.

¿Tenía miedo?, quiero añadir mientras escucho. *¿Estaba enfadado porque yo no estaba ahí?*

Pero tengo demasiado miedo como para abrir la boca. Todavía no puedo decir su nombre. Si lo hago, podría comenzar un llanto que no terminará jamás. Tomo un largo suspiro, del modo que la señora Wilkinson dice que haga cuando esas espinas se me cuelan en el pecho.

Roli me mira.

—¿Estás bien, Merci? —pregunta.
Me encojo de hombros y apuro el paso por el trillo.

La cocina de abuela ha sido abandonada.
No hay nada cocinándose en el horno. Una bolsa de pan coge moho. No hay cascaritas de ajo que flotan en el piso ni hay platos en el lavabo. Ya no parece su cocina.

Entro por la puerta trasera y veo a mami y a tía limpiar el refrigerador de comida que ha caducado. Hablan de abuela en voz baja. Tía piensa que debería venir al estudio cuando esté lista, tal vez darle una muy socorrida mano a Aurelia. Levanta la vista y me ve.

—Merci, por favor, tráeme esa bolsa de basura —dice tía, con una mueca—. Este yogurt se cortó.

Han pasado dos semanas sin que abuela haya cocinado. Tampoco hemos comido ni una vez juntos. Son papi o Simón quienes han buscado la comida en El Caribe y la han traído para que comamos, cada cual en su propio espacio. Es como si no supiéramos cómo estar juntos. Pero nadie ha mencionado este cambio. ¿Cómo nos vamos a sentar juntos ahora, con ese enorme hueco a nuestro lado?

Voy hasta el vestíbulo a buscar los implementos de limpieza en los estantes. El cesto de la lavandería de abuela está en un rincón. Solo hay unas cuantas de sus prendas de vestir, las de ella, nada más. No soporto ver eso.

Le traigo la bolsa de basura a tía.

—¿Me puedo ir, por favor? —le pregunto a mami—. Todavía tengo tareas atrasadas que terminar.

Mami bota un pepino aguachento y se rasca la nariz con el dorso de su mano enguantada.

—¿A lo mejor podrías ir a ver cómo está abuela primero? Estoy segura de que le gustará tu compañía.

La piel se me vuelve a erizar, y vuelvo a suspirar profundamente. He evitado a abuela. La idea de estar a solas con ella ahora me da miedo. Los sentimientos son demasiado grandes. Entonces los ojos se me van a la sala. El sillón de Lolo todavía está ahí, con la manta doblada delicadamente encima del espaldar. La huella de su cuerpo todavía está en el cojín.

—Un minuto. Eso es todo —dice mami cuando no respondo.

Tía deja de hacer lo que está haciendo y también se vuelve hacia mí, con una mirada suplicante.

—Está tomándose un cafecito en el cuarto de costura.

No hay manera de salirse de esto.

Voy por el pasillo que da a los dormitorios, con el corazón al galope. Aquí huele a la colonia de Lolo después del baño, como si se hubiera colado en las paredes y las losas.

Las fotos de la familia adornan el pasillo, pero no las miro. Viro la cara cuando paso por el cuarto de ellos.

Un minuto, me digo. *Eso es todo.*

La puerta del cuarto de costura de abuela está abierta. Está sentada en una silla cerca de la ventana que mira a lo que queda de su viejo jardín y, más allá, a nuestra casa. La taza se le enfría en la mesa que tiene cerca, y la leche comienza a crear una capa de nata en forma de círculo en el centro de la taza.

La vela con la imagen de la Caridad del Cobre sigue encendida para Lolo en la mesa de corte. Incluso desde aquí veo que abuela luce más delgada. Mami le compró unos batidos especiales, pero siguen en el mostrador de la cocina sin que los haya tocado.

Abuela se vuelve hacia mí.

—Mami me envió por si te hace falta algo. —Me inclino a ambos lados, con la esperanza de que me diga que me vaya.

Abuela asiente lentamente y vuelve a mirar hacia afuera.

—¿Qué hacen allá afuera?

—Limpian el refrigerador.

Abuela niega con la cabeza.

—No, no Inés y Ana. Quiero decir los niños —dice—. Allá afuera en el jardín.

No sé qué decirle. *Hablar de cosas muertas*, le quiero decir, pero en su lugar, voy hasta ella y me quedo parada a su lado, cerca de la ventana. A esta distancia, veo sus ojeras y me llega el olor de su pelo sin lavar. Miro a través de las cortinas semitransparentes. Los mellizos todavía están allá afuera, aunque ahora mojan la tierra hasta convertirla en fango con la regadera vieja de Lolo. Los recuerdo hace tan solo un año, cuando fingían que eran chefs. Lolo siempre era muy bueno fingiendo que probaba sus panqueques de tierra, con una piedrita encima como si fuera la cereza. Cualquier cosa por sus caballeros.

—A lo mejor hacen *cakes* —digo en voz baja, aunque es una mentira. Es probablemente un entierro—. Es su cumpleaños la semana que viene.

Abuela se vuelve hacia mí, sorprendida.

—Verdad que sí. Siete —dice entre dientes—. Dios mío, mira cómo pasa el tiempo. —Entonces mira la servilleta de papel que ha estado estrujando en su regazo hasta darle forma de tabaco.

Abuela mira a los mellizos como si fueran un programa de televisión. Ella siempre ha sido tan segura de sí misma, tan ocupada, a veces tan mandona. Nunca pareció tener tiempo para jugar con nosotros. En vez de eso, se cercioraba de que anduviéramos limpios y luciéramos bien, de que llegáramos a salvo de la escuela, de que no nos devorara un caimán o nos matara otro horrible villano de los que se inventaba en su mente.

Ha sido fácil no prestarle atención a ella y querer estar con Lolo en su lugar.

¿Qué pasará ahora con todo este espacio que antes él llenaba? ¿Cuál es el modo para que abuela siga adelante, el modo que la señora Wilkinson dice que debemos encontrar?

Me siento en la otomana y clavo los alfileres en su alfiletero con forma de tomate. Me acuerdo de los días que me dejaba jugar en este cuarto con todos esos aretes sueltos que todo el mundo pensaba que eran basura.

—A lo mejor les podríamos hacer un *cake* de verdad la semana próxima para celebrar.

No la miro al decirlo, y mantengo los ojos en el alfiletero. ¿Volverá a haber una fiesta feliz de la familia? No parece apropiado. La mente se me llena con el resto de las cosas que no puedo decir. Que el mundo parece demasiado grande sin Lolo en él con nosotros. Que siento que lo voy a echar de menos por siempre. Que nada jamás volverá a ser lo mismo.

Pero cuando ella me agarra la mano y la aprieta, siento que, de todos modos, me ha escuchado. Miramos juntas a los mellizos unos minutos más.

Entonces dice:

—Vamos a hacer una lista de lo que nos va a hacer falta.

Abre su servilleta estrujada, se estira y coge un bolígrafo.

Y así es como sé que ella también busca un modo de seguir adelante.

CAPÍTULO 38

A VECES SE ME OLVIDA estar triste por Lolo.

Ocurre cuando estoy ocupada en un proyecto de grupo en clase, como, por ejemplo, el debate que planeamos en Cívica. O pasa cuando ocurre algo cómico, como Darius cuando se pone un par de uvas debajo del labio superior para parecerse a una taltuza durante el almuerzo.

Pero cuando me doy cuenta de que lo he olvidado, incluso un ratito, siento miedo. Me preocupa que a lo mejor signifique que voy a olvidar a Lolo. El modo en que se reía. O sus manos. O sus jugadas favoritas en el dominó. O cómo montaba bicicleta antes de que se enfermara.

La señora Wilkinson me repite que los momentos de alegría son normales y son una señal saludable. No sé si creerle.

—Me gustaría extenderte una invitación —me dice una tarde.

Estoy en la fotocopiadora mirando el contador hacer la cuenta atrás del número de copias que me pidió. 75, 74, 73.

—Hay un grupo de estudiantes que se reúne conmigo para el club E y S.

—¿E y S?

—Significa *esperanza* y *sanación*. Es para niños que han sufrido la muerte de alguien cercano. Pensé que a lo mejor querrías venir.

Mantengo la vista en el contador. ¿Un club para que la gente triste se junte? Yo no quiero ser parte de eso.

—Es un sitio privado en el que podemos recordar a la persona en voz alta, si queremos, o simplemente hablar de las cosas que nos pueden resultar difíciles de decir a nuestras familias y a nuestros amigos.

32, 31, 30.

—¿Merci?

—Suena deprimente, señora Wilkinson —digo.

—A veces hay momentos de emoción, pero también hay momentos de alivio. Trabajamos en proyectos que son divertidos. Y también hay merienda.

Le echo un vistazo.

—Nos reunimos durante tu periodo de Educación Física —añade.

—A mí me gusta la Educación Física —digo—. No me gusta perdérmela.

—Esto solo sería los viernes.

—No estoy segura —digo, aunque, por lo general, trabajamos en el cuaderno de salud y cosas por el estilo los viernes.

Ella asiente.

—Piénsatelo. Ya le pregunté a tu mamá si te podía invitar.

Mi cabeza se vuelve de un tirón. El estilo de mami es obligarme a hacer cosas.

—¿Y qué dijo?

—Dijo que eres tú quien decide.

La fotocopiadora termina de vomitar los papeles, separados en pilas correspondientes. Los tomo por separado y empiezo a engraparlos.

—Me lo voy a pensar —digo.

—Por supuesto —dice la señora Wilkinson—. Recuerda que puedes venir de prueba una vez y luego decidir. Sin presiones.

Pero todo lo concerniente a esta idea me hace sentir presión.

Más tarde, me pongo a vigilar el taquillero de Edna. Está lo suficientemente cerca del mío como para oler, cada vez que lo abre, el aromatizador de carros que tiene ahí adentro. Espero a que se vaya la mayoría de la gente y me acerco a ella. Solo quedan unos minutos antes de que suene el timbre, así que tengo que hablar rápido.

—Pregunta —digo.

—Ponte las pilas —me dice y mete un mamotreto de ciencias en su mochila de cuero—. Hay una prueba a libro abierto.

—¿Cuál es el grupo del que tú eres parte en consejería?

Me mira con sospecha y frunce el ceño.

—¿Y a ti por qué te hace falta saber eso?

Edna y yo estamos solas aquí, pero bajo la voz de todos modos.

—Porque la señora Wilkinson quiere que me una a un grupo también, y no sé si quiero hacerlo. Esperanza y Sanación o algo por el estilo. Es para niños a quienes se les ha muerto alguien.

Edna me mira cuidadosamente y luego suspira.

—Suena refrescante. Tampoco es que el nuestro sea mejor. Se llama «Conversaciones sociales para... —Abre

comillas con los dedos y pone los ojos en blanco— mejorar las habilidades sociales con los demás».
La miro fijamente. A lo mejor va a tener que estar en ese club toda su vida.
—¿Y eso ayuda en algo? —pregunto.
Ella se encoge de hombros y cierra el taquillero de un portazo.
—Tú me dirás.
El timbre de advertencia suena, así que ella se da la vuelta y camina de espaldas unos pasos.
—Haz la prueba —me grita—. Sin ánimo de ofender, pero no te podrías sentir peor.

El viernes por la tarde voy rumbo a la oficina de la señora Wilkinson en lugar de al gimnasio. Llego temprano, pero para mi sorpresa, no soy la primera. Alguien ya se ha apoderado del sillón puf más cómodo.
—¿Robin? —digo.
—Hola —dice ella.
Supongo que este no es un espacio en el que sean aplicables los privilegios del octavo grado, así que tomo un cojín más pequeño cerca de la ventana y espero a que lleguen los demás.
Cuando ya estamos todos aquí, la señora Wilkinson pone una bandeja de panqueques y galletas en medio de

nuestro círculo. Solo somos cuatro. La maestra nos pide que digamos nuestro nombre y grado y, si nos sentimos cómodos, el nombre de la persona que se nos murió.

Brandy está en quinto grado y su papá murió la primavera pasada. No dice cómo.

Hay un niño de séptimo grado llamado Peyton, cuya hermana, Cassie, murió el año pasado en un choque de carros.

—Soy Robin Farmer, de sexto grado, como ya ustedes saben —dice Robin mientras me mira. Agarra uno de los mini panqueques y le quita el papel encerado, sin mirarnos—. Mi madre estaba enferma de adicción. Ahora vivo con mi tía Lucille y mi tío Derek.

Yo miro nerviosamente a mi alrededor.

—Soy Merci Suárez, octavo grado. —No quiero oír el nombre de Lolo en voz alta, así que digo—: mi abuelo murió.

La señora Wilkinson nos dice lo contenta que está de que estemos aquí. Nos pregunta acerca de la palabra *duelo*, que dice que es el tipo de tristeza que se te queda dentro cuando pierdes a alguien muy importante para ti. Después de hablar un rato, dice que deberíamos jugar un juego.

Saca una bolsa de fichas de Scrabble y nos dice que vamos a crear palabras con ellas, pero sin usar el tablero y sin contar los puntos como se hace en un juego de mesa.

Ella nos dará un tema y nosotros tenemos que crear palabras que vayan con ese tema. Las podemos conectar, si queremos, pero no tenemos que hacerlo. Tampoco le importa si la palabra está escrita correctamente.

—Esto va a ser bastante más fácil que jugar Scrabble con mi hermano Roli —digo—. Él usa el diccionario como un arma y te lo cuestiona todo.

—Suena como un tipo muy exigente —dice la señora Wilkinson.

—Tío Derek nos deja usar palabras inventadas —dice Robin mientras toma unas letras—. *Eneamigo* cuenta.

La señora Wilkinson nos da el primer tema.

—Palabras que te hacen pensar en el duelo —dice.

Trabajamos en silencio durante unos minutos, y yo por fin me decido por *tranquilidad*, que incluye la *Q*, lo que en un juego de verdad sería diez puntos. La tranquilidad que cubre nuestra casa en las tardes, durante las comidas, en el patio. Robin forma *lágrimas* con mi *l*. Brandy y Peyton añaden *rabia* y *soledá*.

—Puedes sentir rabia por lo que pasó —dice Brandy al acomodar sus fichas. Y todos estamos de acuerdo.

Después de hablar de esas palabras, la señora Wilkinson nos da el siguiente tema.

—Palabras que nos recuerdan las cosas que nos hacen sentir bien —dice.

famila, cake (esa soy yo), *caminar, dportes*

Hablamos de nuevo de nuestras palabras y de otras que nos gustan.

—Palabras que nos recuerdan cosas positivas que pueden ser resultado del duelo —dice la señora Wilkinson para nuestra última categoría.

Esa nos toma mucho tiempo. Al principio, nadie toma letras del montón. Robin se recuesta en su sillón puf y mira fijamente al techo. Peyton baja la cabeza un rato. Casi me toma hasta que suena el timbre, porque es tan difícil imaginar nada bueno respecto a la muerte de Lolo. Pero al final, cada quien escribe lo que puede escribir hoy.

```
            F
            U
   M  E  M  O  R  I  A  S
      R           M
      Z           I
   P  A  Z        G
                  O
                  S
```

CAPÍTULO 39

WILSON PASA POR LA CONSEJERÍA durante mi periodo de asistente mientras corto letras para el mural de la semana entrante. Ha estado un poco callado durante los almuerzos, así que es una sorpresa verlo aquí, pidiéndome que salga al pasillo.

Echo un vistazo para comprobar que la señora Wilkinson todavía sigue al teléfono y entonces salgo. Damos un paseo corto por el pasillo, para que ella no nos vea a través del cristal.

—Asere, ¿qué bolá? —le pregunto.

—Lo lograste —dice.

—¿Logré qué?

—Lograste entrar en el equipo de fútbol, asere. Otra vez.

—¿Y cómo ya tú sabes eso? —le pregunto, con sospecha—. La alineación no la publican hasta esta tarde.

—Tú no eres la única con información ultrasecreta —susurra—. *Coach* Cameron acaba de enviar la lista. Y mira quién es la capitana.

Wilson mira por encima del hombro, para cerciorarse de que estamos solos, y me entrega una hoja de papel con los nombres de las veinte jugadoras que forman el equipo. Mi nombre está ahí en el grupo de las de octavo grado, junto a Avery y Mackenzie también. Pero hay una estrella inconfundible al lado de mi nombre. Esa es la capitana de este año. *Coach* Cameron escoge a una jugadora de octavo grado para lanzar la moneda y motivar al equipo cuando estamos en una mala racha.

¿Esto es real?

Me recuesto en los taquilleros en medio de la incredulidad. Las pruebas de aptitud del fútbol fueron la semana que estuve ausente. *Coach* me hizo un gran favor al usar mi desempeño en los entrenamientos preliminares, tal como la señora Wilkinson dijo que haría. Y ahora voy a tener el pulóver de capitana, no Avery, como esperábamos todas.

Sin embargo, mi primer pensamiento no es de celebración. ¿Habrá un precio a pagar cuando Avery se entere de que soy yo y no ella? Y entonces un gran pozo de tristeza se abre en mi interior. No voy a tener a Lolo para preguntarle qué hacer.

De repente, me lo imagino ahí parado en nuestro patio, con la señorita Fabiola, mientras yo pateo el balón a la portería, con la mente clara por tan solo unos pocos instantes. Miro fijamente la lista y trato de sacarme esa imagen de la cabeza. Confusión, felicidad y tristeza se mezclan en un nuevo sentimiento al que le hace falta un nombre. Tendré una palabra nueva de Scrabble para nuestro juego con la señora Wilkinson. *Confetris*.

—Yo pensaba que te ibas a poner más contenta —dice Wilson—. ¿Qué pasa?

—Lo estoy. En general —Me encojo de hombros y despejo mis pensamientos.

Wilson asiente, pero no se va.

—También tengo esto. He querido dártelo en estos días.

Me extiende un cartucho que ha visto mejores días, ténganlo por seguro. La boca se le ha desfigurado en un largo tubo estrujado y el cuerpo está amorfo, así que parece más una güira.

—Lo he tenido en mi taquillero ya desde hace un poco. Esperaba el momento oportuno. Lo siento.

—Más te vale que no sea uno de los sándwiches de tu mamá —digo y huelo la bolsa para asegurarme.

Él se mete las manos en los bolsillos, a la espera de mi reacción.

Cuando meto la mano dentro, no me encuentro un putrefacto asco de jamón y mayonesa. En su lugar, hay dos cosas que me hacen soltar una bocanada de aire. El garfio de un pirata y un parche que le hace juego.

Miro a Wilson atentamente.

—No pudiste ir al museo pirata como querías —dice.

El corazón me late muy fuerte en el pecho, pero no es del modo en que, por lo general, hace que el ojo se me meta hacia adentro. Esto es como si algo quisiera cargarme y levantarme por los aires.

Él no dejó que me las arreglara por mi cuenta cuando nos metimos en problemas con la señorita McDaniels por jugar a las sardinas. Y cuando desaparecí del viaje, pensó en lo que me iba a perder.

Ahora vela por mi bienestar y me trae esta lista del equipo.

Lolo habría llamado a Wilson un caballero.

Hay tantos sentimientos que son confusos. No es solo *confetris*.

Wilson es mi amigo porque nos gustan muchas de las mismas cosas y es también algo más por cómo me siento cuando estoy con él. Esto no lo entiendo muy bien del todo, una de tantas cosas que todavía no me sé explicar.

Ni la gente, ni los sentimientos, ni las cosas malas que te pasan y que parecen injustas.

Así que tomo una decisión, ahí mismo en el pasillo. Me inclino hacia ese rayito de felicidad que está en mi vientre y le doy un fuerte abrazo a Wilson. Y luego le doy un besito a la velocidad de la luz, ahí mismo en la boca. Es una sorpresa, suave y acolchonada.

—¿Está bien que hiciera eso? —pregunto.

Wilson luce como si le hubieran pegado con el arma paralizadora de Jake Rodrigo, pero traga en seco y asiente con la cabeza rapidísimo.

El teléfono en la consejería suena. Tengo que contestarlo, así que vuelvo a toda prisa. Me doy la vuelta y levanto en alto la bolsa con los regalos justo antes de entrar de vuelta a la oficina.

—Gracias, Wilson. Me encantan. Son perfectos.

Todavía mudo, Wilson suelta una de sus más amplias y bobaliconas sonrisas al recostarse a la pared para verme ir.

Esa tarde paso por la oficina de deportes para ver la lista como todas las demás. Tengo que fingir que no sé nada, para no meter a Wilson en problemas. Ya hay una multitud de niñas allí, junto a *coach*, que está en la oficina del señor Patchett y habla con unas cuantas tristonas que no fueron seleccionadas para el equipo esta vez.

Robin y otra niña son las únicas de sexto grado en la alineación. Dan brincos juntas mientras las de séptimo y octavo a su alrededor chocan los cinco. Lindsey, Mackenzie y Avery también están ahí y repasan los nombres, pero no lucen ni la mitad de contentas. A lo mejor es porque ya somos bastante mayorcitas como para armar esos espectáculos. Pero siento que la piel se me pone de gallina porque sé que esto no es lo que ellas esperaban. Noto que Avery luce un poco sorprendida de no ser la capitana.

—Pero eso es más que nada simbólico —escucho decir a Mackenzie—. Es para lanzar la moneda y cosas por el estilo. Eso en verdad no importa.

Lindsey le pone una mano en el hombro.

Pero incluso Mackenzie debe de saber que es más que eso.

Entonces Avery me ve. Me preparo cuando la veo darse la vuelta y venir hacia mí. Va a ser difícil jugar como un equipo si la gente se odia entre sí. Y eso puede pasar muy rápido por estos lares.

Pero Avery no es cruel. Nunca lo ha sido, no exactamente.

—Parece que serás la capitana esta temporada. —Extiende la mano para estrecharla con la mía—. Felicidades.

—Gracias —digo, con una sonrisa—. La vamos a poner buena en la alineación inicial.

Ella suelta una enorme sonrisa.

—Cien por ciento.

Y eso es suficiente. Ella no es una amiga con la que pueda contar; eso lo sé ahora. Pero a lo mejor no cada amigo es una tabla de náufrago. A lo mejor ser compañeras de equipo es suficiente para nosotras dos.

CAPÍTULO 40

LA NOCHE ANTES DEL CUMPLEAÑOS de los mellizos, abuela y yo sacamos su vieja mezcladora y los pozuelos abollados de las gavetas.

—Aquella de allí —dice, señalando hacia una de las viejas latas de Lolo de galleticas danesas. Sin embargo, esa no está llena de las galleticas que a Lolo le encantaba compartir conmigo. Esta es suya, y es donde guarda sus recetas.

Las tarjetas son viejas y están manchadas y desorganizadas, cosa que es rara en abuela, ya que, de todos modos, jamás la he visto usarlas. Siempre ha sido famosa por cocinarlo todo de memoria, con el recuerdo de cierto modo en sus manos. A lo mejor es lo mismo con todas las cosas importantes, incluso con la gente. Tan solo se convierten en parte de todo lo que conoces.

Aguzo la vista para leer a través de las manchas de aceite y pronunciar correctamente el español mientras ella me mira.

—Dos tazas de harina, seis cucharadas de mantequilla derretida...

Abuela me escucha pacientemente mientras me enredo con algunas palabras de los ingredientes. Fue Lolo quien me enseñó a leer en español hace unos años. Usamos uno de los libros que los mellizos habían tomado prestado de la biblioteca, con las palabras en español en una página y en inglés en la otra. Lolo me enseñó los sonidos de las vocales ese día. Me escuchó y me ayudó cuando yo pronunciaba las palabras. Cuando leí el libro completo, me llevó a abuela para alabarme por lo que había hecho, y luego me miraron con esas grandes sonrisas que me decían que ambos estaban orgullosos.

Pero ahora es abuela sola quien me enseña cosas. Me muestra con qué tipo de fuego cocinar la crema para que la masa se ponga espesa y cremosa. Me ayuda a derretir el chocolate sin quemarlo. Hasta me deja pasarle la lengua después a los cucharones, tan solo una vez, aunque se supone que no debo hacerlo.

—Y ahora esperamos —dice.

Pongo el viejo temporizador de cocina y al poco rato el aire se llena de olor a chocolate mientras lavamos y secamos los platos.

Al terminar, decidimos escaparnos del calor del horno. Pero cuando vagamos por el pasillo hacia la sala, ambas vacilamos antes de entrar. El sillón de Lolo todavía está en el rincón, lo mismo que el cesto en el que abuela ponía su almohada, el juego de dominó y el libro de memorias que le hice a Lolo con fotos de todos nosotros.

Abuela me toma la mano cuando cruzamos el umbral y nos sentamos juntas en el sofá. Entonces le doy la noticia de que *coach* Cameron me eligió de capitana este año. Le muestro el brazalete que tendrá que ser cosido a mi pulóver, el que le dirá a todo el mundo que soy la líder de nuestro equipo.

—¿Me lo puedes coser? —pregunto.

—Si quieres —dice abuela, y pasa los dedos por las letras del brazalete—. O te puedo enseñar a hacerlo. Ya tú eres lo suficientemente mayor como para hacerte cargo de las cosas de importancia.

Asiento con la cabeza y ambas nos quedamos en silencio un rato. Entonces respiro profundamente y le digo lo que no he tenido el valor de decirle.

—Echo de menos a Lolo, abuela. Me gustaría que él pudiera ver esto.

—Ay, Merci, —dice, y me abraza fuerte—. Algunos días, no sé ni cómo voy a vivir sin él.

Y entonces pongo la cabeza en su regazo, donde, por fin, la dejo que me vea llorar.

—No está nada mal, Merci —dice Roli al meter el dedo y pasarle la lengua al glaseado del *cake* todavía sin cortar al día siguiente. Solo quedó un poquito disparejo.

—¿Cómo que nada mal? —le pregunta abuela—. Está perfecto. Y no le metas el dedo. Espera a que lo cortemos.

Tía y mami se miran esperanzadas. Este destello de alegría de abuela no está nada mal.

Los mellizos han tenido un día suficientemente feliz, aunque no estamos en una bolera comiendo *pizzas* como ellos querían. Tía puso serpentinas en el patio, y papi cocinó hamburguesas y perros calientes, al estilo americano. Ahora Simón cuelga una piñata en el árbol de toronjas, mientras mami recoge las últimas envolturas de los regalos que estaban desperdigadas en el patio.

Solo faltan Marco y Verónica. Los mellizos los invitaron, pero llamaron para decir que no podían venir y prometieron sacarlos a comer *pizza* una de estas noches. Los mellizos se entristecieron un rato, pero parece que se les ha olvidado, al menos por ahora. Creo que Marco es más o menos un papá, del mismo modo que Avery es más o menos una amiga... lo suficientemente agradable, pero que no está presente para todas las cosas importantes. A lo mejor algún día será otra cosa. Va a tener que aprender cómo estar presente para Tomás y Axel, incluso en los momentos no tan divertidos, y a lo mejor hasta hacerles su propio cuarto en su casa y actuar como si le importaran. Pero no sé. A lo mejor tan solo se queda así para siempre.

Pase lo que pase, al menos los mellizos siempre tendrán un montón de papás que han estado a su lado todo el tiempo.

En fin, que han recibido regalos y atención todo el día. Mami les trajo a los mellizos unos *shorts* y pulóveres nuevos. Yo les compré el nuevo videojuego de la Nación Iguanador: *Albalacerdo y sus apetitos*.

—Solo para que sepan —les digo a los mellizos, al mirar las bolas usadas para jugar a los bolos que les compraron Vicente y Simón—, esas no son balas de cañón. No intenten tirárselas a nada. O a nadie.

Lo que nos hace a todos reírnos fuertemente.

Entonces llega la hora de la piñata.

Tía se ajusta la blusa y le da un beso a abuela en la cabeza. Abuela ya luce preocupada porque alguien vaya a perder un ojo. A ella siempre le han gustado más las piñatas cubanas, a las que se les hala una cuerda atada al fondo y sueltan las golosinas. Era una discusión continua con Lolo cada año, y él siempre ganaba. A los mellizos les encanta el béisbol, insistía Lolo, ¿y por qué no dejarles que mostraran los *swings* expertos que él les había enseñado?

Nos miramos entre nosotros y no estamos muy convencidos. Lolo hubiera sido quien les atara las vendas fuertemente en los ojos para que no pudieran ver por la parte de abajo.

Pero entonces papi se pone de pie y saca el pañuelo que siempre tiene en su bolsillo trasero.

—Arriba, Tomás. Tú naciste primero, así que empezamos contigo —dice. Le amarra la venda, con los ojos aguados. Simón le da un palo envuelto en un grueso trapo de cocina cuidadosamente atado a la punta con una liga elástica. Suavecito, le da un par de vueltas a Tomás hacia la derecha.

Tomás hace un *swing*, luego dos más y entonces el último le pega a la piñata. Le hace un hueco y todos gritamos de alegría, pero no es lo suficientemente grande. Así que Axel toma su turno para hacer un *swing* que la saque del estadio. En su tercer batazo, el vientre del burro se abre en dos y los caramelos de la tienda de todo por un dólar se desparraman por todas partes.

Yo les doy unos segundos de ventaja en el suelo a los mellizos, pero después me arrodillo y forcejeo contra Roli, a quien de repente le ha dado por ser niño de nuevo, supongo. Y antes de que nos demos cuenta, hasta los adultos están aquí en el suelo con nosotros, todos cogiendo tantas cosas dulces como nos sea posible.

CAPÍTULO 41

NUESTROS PARTIDOS CONTRA POXEL SCHOOL siempre están a tope. No tenemos una banda de música como en los partidos nocturnos de fútbol americano y tampoco tenemos porristas. Pero es una hermosa tarde de diciembre y el clima por fin comienza a convertirse en un invierno leve, que era siempre la temporada favorita de Lolo.

El tiempo es muy raro cuando alguien se muere. Se mueve a cuentagotas cuando no quieres, pero entonces te das cuenta de que han pasado semanas. Han pasado casi dos meses desde que Lolo murió. Parece que acaba de ocurrir y también que pasó hace muchísimo tiempo, ambas cosas a la vez. Algunos días, cuando paso por la casa de abuela, todavía espero verlo ahí en su sillón, a la espera de que yo vuelva a casa. Otros días, me da miedo que no recuerdo el sonido de su voz.

Me pongo las espinilleras y busco dentro de mi mochila una liga de pelo. Por suerte, hoy es un día en el que parece que Lolo está aquí mismo, que no se ha ido en lo más mínimo. A lo mejor no está ahí con su sudadera y su gorra, pero lo siento a mi alrededor. Cuenta chistes con Lena, Hannah, Edna y Wilson, quienes están sentados en las gradas y esperan el momento para vitorear por mí. Está junto a Roli, que volverá pronto a la escuela para hacerse médico y así ayudar a la gente enferma. Le da la mano a abuela en las gradas de abajo, justo al lado de mami. Está con tía, Simón y los mellizos, todos armados con vuvuzelas. Están listos para apoyar a nuestro equipo y gritar *gooooool* cuando metamos uno. Siento que Lolo me mira desde la sombra de los árboles, en donde a papi, que se le parece tanto, le gusta pararse para susurrarme las jugadas que quiere que yo haga en la cancha.

Coach Cameron nos reúne una última vez y nos recuerda que usemos las jugadas que practicamos durante toda la semana, que nos cuidemos las unas a las otras y que nos apoyemos cuando sea posible.

Entonces me mira.

—¿Lista, Merci?

Y creo que lo estoy.

Guío a mi equipo hasta la cancha.

Frente a frente con la capitana de Pox, me siento tranquila. Nada de este adversario me asusta ahora. Hoy voy a jugar tal como lo hubiera querido Lolo. Voy a jugar mi mejor partido, duro y justo.

—¿Qué pides? —me pregunta el árbitro.

—Cara —digo, y la moneda vuela por los aires. El sol brilla tanto en ese cielo azul que, por un segundo, la pierdo de vista.

Aun así, no estoy preocupada. Es un juego de suerte, después de todo, y no hay modo de saber si las cosas nos van a salir bien. Pero eso no importa. Estoy aquí con mi equipo, con todos ellos, los que están en el terreno y los que velan por mí desde cualquier parte. Y también con el que está por siempre dentro de mí.

Y suena el silbato para empezar el partido.

AGRADECIMIENTOS

En 2016, comencé a escribir un cuento acerca de una valiente y determinada niña de once años, hija de un contratista que tenía un negocio de pintura. El texto, «Sol Painting, Inc.», fue incluido en la antología *Flying Lessons & Other Stories* (Crown, 2017). Al instante, me enamoré de la niña que empezaba a aprender cómo funciona el mundo de los inmigrantes... y de los sueños.

    A partir de esa semilla, le construí a Merci todo un universo que luego se convertiría en la trilogía de Merci Suárez, que concluye con esta novela. Es difícil creer que este libro será el último de las aventuras de Merci y su complicada y cariñosa familia. Los voy a echar de menos... junto a todos los amigos y enemigos de la Academia de

Seaward Pines. Para mí, han sido personas reales, y espero que también lo hayan sido para ti.

No escribo mis libros sola; ningún escritor lo hace. Recibimos ayuda, en pequeña o gran escala. El mayor apoyo que siempre recibo es el de mi familia a diario, así que voy a comenzar con unas gracias enormes a Javier, Cristina, Sandra y Alex, cuyo amor y ánimo hacen que todo parezca posible.

Estoy especialmente agradecida por haber emprendido este viaje con mi editora, Kate Fletcher, quien pareció entender a Merci en todos los momentos puntuales de su crecimiento, y que siempre me ha entendido como escritora a lo largo de los muchos proyectos que hemos publicado juntas. Su corazón y su sabiduría permean estas páginas.

Mi familia en la editorial Candlewick Press ha traído todos mis libros al mundo con pasión. Gracias, Karen Lotz, Susan Batcheller, John Mendelson, Jennifer Roberts, Phoebe Kosman y Anne Irza-Leggat, por liderar este esfuerzo con innovación y por ponerle el corazón. Gracias, Alex Robertson, por tus ideas tempranas con respecto al borrador —sobre todo en lo concerniente a Avery— y por siempre revisar mi español. Gracias, también, a mis correctores de estilo, Maya Myers, Jackie Houton, Sarah Chaffee Paris y Martha Dwyer, por corregir todas mis inconsistencias y pifias. Gracias, Erika Sanchez, por ayudar a nuestra comunidad latina a descubrir a Merci en los anaqueles. Unas gracias enormes a Joe Cepeda por la ilustración de la portada y a Pam Consolazio por crear el hermoso diseño visual. Y por último, un saludo electrónico al equipo de redes sociales, en especial a Ally Russell y Raquel Matos Stecher, por todos sus esfuerzos por correr la voz.

Los escritores dependen de los expertos para cerciorarse de que tienen los datos y hechos correctos. Quiero agradecer a la gente que me ayudó con su experiencia cuando me hacía falta. Adrienne Giles, de la James Madison University, me ayudó a entender los obstáculos a los cuales se enfrentan los estudiantes universitarios y el modo en que alguien como Roli les daría la cara. Steve Peterson fue el entrenador de fútbol de mi hija Sandra hace muchos años. Desde entonces ha sido un buen amigo y estuvo muy dispuesto a conversar conmigo respecto a las jugadoras y las tantas maneras en las que a veces se comportan en la cancha.

Como hago siempre, quiero dar las gracias a mis amigos en la comunidad de escritores —¡son demasiados como para nombrarlos!— que me ofrecieron excelentes ideas cuando me hacían falta y que me han apoyado tanto a lo largo de los años. ¿Dónde estaríamos sin nuestra ayuda mutua? Lamar Giles: nuestras conversaciones matutinas me dieron aliento en muchos días en los que se me dificultaba la escritura.

Pero más que nada, para este libro, quiero agradecer a todos los lectores, maestros y bibliotecarios que se han reído y han llorado con Merci a lo largo de los años. Ustedes ahora son parte de mi familia del mismo modo en que estos libros lo son. Merci navegó con tantos altibajos la secundaria mientras lidiaba con las verdades duras de la vida: sus errores, sus desacuerdos con amigos y compañeros de clase y, por último, con la insoportable pérdida de su querido Lolo. Espero que su historia les haya dado mucho en que pensar. Espero que viva dentro de ustedes y dentro de los lectores que descubrirán estas novelas en los años por venir. Espero que la historia de Merci también les ayude a crecer y a enfrentarse a cosas difíciles. El futuro es de ustedes.

Mil gracias, amigos.

Un abrazote,
Meg Medina